# ERROR
## DE
# CÁLCULO

Si tienes un club de lectura o quieres organizar uno, en nuestra web encontrarás guías de lectura de algunos de nuestros libros. **www.maeva.es/guias-lectura**

# KATRINE ENGBERG

# ERROR
## DE
# CÁLCULO

*Traducción:*
MARTA ARMENGOL ROYO

MAEVA | NOIR

Título original:
*VÅDESKUD*

© KATRINE ENGBERG, 2019
Publicado por acuerdo con SALOMONSSON AGENCY
© de la traducción: MARTA ARMENGOL ROYO, 2022

© MAEVA EDICIONES, 2022
Benito Castro, 6
28028 MADRID
www.maeva.es

ISBN: 978-84-19110-56-5
Depósito legal: M-16369-2022


Diseño e imagen de cubierta: © OPALWORKS BCN sobre imágenes
de SHUTTERSTOCK
Fotografía de la autora: © ALBERTO VENZAGO
Preimpresión: Gráficas 4, S.A.
Impreso por CPI Black Print (Barcelona)
Impreso en España / Printed in Spain

*Para Cassius.*
*Mi ancla, mi reloj de arena, mi pequeño sol que brilla.*

# Los escenarios de la novela

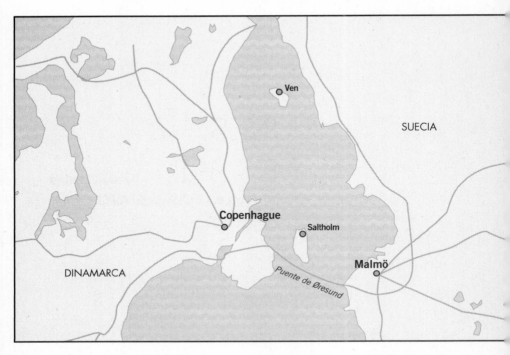

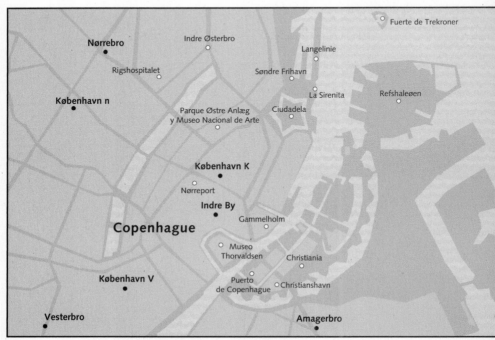

# LUNES, 15 DE ABRIL

# Prólogo

MICHAEL DESPERTÓ EL lunes por la mañana después de pasarse el fin de semana en la cama con la garganta que parecía papel de lija. Se tapó la cabeza enfebrecida con el edredón y decidió que llamaría al trabajo para decir que estaba enfermo. Pero su mujer se cruzó de brazos al borde de la cama y lo fulminó con la mirada, y no le quedó más remedio que levantarse. Ella tenía razón, la verdad. Acababa de empezar a trabajar como operador de pinza en la planta incineradora de residuos y no podía arriesgarse a causar una mala impresión.

Con una mezcla de café solo y analgésicos en el estómago, se dirigió en coche a Refshaleø, mientras la radio escupía anuncios estridentes y los éxitos facilones del momento. Poco a poco empezó a encontrarse mejor. Aparcó, saludó con un gesto al vigilante en la recepción y subió en ascensor a la sala de personal para cambiarse de ropa. No era estrictamente necesario hacerlo, puesto que la presión negativa en la nave de almacenaje de basura mantenía la zona relativamente libre de olores, pero, de todas formas, Michael se ponía siempre el mono de trabajo. Se abrochó las botas, se ajustó el casco y recorrió la planta con las rodillas agarrotadas a causa de la gripe.

Los pasillos que rodeaban la nave formaban una red de acero y válvulas, paneles de control, calderas y letreros. No había ventanas; la planta era un sistema cerrado sin climatología ni ritmos circadianos. Como de costumbre, se agachó para pasar por debajo de las tuberías calientes, saludó a dos compañeros que charlaban junto a las turbinas de vapor y se metió en la cabina. Dejó la bolsa con el almuerzo en la nevera y se preparó un café antes de dejarse caer en el asiento con un suspiro mientras contemplaba la impactante imagen a la que aún no se había acostumbrado.

A través de la única ventana de la nave se veía el núcleo de la planta, la cara oculta de la civilización occidental: una pila enorme de desechos inservibles. Michael, que nunca había trabajado con residuos, experimentó un gran malestar al principio, como si fuera testigo del apocalipsis y sintiera el impulso de pasar a la acción en lugar de quedarse mirando, pero se le pasó con el tiempo. Hasta había empezado a comerse las galletas que traían sus compañeros mientras manejaba la pinza.

¡Y qué pinza! Con sus ocho metros de envergadura, parecía sacada de una distopía en la que unas arañas gigantes se hubieran apoderado de un planeta sin vida. Había sacado muchas fotos para enseñárselas a su hijo de seis años, que opinaba que su papá tenía el mejor trabajo del mundo.

A decir verdad, se le hacía un poco aburrido. El sistema que trasladaba la pinza desde las esclusas donde se vaciaban los camiones de basura hasta la incineradora estaba automatizado, y la única responsabilidad de Michael era controlar el transporte de la basura de derecha a izquierda en un bucle infinito para asegurarse de que todo iba bien.

—Buenos días —saludó Kasper Skytte cuando entró y se sentó a su lado. De vez en cuando alertaban a los ingenieros de procesos si había alguna incidencia con el sistema de la pinza, pero Michael no había visto nada raro.

—¿Algún problema?

—Ninguno.

Por suerte, los ingenieros raras veces se detenían a hablar con los operadores ni con nadie que no entendiera su jerga técnica, y Michael sabía que lo dejaría trabajar en paz. Mejor para él; se encontraba fatal y empezaba a pensar que más le hubiera valido llevarle la contraria a su mujer y quedarse en la cama.

—¿Un café? —preguntó Kasper.

—No, gracias.

El ingeniero se levantó y empezó a trastear con las tazas y la cafetera que tenía detrás mientras bostezaba de forma sonora. Se sirvió un café y se dejó caer en la silla situada junto a la de Michael para contemplar la nave. Este echó mano de su bolsa y hurgó en el interior en busca de algo que le aliviara el dolor de garganta, con la esperanza de que aún le quedara algún Strepsils. Encontró la caja y, agradecido, se metió una de las pastillas en la boca mientras la pinza cargada de residuos se acercaba a la ventana. Siempre resultaba impresionante cuando se aproximaba con la carga colgando, como los tentáculos de una medusa. Una cuerda, una lona, una bota de agua…

Se acercó al vidrio y entornó los ojos al ver que la bota parecía pegada a algo. Cuando la pinza llegó a la altura de la ventana, de entre los desechos cayó un brazo y Kasper escupió el café en la ventana.

Entonces Michael pulsó el botón de emergencia con todas sus fuerzas.

# SÁBADO, 13 DE ABRIL

## DOS DÍAS ANTES

# 1

EL MAR SE cerró sobre su cabeza mientras él buceaba hacia el fondo, cada vez más lejos de la luz de la superficie. Un alga le acarició el brazo en lo que parecía una invitación a hundirse todavía más. Era muy tentador entregarse así, como el famoso buceador Jacques Mayol, tomar un último aliento y sumergirse, dejar que el cuerpo se desintegrara en partículas como las que bailaban bajo los rayos del sol que atravesaban el agua.

Pero el muelle de Snekkersten no tenía nada que ver con el azul infinito del mar, y se dio impulso desde el fondo mientras estiraba los brazos hacia la luz. Un segundo después, atravesó la superficie e inspiró profundamente.

—Empezaba a pensar que no saldrías.

El inspector Jeppe Kørner sacudió la cabeza para expulsar el agua de los oídos y entornó los ojos para localizar la silueta que lo esperaba junto a la escalerilla. En la superficie, el mundo era cálido y luminoso y, tras acercarse al muelle, buscó con los pies un peldaño antes de mirar hacia abajo por última vez. La profundidad helada del puerto le despertaba siempre un extraño anhelo, la pulsión de la muerte, tal vez.

—No entiendo cómo aguantas tanto rato, yo con diez segundos ya me congelo —dijo Johannes Ledmark, que temblaba de frío a pesar de estar envuelto en un albornoz mientras le alargaba una toalla a Jeppe—. Vámonos a la sauna a calentarnos antes de que lleguen abuelos, que no tengo ganas de verles las varices —añadió, y guiñó un ojo para dar a entender que no lo decía en serio antes de ponerse en marcha hacia la sauna. Jeppe se secó y metió los pies en las chanclas que su amigo le había llevado. Le estaban un poco pequeñas.

El alquiler del entresuelo de la vieja casa de ladrillo rojo junto a la carretera de la playa de Snekkersten duraría solo hasta verano. Para entonces, Johannes esperaba haber encontrado un nuevo hogar. Había intentado salvar la relación de doce años con su marido, pero sin éxito, y el piso que ambos compartían en Vesterbro ahora estaba en venta. Johannes Ledmark, el famoso actor, se ocultaba del escrutinio público y se lamía las heridas en una casita de pescadores al norte de Copenhague, una construcción ajada y llena de goteras con las tablas del suelo infladas por la humedad. Pero Johannes parecía encontrarse a las mil maravillas en aquel caos provisional con vistas al estrecho de Øresund. Hasta se había puesto manos a la obra en el jardín con las tijeras de podar, e insistía con testarudez en que cortar el césped y arrancar las malas hierbas era casi como meditar.

—¡Bien! Hemos tenido suerte, no hay nadie en la sauna —dijo mientras abría la puerta de la casita pintada de negro en mitad del muelle para que Jeppe entrara. Tomaron asiento en los bancos de madera y dejaron que el calor seco espabilara sus cuerpos atorados por el frío. La primavera había empezado con un sol nada habitual y un tiempo espléndido, pero el aire aún era fresco y la temperatura del agua no superaba los ocho grados.

—Mira si nos habremos hecho mayores que nos bañamos en agua helada antes de la sauna —dijo Johannes con una sonrisa—. Estamos a una sopita de ajo y una visita al museo Louisiana de convertirnos en nuestros padres.

—¡Pues a mí me encanta la sopa de ajo! —exclamó Jeppe mientras se escurría el pelo corto para que el agua helada le goteara por la espalda—. Además, ya hace tiempo que nos convertimos en nuestros padres. A lo mejor tú no te has dado cuenta porque les doblas la edad a los chavales que te tiras.

—¡Cállate! —dijo Johannes, mientras azotaba a Jeppe en el brazo con una toalla enrollada, a lo que este respondió con un puñetazo en el hombro. Se miraron con una sonrisa mientras se frotaban los respectivos golpes—. Además, mis novios me mantienen joven. ¡Estoy más guapo que nunca! —añadió con una sonrisa lacónica—. Estoy rejuvenecido y no ando falto de compañía. Y tú, ¿qué te cuentas ahora que estás a un tris de tener mujer e hijos? ¿Qué se siente?

Jeppe se miró los pies, perlados de agua y sudor. En Sara había encontrado lo que podía llamarse un «pack completo», algo que nunca había imaginado que desearía y que se mantenía en un equilibrio precario entre el amor y el tedio.

—Bueno, aún no vivimos juntos. La cosa se complica con niños de por medio.

Su amigo ladeó la cabeza y se secó las orejas con la toalla.

—Es como tener hijos empezando por el final, y tú siempre quisiste tenerlos.

Jeppe se encogió de hombros. Él y su exmujer habían pasado por tres tratamientos de fertilidad fallidos hasta que decidieron emprender caminos separados y ella tuvo hijos con otro. Desde entonces casi había desechado cualquier pensamiento relacionado con la paternidad.

—Como yo no tengo hijos, la situación me supera un poco —admitió.

—A ver, en serio, ¿puedes llegar a querer a los hijos de otro? —le preguntó Johannes con una mirada escéptica.

Jeppe se imaginó a Amina, de once años, que esa mañana había despertado a toda la familia —y a parte del vecindario— con pop coreano a todo volumen y se había puesto hecha un basilisco cuando la obligaron a bajarlo.

—Son dos niñas muy majas.

—Me lo tomaré como un no —dijo el otro—. ¡Me lo imaginaba! Pero te entiendo. Al fin y al cabo, la mayoría de críos son tan insoportables como sus padres.

—Oye —protestó Jeppe—, que yo no he dicho eso. Aprecio mucho a las hijas de Sara, pero aún no nos conocemos bien. Necesitan tiempo para acostumbrarse al nuevo novio de su madre… —Ahí se detuvo al notar una oleada cálida que le subía por la espalda hasta las mejillas, que se le pusieron como un tomate—. A ver, ¿por qué no hablamos de tu divorcio? ¿Qué tal va lo de la repartición de bienes? ¿Vuestros abogados se entienden?

El otro levantó las manos para indicar que se rendía.

—Vale, tú ganas. Vamos a casa a almorzar. He comprado panecillos.

Jeppe se levantó y notó que una gota de sudor le caía de la barbilla al suelo.

—¿Nos damos antes otro chapuzón? Entrar y salir.

—¡Ni hablar! Si vuelvo a meterme en esa agua tan fría, me muero.

—Morirte un poco no te matará del todo. ¡Vamos, amigo mío! —dijo Jeppe mientras lo sacaba de la sauna a empujones en dirección al embarcadero. Ansiaba de nuevo el frío y la oscuridad bajo la superficie. Colgó el albornoz en la baranda, pero, al llegar a la escalerilla, oyó sonar el móvil, que había dejado en el bolsillo. Echó un vistazo a la pantalla y, al ver que se trataba de la comisaria, notó cómo el viento le erizaba la piel de los brazos desnudos.


La arena blanda cedía bajo sus pies y las pisadas de las suelas de goma formaban un sendero sobre la playa. La inspectora Anette Werner soltó a los perros mientras su cuerpo disfrutaba del efecto de la actividad física y los pulmones bombeaban oxígeno. El mar, una cinta de un azul acerado, enviaba con el oleaje vaharadas de olor a algas, que se mezclaba con el aroma persistente de la retama. El sol de la mañana ya estaba alto en el cielo. Anette jadeaba mientras se preguntaba por qué en la vida las cosas que nos hacían felices también solían implicar dolor. Veía un ejemplo claro en la maternidad: hacía un año y nueve meses que se había convertido en madre de la pequeña Gudrun, y aquella experiencia era sin lugar a dudas la más dura, y a veces la más aburrida, que había vivido jamás. Pero, al mismo tiempo, quería tanto a su hija que cada mañana empezaba a echarla de menos en cuanto la dejaba en la guardería y le decía adiós con la manita.

Vio que los perros se habían adelantado y corrían junto a la orilla. El *sprint* de casi cien metros que hizo para llegar hasta los tres pletóricos *border collies* le dejó sabor a sangre en la boca. Los perros se empujaban entre gruñidos, saltaban y se tumbaban en la arena. Anette los apartó con un gesto resuelto para agacharse a inspeccionar lo que habían encontrado.

Había un pájaro muerto en la orilla, un eider macho que identificó por el plumaje blanco y negro, el cuello verde y el pecho naranja claro. Estaba tumbado bocarriba con la cabeza ladeada, como un bebé. Tenía el plumaje casi intacto, y parecía que el ave estuviera dormida, pero entre las patas amarillas, donde antes estaba la barriga, no quedaba más que un agujero sanguinolento. Estaba muerta y bien muerta. Quizá se dirigía al sur desde Saltholmen para pasar el verano cuando su bandada la abandonó.

El sol arrancaba destellos al plumaje blanco y Anette tuvo que reprimir el impulso de acariciar a aquel animal tan bello. «No es más que un pájaro muerto», se dijo. A decir verdad, no era muy diferente del pollo que Svend había preparado para cenar la noche anterior.

Llamó a los perros, que, obedientes, la siguieron hasta el coche. Era evidente que no les hacía ninguna gracia abandonar a su presa, pero estaban muy bien adiestrados. Les secó las patas en el aparcamiento antes de que se metieran contentos en el coche, como si ya hubieran olvidado el hallazgo. Pero tan pronto como arrancó el motor empezaron a gemir, y lloriquearon durante todo el camino a casa como si en la orilla hubieran dejado una parte de sí mismos.

Svend la esperaba en la puerta de la casa unifamiliar en el número 14 de la calle Holmeås con Gudrun en brazos. Desde lejos, Anette vio la pugna de su hija por bajarse y explorar el mundo, tan impaciente como siempre. Solo estaba tranquila cuando dormía. «Igual que su madre», pensó ella con orgullo. Tan pronto como el coche se detuvo, el padre dejó a la pequeña en el suelo y ella fue directa a meterse entre los matorrales sin mirar atrás, meneando el trasero abultado por el pañal y con los brazos extendidos como una equilibrista sobre la cuerda floja.

Anette ató a los perros y saludó a su marido con un beso que alargó algo más de lo acostumbrado mientras lo abrazaba por el cuello, hasta que él se apartó.

—Estás muy sudada —dijo mientras le daba una palmadita en la mejilla y azuzaba a los perros hacia la puerta—. ¡Pero estás buenísima!

Svend le guiñó un ojo y, mientras se quitaba la ropa de correr delante del espejo, Anette pensó, por primera vez en veinticinco años de relación, que su marido tenía razón. Siempre había sido «de hueso ancho», según su madre, que probablemente no se atrevía a decirle que estaba gorda. Siempre fue la niña más grande de la clase, la más alta, la de los hombros más anchos y los muslos más gruesos, la que ganaba todas las competiciones deportivas y salía siempre elegida en primer lugar cuando formaban equipos para juegos de pelota. Nunca percibió su tamaño como un problema, y Svend nunca había dado a entender que le pareciera nada menos que perfecta, pese a los michelines que la habían acompañado en algunas épocas.

Sin embargo, el cuerpo que veía en el espejo era nuevo. La lactancia y la vida que había llevado durante la baja por maternidad le habían quitado los kilos de más, y a los cuarenta y seis años estaba mejor que nunca, entrada en carnes, pero más tersa y fuerte. Y también más guapa; no dejaba de sorprenderle lo bien que le sentaban. En el baño, se acarició el cuerpo mientras se enjabonaba y sintió un gran bienestar al tocar la piel firme del vientre. Se secó delante del espejo y se vistió medio de espaldas para poder contemplar su trasero. Después de toda una vida considerando su cuerpo como una maquinaria para nada digna de admiración, sentirse guapa era una sensación embriagadora.

—¡Suena tu móvil! —gritó su marido desde la cocina, así que no le quedó más remedio que ponerse los pantalones a toda prisa y bajar corriendo.

Sentada a la mesa en su trona, Gudrun le arrojaba yogur de frutos del bosque a su padre, que se sometía al bombardeo con una sonrisa. Siempre había tenido un temperamento tranquilo, pero la paternidad le había otorgado una paciencia tan elástica como un pegote de chicle al sol. Anette cruzó la cocina a trompicones mientras se abrochaba el pantalón para agarrar el móvil, que vibraba en la mesa de la cocina junto a los panecillos de masa madre que Svend acababa de sacar del horno.

—¡Werner al habla! —respondió justo cuando se dio cuenta de que acababa de pisar una salpicadura de yogur y soltaba un taco para sus adentros.

—Siento molestarte en fin de semana, pero tenemos un caso. Un posible caso, al menos. Ya he hablado con Kørner —dijo la comisaria, y Anette sintió que su buen humor de fin de semana caía en picado hasta los pies manchados de yogur de frutos del bosque. La comisaria, cuyo nombre era Irene Dam, aunque nadie la llamaba nunca así, era la viva imagen de la profesionalidad, y nunca se le habría ocurrido llamar en sábado si no se hubiera tratado de una verdadera emergencia. Anette vio cómo la excursión familiar que tenían planeada se esfumaba ante sus narices.

—¿Qué ha pasado?

—Un joven, mejor dicho, un adolescente desaparecido, Oscar Dreyer-Hoff, de quince años. Lo vieron por última vez ayer por la tarde a las tres menos cuarto, a la salida del instituto. Sus padres creían que dormía en casa de una amiga, pero no fue así, y se dieron cuenta cuando Oscar no regresó a casa esta mañana.

—¿Y a nosotros qué se nos ha perdido en este asunto? —preguntó Anette mientras miraba a su alrededor en busca de algo con lo que limpiarse el pie—. Los chavales de quince años tienen tendencia a desaparecer un par de días cuando sus padres no les dan permiso para ir a una fiesta y cosas por el estilo. Si nos compete a nosotros, será que hay señales de que algo ha pasado, ¿no?

—Le han dejado una carta a su familia.

Anette le lanzó a Svend una mirada que él había visto tantas veces que comprendió al instante lo que significaba: la excursión por el bosque sería sin mamá. Se encogió de hombros y le lanzó una sonrisa de ánimo antes de esconder la cara detrás del periódico y asomarla por sorpresa para que Gudrun se partiera de risa.

—¿Lo han secuestrado?

—No lo sabemos —dijo la comisaria con un suspiro—, pero su familia es… ¿cómo te lo digo? Importante. Son los de la casa de subastas Nordhjem. Habían recibido amenazas en el pasado, hace años que los tenemos en el punto de mira.

Anette oyó las carcajadas de su hija, que resonaban por toda la cocina.

—Voy para allá.

# 2

Más allá del trajín de los cruceros del muelle de Langelinie y de la mundialmente famosa estatua de la Sirenita, había un pequeño puerto recreativo llamado Søndre Frihavn, encajado entre almacenes y bloques de pisos modernos cuyas neveras de acero inoxidable estaban siempre vacías porque los propietarios se encontraban en Hong Kong o en otros rincones remotos del globo.

Jeppe paseó la mirada a lo largo del muelle, desde los restaurantes con terrazas pobladas de sombrillas de color verde oscuro hasta los edificios de hormigón rojos y grises del *ferry* de Oslo. Aquella zona sería muy cotizada y lujosa, pero bonita, lo que se decía bonita, no lo era.

La comisaria lo había mandado al número 24B de la calle Dampfærgevej, en cuyo ático vivía la familia Dreyer-Hoff. Había quedado con Anette Werner en el portal.

Caminó junto al agua con la mirada puesta en la pequeña colección de balandros, yolas y yates de madera y fibra de vidrio amarrados en el muelle. Los tintineos y chasquidos que hacían al moverse empujados por la brisa conferían un eco de vida al espacio desierto de gente.

Vio a Anette unos cien metros más allá, ante un edificio de ladrillo rojo de aspecto moderno, inspeccionando un barco de madera envuelto en lonas que parecía estar en mantenimiento. La miró con una sonrisa. Jamás hubiera creído que llegaría a decir eso de su compañera, pero estaba estupenda. Seguía siendo recia como un tronco, pero más esbelta y con unas caderas más torneadas que le daban un aire deportista en armonía con sus hombros anchos. Pero el cambio no se debía solo a la pérdida de peso; últimamente, a Anette le brillaba una luz nueva en los ojos, una profundidad que le cambiaba las facciones y la embellecía. Tal vez tuviera que ver con la maternidad, o tal vez fuera una de esas mujeres que ganan en belleza con los años. En cualquier caso, Jeppe estaba seguro de que le respondería con una colleja si se atrevía a hacer cualquier comentario sobre su cambio físico.

—¿Es que me miras el culo en cuanto tienes ocasión? —le dijo ella sin darse la vuelta.

—Sería de tontos no hacerlo —dijo Jeppe, mientras chocaban los puños a modo de saludo. Era un gesto que resultaba cómodo para los dos, en un punto intermedio entre un apretón de manos y un abrazo—. ¿Qué te vas a perder?

—Un paseo por el bosque, nada del otro mundo. ¿Y tú?

—Estaba en casa de Johannes, en Snekkersten.

—¿Aún se esconde de la prensa pérfida y desalmada? —respondió ella mientras señalaba una entrada al otro lado del edificio y echaba a andar—. Ahí está el portal.

No respondió al comentario mordaz de su compañera, aunque no le faltaba razón. Desde que Johannes había vuelto de Chile con un divorcio en la maleta, se había quedado en punto muerto. Jeppe empezaba a preguntarse con preocupación si volvería a los escenarios.

Gracias al portero automático del número 24B, averiguaron que la familia Dreyer-Hoff era propietaria de todo el ático. Un ascensor de acero inoxidable limpio y totalmente libre de grafitis que a Jeppe le hizo pensar en una morgue, los llevó directamente al interior de la vivienda. Durante el trayecto, le envió un mensaje a Sara para avisarla de que tal vez volviera tarde. Imposible saber qué les depararía el día.

Las puertas del ascensor se abrieron ante una estancia impresionante en la que los anchos tablones de madera del suelo desaparecían bajo alfombras caras. Unos grandes ventanales que iban del suelo al techo ofrecían vistas al puerto en un entorno moderno salpicado de cuadros coloridos y recios muebles de madera carcomida que debían de haber llegado hasta allí envueltos en papel de seda desde monasterios italianos. No era una casa tranquila, y la mujer que los recibió también parecía cualquier cosa menos sosegada. Malin Dreyer-Hoff, de formas rotundas como un ángel de Botticelli, grandes ojos y labios rosas, llevaba un vestido verde floreado que se le tensaba sobre los pechos.

—¡Henrik, ya están aquí! —exclamó al verlos mientras juntaba las manos y se retorcía con nerviosismo los dedos manchados de pintura azul.

Jeppe alargó la mano en una tentativa de saludo.

—Buenos días. Soy Jeppe Kørner, de la Unidad de Investigación de la Policía de Copenhague. Esta es mi compañera, Anette Werner.

—Perdonen, es que… Gracias por venir tan rápido —dijo ella mientras les estrechaba la mano con un apretón flojo y mirada huidiza.

—¿Podemos sentarnos? —preguntó Jeppe mientras observaba el gran salón abierto que daba a una cocina de paredes acristaladas con vistas al agua. Parecía una versión moderna del *loft* neoyorquino que siempre había soñado tener desde que vio *Flashdance* de niño. Una casa que olía a dinero.

—Vamos al salón con mi marido.

Malin los guio por un largo pasillo con vistas al puerto a un lado y puertas al otro. Jeppe miró con curiosidad a través de una de las puertas abiertas y vio varios cuadros y dos sofisticadas pantallas de ordenador. La familia Dreyer-Hoff había conseguido su fortuna gracias a una casa de subastas de arte y antigüedades que operaba en internet, y su hogar era un reflejo de ello.

El pasillo desembocaba en un luminoso salón cuyo tamaño rivalizaba con el del comedor con cocina integrada. Había un sofá rosa de cinco plazas bajo un cuadro de Kasper Eistrup que encajaba tan bien en la pared que debía de haberlo pintado por encargo. Junto a la ventana se alzaba un caballete con un cuadro azul inacabado, y a su lado se encontraba un hombre alto de pelo canoso de espaldas a la ventana y con las manos en los bolsillos. Tenía un profundo surco entre las cejas, y vestía una camisa blanca almidonada y pantalones beis de loneta que se abombaban sobre una pronunciada barriga. Tenía los hombros caídos, típicos de alguien que se pasa la mayor parte del día sentado frente a un ordenador.

—Soy Henrik. Buenos días y gracias por venir —dijo mientras se acercaba a estrecharles la mano. A Jeppe le sorprendió aquel saludo, más acorde con una visita de cortesía, pero se dijo que los nervios hacían que la gente se comportara de forma extraña.

—Siéntense.

La pareja se sentó en el sofá rosa. Henrik Dreyer-Hoff pasó un brazo por encima de los hombros de su mujer en un gesto protector, mientras Jeppe y Anette se acomodaban en sendas butacas.

—¿Siguen sin noticias de su hijo? —preguntó el inspector, y abrió su cuaderno por una hoja en blanco. Ambos negaron con la cabeza—. ¿Cuándo se dieron cuenta de que había desaparecido?

—Esta mañana —respondió Malin, que tomó aire profundamente—. Los sábados desayunamos siempre todos juntos, es una tradición familiar. Henrik prepara un *brunch*… —se interrumpió para mirar a su marido, que asentía con la cabeza.

—Me encanta cocinar, pero entre semana apenas tengo tiempo. Así que el fin de semana… Oscar siempre me pide tortitas, de las americanas, con sirope por encima… —Al hombre se le rompió la voz.

Su esposa le lanzó una mirada de reproche, como si hubiera dicho algo inapropiado, y se volvió de nuevo hacia Jeppe.

—Yo me he levantado temprano y me he puesto a pintar mientras esperaba a que se levantaran todos y Oscar apareciera. Pero no llegaba. A las ocho y media lo he llamado y le he enviado un mensaje.

Jeppe anotó la hora al tiempo que se daba cuenta de que Henrik daba un fuerte apretón en el hombro a su mujer, como para sostenerla. O para atarla en corto.

—¿Dónde estuvo anoche? —preguntó—. O ¿dónde creían que estaba?

—En casa de su amiga Iben. Tenían que estudiar para un examen de Lengua, pero ella dice que Oscar nunca llegó. Hablé con ella poco antes de las diez. Entonces nos dimos cuenta de que algo no iba bien —explicó Malin mientras le daba vueltas al anillo que llevaba en el dedo.

—¿Iben no sabe dónde está?

—Cree que tal vez Oscar cambiara de idea, aunque me parece raro. El padre de la chica podría haber sido responsable y llamarnos, pero dice que no sabía que habían quedado.

Jeppe le alargó el cuaderno.

—Necesitaremos el número de Oscar, el de Iben y el de sus padres.

La señora Dreyer-Hoff se quedó mirando el cuaderno con perplejidad, pero entonces lo abrió y empezó a anotar con manos temblorosas, que indicaban que se temía lo peor.

—Creo que lo han secuestrado. —Le temblaba la voz—. Solo de pensar que…

—¿Dónde vive Iben?

—En Fredericiagade —respondió Henrik mirando a su mujer—, ¿en el 64? Vive con su padre. Desde aquí son diez minutos andando si se cruza por la ciudadela, Oscar iba muy a menudo.

Jeppe hizo un gesto con la cabeza a Anette, que se levantó y, tras quitarle el cuaderno a la mujer, se acercó a la ventana para llamar a Iben.

—¿Y el resto de la familia? ¿Anoche estaban todos en casa?

—Sí —respondió Malin tras una breve pausa—. Victor, nuestro hijo mayor, fue al centro con unos amigos de clase, pero Henrik y yo estábamos en casa.

—Nos dejaron esto —dijo el hombre mientras levantaba con cuidado una hoja de papel DIN-A4 de la mesita baja. Cuatro líneas escritas a máquina destacaban en el papel blanco—. Lo hemos encontrado esta mañana. Es entonces cuando nos hemos dado cuenta de que algo iba mal y hemos llamado enseguida a la policía.

Jeppe se tiró de la manga para cubrirse los dedos, tomó la hoja y leyó:

Miró a su alrededor y vio el cuchillo con el que había asesinado a Basil Hallward. Lo había limpiado numerosas veces, hasta que no había quedado en él ninguna mancha. Estaba muy brillante y centelleaba. Igual que había matado al pintor, mataría la obra del pintor y todo lo que significaba. Mataría el pasado; cuando estuviera muerto, él sería libre.

LA QUILLA DE la embarcación cortaba el agua limpiamente y separaba las olas a su paso en una V infinita. Los graznidos de las gaviotas acompañaban el zumbido del motor, y el sol se reflejaba en el agua y convertía sus pupilas en dos diminutos puntos negros. La luz de la mañana hacía resplandecer la pendiente sobre la planta incineradora de Amager, de tal modo que parecía que la pista de esquí que pensaban instalar allí ya estuviera cubierta de nieve, aunque era solo una ilusión, por supuesto. El plan con fines recreativos para la planta de residuos distaba mucho de estar terminado, y los esquiadores de la ciudad seguirían estando obligados a desplazarse hacia cumbres nevadas algo más lejanas durante un tiempo.

El puerto de Copenhague estaba tranquilo. A esa hora tan temprana pasaban solo los ferris y los barcos basureros. Dentro de pocas horas el agua se llenaría de domingueros, barcos de alquiler y veleros con ocupantes que iban a pescar, bañarse y acampar en los islotes del estrecho de Øresund; de yolas cuyos capitanes enarbolaban latas de cerveza y de deportistas entusiastas envueltos en cortavientos que remaban en kayaks. Pero para entonces él ya se habría marchado.

Navegaba sin plan ni prisa, como a él le gustaba. Se mecía con el barco mientras el viento de la mañana le arrancaba las legañas. El fuerte de Trekroner se alzaba ante él como si sonriera, amistoso, bajo el sol que lo teñía de tonos rojos y verdes. Mads Teigen metió su remolcador en el pequeño puerto con la familiaridad de la experiencia y lo atracó en el pequeño muelle, vacío a excepción de un bote de madera. Lo amarró fuerte, apagó el motor y saltó a tierra. La capa de hierba primaveral que cubría las escarpadas murallas les daba el aspecto de suaves alas en silvestres tonos verdes y amarillos que protegían el antiguo fuerte.

En el pasado, el fuerte marino formó parte de las fortificaciones de Copenhague, un baluarte que, junto con otras ciudadelas parecidas, desempeñó un papel clave en episodios legendarios, como la batalla de Copenhague y el ataque de los ingleses en 1807, en el que la ciudad perdió la armada. El fuerte se fundó originalmente con tres navíos que en 1713 se hundieron y se llenaron de piedras. Uno de ellos se llamaba *Tre Kronor*, «tres coronas», y de ahí el nombre del fuerte. Aunque la mayoría creía que se debía a que doscientos cincuenta años atrás el Estado había adquirido la isla por la cantidad de tres coronas.

Mads recogió una bolsa de plástico del suelo y oteó el paseo en forma de herradura en busca de señales de vida, pero no vio a nadie. Como de costumbre, se detuvo en el faro que dominaba la entrada al fuerte, desde donde se accedía a tres plantas en el subsuelo. Durante la Primera Guerra Mundial, el fuerte sirvió como base para setecientos cincuenta soldados y, más tarde, lo usaron los alemanes durante la ocupación. Bajo la superficie del mar, en aquellos pasadizos de paredes desconchadas, cualquiera podía inspirar profundamente y percibir el lejano aroma de la pólvora mezclado con el sudor provocado por el miedo. El pánico y el hastío incrustados en el hormigón de las paredes susurraban la historia de cientos de hombres muertos.

En la actualidad, el fuerte se había convertido en el hogar de aves y visones, y también en el suyo, un guardián solitario que vivía en el edificio pintado de rojo de la comandancia, cuyo destino había sido convertirse en un ermitaño en su propia isla.

Mads se acercó a la plataforma, en la que habían empezado a acumular leña para la hoguera de San Juan, y bajó hasta el pie de la muralla para echar un vistazo a la pareja de cisnes que habían construido su nido junto al rompeolas. Desde lo alto de la muralla se divisaban las torres y chapiteles de la ciudad por un lado, y la silueta difuminada de la ciudad sueca de Malmö por el otro. Era un paisaje tan agreste que parecía de otro planeta, un pedazo de naturaleza en plena ciudad, separada del bullicio por una estrecha cinta de agua.

La pareja de cisnes empollaba el huevo: la hembra estaba en el nido de hierba marina mientras el macho daba vueltas a su alrededor para montar guardia. En un mes, más o menos, las crías cubiertas de plumón romperían el cascarón y dependerían de su madre por completo para sobrevivir a las primeras semanas, las más críticas.

Mads sonrió al pensarlo y continuó su ronda por la muralla, que lo llevó junto a las marcas de navegación pintadas en blanco y rojo sobre los postes de madera que coronaban la ladera. Hacia el mediodía iba a empezar la primera despedida de soltero del año, y Mads había preparado una yincana en los pasillos subterráneos. Siguiendo un impulso, volvió atrás para hacer de nuevo el recorrido.

Al bajar al sótano por la escalera de caracol, el aire frío que se desprendía de las gruesas paredes de hormigón le dio la bienvenida. Sus pasos resonaban a destiempo, como si alguien lo siguiera entre las sombras. Al pasar junto a la puerta con una cruz roja pintada encima, eran tan disonantes que tuvo que mirar por encima del hombro. No había nadie, claro, solo los fantasmas de su mente.

Mads se aseguró de que no quedara una cuerda sin tensar ni una linterna por cargar antes de volver a subir hacia la luz y el viento. Aún podría pasar un par de horas en el taller antes de que llegaran los asistentes a la fiesta. De vuelta al edificio de la comandancia, pasó junto a varias yolas de madera amarradas a la pasarela, pero no se preocupó. Sin embargo, echó el pestillo de la puerta principal para asegurarse de que nadie lo molestaba.

Cerró también con llave la puerta del taller y guardó el teléfono en el bolsillo del abrigo, que colgó del pomo de la puerta antes de encender el reproductor de música. La habitación se llenó con las notas de la *Sexta sinfonía* de Chaikovski.

Ante la perspectiva de pasarse una hora sin interrupciones volcado en su último proyecto, soltó un suspiro de satisfacción. Sacó un paquete envuelto en plástico de la nevera y lo puso sobre la mesa de trabajo para, a continuación, desenvolver el cadáver cuidadosamente, llenar un cuenco con agua y preparar el bisturí.

# 3

AL CONTEMPLAR A aquellos padres sentados en el sofá, Anette no pudo evitar pensar en la pareja inglesa cuya hija desapareció durante unas vacaciones en Portugal y a la que nunca encontraron. La investigación duró un año y se llegó a sospechar que los propios padres eran los culpables.

—La carta estaba en la isla de la cocina —aclaró Henrik mientras estrechaba a su mujer contra sí, como si quisiera protegerla de las palabras que salían de su boca—. No la vimos hasta que nos dimos cuenta de que Oscar había desaparecido. Creímos que serían deberes del instituto o algo así.

—¿Y no son deberes?

Ambos negaron con la cabeza.

—El papel estaba doblado por la mitad y ponía «Para H&M», escrito a máquina también. ¡Miren!

Jeppe le dio la vuelta a la hoja y se la enseñó a Anette, que la agarró para inspeccionarla.

—¿Puede tratarse de… —empezó Malin con la respiración agitada— un chantaje? Hablan de matar a alguien.

—Parece una cita literaria —dijo Anette, y con una mirada dirigida a su compañero, se cercioró de que él opinaba lo mismo. La mayoría de secuestradores solían ser muy específicos en sus exigencias, no se ponían líricos—. ¿Quién es Basil Hallward?

—Ni idea —respondió Malin apresuradamente—. Es la primera vez que vemos ese nombre.

Anette creyó detectar un tono de reproche en su voz, como si las preguntas de la policía no le parecieran oportunas.

—No sería la primera vez que recibimos amenazas. Hace un par de años acudimos a la policía. Debe constar en el sistema.

—¿Se parecían las amenazas de entonces a esta carta? —preguntó Anette con un gesto de asentimiento.

Malin titubeó.

—Por lo que recuerdo, eran bastante diferentes. Algunas escritas a mano, otras con ordenador, pero todas muy breves.

—¿Aún las conservan?

—No —intervino Henrik antes de que su mujer pudiera responder—. Lo único que importa es que alguien quiere perjudicar a nuestra familia ¡y se han llevado a Oscar! —La voz le tembló al pronunciar la última frase, y después agachó la cabeza mientras sus hombros se agitaban. Su esposa le puso la mano en el muslo y le dio unas palmaditas impacientes. A ojos de Anette, no parecía un gesto de cariño.

—¿Encontraron al autor de las amenazas? —preguntó Jeppe.

—No.

—Vale, echaremos un vistazo al informe. La Policía Científica examinará esta carta en busca de pruebas y la compararemos con las anteriores, suponiendo que se hicieran copias.

Mientras Jeppe hacía las aclaraciones pertinentes, Anette fotografió la carta con el móvil y se levantó para sacar un sobre de papel marrón de su bolso para guardarla. Al terminar, vio que Henrik se había puesto derecho de nuevo y rodeaba los hombros de su mujer con el brazo.

—¿Hay algún indicio de que hayan entrado en la casa?

—Tenemos alarma y no sonó —respondió él mientras negaba con la cabeza—. Pero ¿qué más da eso? Quizá llamaron a la puerta y Oscar los dejó entrar.

—¿Quién lo vio por última vez, y cuándo? —dijo Jeppe mientras pasaba una página de su cuaderno.

—Al salir del instituto, ayer a las tres menos cuarto —respondió Malin—. Va al instituto Zahles de Nørreport. Iben dijo que se despidieron en la puerta y que Oscar se fue a casa a pie.

—¿A qué hora llega a casa el resto de la familia?

—Los viernes, Essie va a danza y yo fui a buscarla. Llegamos a casa poco después de las cinco, cinco y media, como mucho —respondió Malin, y dio un apretón a la mano que su marido tenía posada en su hombro, como si quisiera que la quitara, cosa que él no hizo.

—¿Han hablado con otros familiares para ver si saben algo de él?

—Llamamos a mis padres y a mi hermana, pero no saben nada. Son nuestros parientes más cercanos, los padres de Henrik fallecieron. Pero Oscar nunca desaparecería así, sin avisar.

—¿Saben si llegó a casa después del instituto? ¿Dejó aquí su mochila, por ejemplo? ¿O el portátil?

Malin negó con la cabeza.

—Su móvil tampoco está aquí.

—¿Y su pasaporte? —siguió Anette—. ¿Está en su sitio?

—Lo miré. Está con los de todos, en el cajón —dijo, y señaló una cómoda lacada en rojo—. ¿Qué piensan hacer para encontrarlo?

—Abriremos una investigación inmediatamente —aseguró Jeppe—. Si lleva el móvil encima, lo encontraremos enseguida. Lo que pueden hacer ustedes entretanto es llamar a todas las personas que estuvieron en contacto con Oscar a lo largo del día de ayer para averiguar si alguien sabe algo.

Henrik tenía los ojos vidriosos.

—¿Tienen una foto reciente?

—Voy a buscarla —dijo Malin mientras se liberaba del brazo de su marido. Al levantarse tuvo que apoyarse momentáneamente en el respaldo del sofá, como si se hubiera mareado.

—¿Le importa si echamos un vistazo a la vivienda? —preguntó Anette, pero no recibió respuesta. Miró a su colega, que se encogió de hombros, y decidió interpretar ese gesto como un asentimiento, así que se levantó y recorrió el largo pasillo hacia la cocina. La primera habitación que encontró parecía un despacho, amueblado con sólidas piezas de madera, y en la segunda encontró a un chico joven moreno y espigado, muy guapo, que llevaba auriculares.

—Hola, me llamo Anette, soy de la policía. Tú debes de ser Victor.

El chico se quitó los cascos y se los colgó del cuello como si fueran un collar. Un ritmo machacón procedente de los auriculares se propagó por la habitación y Anette se dio cuenta de que el chico tenía los ojos rojos por el llanto.

—Busco la habitación de tu hermano —aclaró.

—Llámame Vic, todos me llaman así —dijo el chico, tras lo cual se sacó el móvil del bolsillo del pantalón y presionó la pantalla para apagar la música—. Esta es su habitación. He entrado y…

—Imagino que no sabes dónde está tu hermano.

—Si lo supiera, no estarías aquí —dijo Victor con una sonrisa inocente mientras se secaba una lágrima de la mejilla—. Perdona, no quiero hacerme el listo ni nada, es que todo esto es muy… raro.

Anette observó la decoración espartana de la habitación, que constaba de un escritorio y una reluciente silla de madera, estanterías repletas de libros, un colgador lleno de ropa y una cómoda; nada más. Era un espacio tan limpio y ordenado como el resto del piso, pero no resultaba ni por asomo igual de acogedor.

En las paredes y sobre el escritorio había dibujos en blanco y negro a carboncillo en marcos prefabricados. Siluetas humanas, desnudos, caras con la mirada baja y genitales que se fundían con un fondo negro.

—¿Estos dibujos los ha hecho él?

—Sí, todos, Oscar dibuja de puta madre. Cuando éramos pequeños intentó enseñarme muchas veces, ¿sabes? Ponía un jarrón con flores y trataba de enseñarme a dibujar con perspectiva y a sombrear. Se me daba fatal, y el muy cabrón se enfadaba y decía que lo hacía mal a propósito, por joder.

Anette esbozó una sonrisa.

—¿Cuándo lo viste por última vez?

—Ayer, mientras desayunábamos —respondió titubeante, con la voz frágil, como si estuviera a punto de romperse—. Estábamos en la cocina, como siempre, con mi hermana pequeña, antes de irnos al colegio. Oscar y yo vamos al mismo instituto, él va a primero y yo, a tercero. —Hablaba sin dejar de manosear los auriculares—. Mi madre dice que lo han secuestrado. ¿Es verdad?

—Aún es pronto para saberlo.

Un chasquido salió de los auriculares, y el chico se quedó mirando con aire perplejo el cacharro de plástico que tenía en la mano.

—Quedamos en volver juntos a casa, pero yo... yo tuve que ir a hablar con una persona. Si no lo hubiera dejado plantado, a lo mejor...

El chico miró a Anette con aire suplicante y ella deseó poder tranquilizarlo, pero sabía tan poco como él y, además, tal vez tuviera razón.

Victor se quitó los cascos y los tiró al suelo.

—Un amigo mío dice que después de clase vio a mi hermano hablando con alguien en un coche junto al jardín botánico.

Ella contuvo la respiración.

—¿Cómo se llama tu amigo?

—Jokke. Bueno, Joakim. Va al mismo curso que yo, pero a la otra clase —dijo mientras le enseñaba el teléfono—. Hace un rato, mandé un mensaje a todo el mundo que conozco y él acaba de responderme.

—¿Me haces el favor de apuntarme el número de... Jokke? —dijo Anette mientras le tendía su móvil. El muchacho obedeció. —¿Crees que Oscar puede haberse juntado con malas compañías? ¿Una amistad que vuestros padres no aprueben? —dijo con una sonrisa amistosa que pretendía dar a entender que podía hablar con libertad.

—¡No! Mi hermano es un buen chico.

Anette contempló de nuevo los dibujos y también el escritorio, la cómoda y la única silla de la habitación, ocupada por Victor.

—¿Dónde duerme Oscar?

—En la cama familiar. —Ante la mirada interrogativa de Anette, el chico se explicó—: Mis padres creen que el rebaño debe dormir junto y, cuando era pequeño, montaron una cama enorme para todos, de cinco metros de ancho. Yo ya tengo cama propia, pero Oscar aún duerme allí.

Anette sintió un escalofrío.

«¿Cama familiar?»


EN LA MESA de la cocina había un cuenco con gachas que se estaban quedando frías, un desayuno preparado por un padre desganado para una hija ausente. Iben debería haber estado allí sentada, con los codos sobre la mesa y la boca llena mientras se reía ante los torpes intentos de su padre a la hora de preparar la comida vegana que ella había insistido en incorporar a la dieta. Pero, a pesar de que su mejor amigo había desaparecido, había acudido a una reunión del Consejo Juvenil de Dinamarca, organización en la que la idealista y testaruda muchacha era muy activa.

Kasper Skytte echó la cabeza hacia atrás y vació de un trago su vaso de licor de hierbas Fernet-Branca. La quemazón en el esófago le hizo bien, igual que la oleada de náuseas que le siguió, y eso que no le gustaba especialmente el Fernet-Branca, y mucho menos por la mañana, pero, en un día como ese, su cuerpo ansiaba licores fuertes y la bendita indiferencia que traían consigo. Kasper no tenía un problema de alcoholismo; su dependencia no tenía que ver con eso. Sin embargo, era consciente de que había épocas en las que bebía demasiado. El consumo de alcohol, ya de por sí elevado, se había vuelto demasiado perjudicial a raíz de su, por lo demás, amistoso divorcio siete años atrás, cuando descubrió que lo único que le daba fuerzas para hacer de padre soltero de Iben era un cubata y un par de horas a solas delante del ordenador cuando terminaba de trabajar.

Cuando su exmujer se trasladó a San Sebastián con su nuevo novio un año después de la ruptura, que Iben permaneciera en Dinamarca parecía la mejor decisión, y Kasper se quedó con el piso, su hija y, muy a su pesar, con *Cookie*, un perrito de aguas blanco al que había sacado a pasear de mala gana y sin falta dos veces al día, hasta que el bicho finalmente la palmó el año anterior. En otras palabras, le había caído todo encima mientras su ex se marchaba libre como el viento, aunque se podía decir que se había llevado parte de su hija consigo, pues la mirada vacua de Iben se intensificaba año tras año, en especial cuando se posaba sobre su padre.

La puerta de entrada al edificio se cerró de golpe y Kasper se asomó para ver si era su hija, pero descubrió que era el vecino de arriba. Iben ya debería de haber vuelto, pero ni siquiera le cogía el teléfono cuando la llamaba. Tiró los restos de gachas de chía con macedonia a la basura y pasó de fregar. Ya lo haría más tarde.

Oscar había desaparecido y la policía estaba de camino para hablar con su hija, esa era una realidad de la que no podía escapar, pero rezaba por que Iben llegara antes que ellos para no tener que atenderlos él solo.

Entró en el salón y encendió el flexo del escritorio, que había instalado a pesar de las protestas de Iben. Sí, había poco espacio, pero ¿dónde iba a meterlo si no? Si él tenía que estar en casa para cocinar cuando ella llegara de clase y ser un padre responsable, necesitaba poder trabajar mientras la chica dormía. Sobre la mesa colgaba un boceto de la nueva incineradora de Copenhague, en Refshaleø, el ambicioso proyecto arquitectónico que había sido su lugar de trabajo durante los últimos años y que ocupaba la mayor parte de su tiempo, además de Iben.

Extendió cuatro hojas de papel sobre la mesa y se inclinó para examinar las emisiones de la semana anterior procedentes de los seis conductos interiores, llamados «depuradoras», que se encargaban de limpiar y trasladar el humo desde los hornos hasta la chimenea de ciento veintitrés metros de altura, donde se convertía en vapor limpio que se vertía sobre la ciudad. Él trabajaba como ingeniero de procesos y se encargaba de diseñar rutas de datos, además de supervisar las emisiones tóxicas de la incineración de residuos y de optimizar el uso de la energía derivada de la incineración. Era responsable de todas las fases del proceso, desde la recogida de basura en las calles de la ciudad hasta el funcionamiento de la pinza controlada por ordenador dentro de la nave donde se gestionaban los residuos.

En muchos aspectos, la planta era un lugar único. Bajo el lema «Tomamos y devolvemos», la planta incineradora fue concebida desde el principio como mucho más que un vertedero. Diseñada por el mundialmente famoso estudio de arquitectura BIG, el tejado hacía las veces de pista de esquí. Cuarenta y cinco metros de altura, ascensor, cafetería y un sustrato plástico diseñado en Italia que permitía deslizarse pista abajo sin necesidad de un solo copo de nieve. La ola de Amager era un nuevo espacio recreativo y un lugar emblemático de la ciudad, y se decía que solo el proyecto del tejado había costado una cantidad de nueve cifras.

Sin embargo, la inauguración se había retrasado ya varias veces, y la prensa se encargaba de amplificar cualquier pequeño contratiempo, como si fueran incapaces de comprender la magnitud y el sentido del proyecto: una de las plantas incineradoras más limpias del planeta que, a pesar de funcionar de forma impecable, no paraba de toparse con obstáculos, entre otros motivos, por el hecho de que se veían obligados a importar basura de Inglaterra para poder alimentar el sistema de calefacción de la ciudad. El proyecto se sobredimensionó desde el principio, mientras que en Copenhague la cantidad de residuos se reducía sin parar, para regocijo de los periodistas. Sin embargo, construir una planta de tales dimensiones fue una decisión política para no correr el riesgo de que se quedara pequeña en diez años.

Kasper empleó una lupa para estudiar la hoja que mostraba las últimas cifras de emisiones de los catalizadores de $NO_x$. Los filtros de nitrógeno eran muy perjudiciales para la salud y, por lo tanto, se sometían a una estricta normativa en todo el mundo para evitar la niebla tóxica y la lluvia ácida. Kasper y su equipo eran algunos de los ingenieros pioneros en la construcción de un sistema de purificación del humo, y otras plantas incineradoras de Canadá, India y Francia ya habían manifestado interés en contar con sus servicios como consultores. Su objetivo a corto plazo era conseguir extraer todo el $CO_2$ del humo generado por la planta para almacenarlo en las capas geológicas más profundas de la Tierra. La tecnología para hacerlo ya existía, era solo una cuestión de tiempo.

Kasper miró el reloj y llamó de nuevo a Iben, que, una vez más, no respondió. Arrojó el teléfono al suelo con un gesto furioso y lo recogió de inmediato, avergonzado, para asegurarse de que la pantalla no se había roto. La policía estaba al caer, su hija llegaría en cualquier momento.

Volvió a inclinarse sobre la mesa y empezó a escribir una columna de números, rutas y valores ilustrados con diminutos símbolos enrevesados. Le costaba escribir, y se maldijo entre dientes mientras se arrellanaba en la silla para mirar al techo con la esperanza de oír las llaves en la puerta.

Sabía que no debía, se había prometido que lo dejaría estar, pero la idea de encender el ordenador se hizo tan apremiante que los números que tenía delante se volvieron borrosos. Si se conectaba, luego todo sería más fácil, podría mantenerse alejado un tiempo. Kasper notó un cosquilleo en todo el cuerpo, como una ebullición que fluía por la sangre desde el vientre hasta la epidermis y que era capaz de hacerlo temblar. Fue a por su portátil, se conectó con la respiración entrecortada y sintió que el mundo recuperaba el equilibrio.


JUNTO A LAS vías, entre la estación de Østerport y el punto en el que el tren discurre bajo tierra tras cruzar la calle Sølvgade, los árboles cubiertos de flores blancas relucían entre el paisaje verde y amarillo. Las ramas se alzaban hacia el cielo como si quisieran ofrecerle sus frutos, tersos como los pechos de una adolescente, cuyo aroma llenaba todo el parque de Østre Anlæg. El árbol de flores blancas debía de ser un ciruelo mirabel; aún era pronto para que florecieran el cerezo aliso y el espino, y también la *forsythia* amarilla. En cualquier caso, las primeras flores de la primavera empezaban a cubrir la ciudad y eso, más que vivificante, era como una droga dura de felicidad.

Esther de Laurenti inspiró profundamente para llenarse las narinas de primavera. Acababa de cumplir setenta y, con cada año que la acercaba más al final de la vida, la llegada de la primavera era como el premio gordo de la lotería. Dio un tirón a la correa, en cuyo extremo había solo un perro, y sintió una punzada en el pecho al recordar a *Epistéme*, que había fallecido ese mismo invierno a causa de un resfriado que desembocó en una inflamación cerebral y acabó con el pobre *carlino*. Solo le quedaba *Dóxa*, que había llorado a su compañero de toda una vida durante varias semanas, pero pronto se sobrepuso y ahora volvía a trotar por la acera sin ninguna preocupación aparente. ¡Qué curioso que se pudiera vivir la muerte tan de cerca sin que dejara cicatrices!

Esther le rascó el cuello a la perra y continuó el paseo que las llevó junto al Museo Nacional de Arte y, a través del jardín botánico, en dirección a los lagos. Tuvo que entornar los ojos ante los destellos deslumbrantes que el sol le arrancaba a la superficie del agua. Sonrió al ver a un grupo de jóvenes de ojos despiertos acomodados en un banco con latas de cerveza. «Copenhague está en su mejor momento cuando despierta de la hibernación —se dijo—, no como nosotros, que debemos cumplir con toda una serie de rituales matutinos para poder enfrentarnos al día.»

Gregers, su compañero de piso y amigo de ochenta y cinco años, era un ejemplo de manual de alguien a quien le costaba arrancar por las mañanas. A veces se sentaba en la cocina del piso que compartían en la calle Peblinge Dossering con una cara de pocos amigos que le duraba hasta bien entrada la mañana. Con la edad no hacía más que empeorar; cada vez se movía menos y refunfuñaba más. Aunque seguía acercándose a diario a la panadería de Blågårdsgade para hacer ejercicio, su cuerpo, fuerte en otro tiempo, estaba cada vez más enjuto, y su estado de ánimo se encontraba bajo mínimos.

Esther apartó a *Dóxa* del banco mientras sus pensamientos volvían al tema que la consumía la mayor parte del tiempo: escribir. Apenas se le había insinuado una idea para un libro, pero era tan emocionante que no podía dejar de pensar en ella. Se le ocurrió en Navidades, cuando fue a poner flores en la tumba de su amigo Kristoffer un día que el cementerio estaba nevado y la lápida cubierta de escarcha. Se quedó un rato largo allí pasando frío mientras intentaba sentirse unida al amigo al que tanto echaba de menos, pero lo único que consiguió fue sentirse bloqueada y perdida.

«¿Por qué nos cuesta tanto enfrentarnos a la muerte, si es la única certeza de la vida? ¿Qué pasa con el duelo una vez que se acaban los rituales alrededor de la muerte y todos tienen prisa por volver a la normalidad?» Los pensamientos se agolpaban en su inconsciente como una avispa que no se decidía ni a picarle ni a marcharse.

Esther había empezado a documentarse sobre ritos funerarios de otras culturas, sobre el luto y los entierros. Una mañana de marzo, nada más despertar, se sentó delante del ordenador y se puso a escribir. Al principio, solo eran retazos de pensamientos sobre la muerte, pero ya habían empezado a tomar forma y sentía un cosquilleo en la barriga al pensar en la narración que se iba desplegando.

Echó la cabeza hacia atrás y contempló los brotes verdes de un castaño que colgaban como las orejas de un cachorrito. Era imposible imaginar que pronto crecerían hasta convertirse en un denso follaje. Ritos funerarios y el verdor primaveral que se abría paso. Esther no recordaba la última vez que se había sentido tan bien.

# 4

LAS OLAS, DE un gris azulado, golpeaban el muelle de Langelinie y rociaban a Jeppe y Anette con agua salada. El fuerte de Trekroner y las chimeneas de Refshaleø se perfilaban en el horizonte y, en el mismo muelle, algo más allá, también se veía el viejo cuartel de Holmen y el polémico edificio de la ópera. Junto a la estatua de la Sirenita, donde un enjambre de turistas intentaba sacar una foto decente del decepcionante monumento, Jeppe tiró a la basura los restos del perrito caliente que había decidido tomar como almuerzo. Molesto por el regusto a cebolla, se hurgó en el bolsillo en busca del tabaco ante la mirada de reproche de Anette.

—¿Ahora te pones a fumar? Nos esperan en casa de los Skytte.

Jeppe le ofreció el paquete con una sonrisa. No había nada más divertido en el mundo que chinchar a un exfumador. Anette negó con la cabeza y se metió las manos en los bolsillos mientras él se encendía un cigarrillo y daba una calada profunda.

Había empezado la primera fase de la investigación. Un equipo de policías se dedicaba a peinar las redes sociales, hacer visitas puerta a puerta y llamar a familiares y compañeros de clase. La segunda fase tardaría al menos una hora en ponerse en marcha, puesto que las patrullas caninas, los helicópteros y la prensa eran artillería pesada que era preciso activar antes de desplegarla. De entrada, habían decidido no dar a conocer el contenido de la carta ni las sospechas de que se trataba de un secuestro. Hasta que los perpetradores no dieran a conocer sus exigencias, implicar a todo el mundo en la situación podía ser más perjudicial que otra cosa.

Cabía esperar que Oscar apareciera ileso antes de que todo eso fuera necesario.

—¿Cómo lo ves?

Anette frunció los labios con aire pensativo.

—A primera vista no parece una típica carta de secuestro.

—Pero si tenemos en cuenta las anteriores amenazas que recibieron, parece que eso es precisamente de lo que se trata —dijo Jeppe con la mirada perdida en el agua.

—Ya —dijo Anette, y le dio un puntapié a una piedra, que rebotó en el asfalto—. ¿Soy yo o entre los padres hay un rollo muy raro?

—¿No es normal, dadas las circunstancias?

Ella se encogió de hombros e insistió:

—¿Y qué me dices de lo de la cama familiar?

Jeppe dirigió una columna de humo hacia el horizonte.

—Pues dormir con tu hijo adolescente de quince años en la misma cama no es lo más habitual, pero cada familia es un mundo y hace lo que le parece mejor.

Su compañera frunció la nariz.

—A mí me parece rarito. Además, ¿quién dice que Malin Dreyer-Hoff tenga buena relación con sus hijos? No parece el prototipo de madre empática —dijo, y Jeppe enarcó una ceja en un ademán socarrón—. ¡No me vengas con esas, Jeppesen! Que una vez leyeras un libro no te capacita para psicoanalizar a la gente.

Jeppe le dedicó una media sonrisa y se apagó el cigarrillo en la suela del zapato.

—Venga, sigamos.

El barrio que rodeaba el castillo de Amalienborg olía a dinero añejo. Pasaron por calles adoquinadas y frente a fachadas encaladas

45

de blanco con gruesas placas de latón donde ponía el nombre antes de doblar hacia Federiciagade, que marcaba la frontera del lujo: a medida que se alejaban del agua y del castillo, la disminución de la cantidad de dinero dedicada al mantenimiento de aquellas casas antiguas se hacía evidente. En el número 64, en un portal relativamente humilde a la vuelta de la esquina de Borgergade, Jeppe encontró el apellido «Skytte» en el portero automático y pulsó el botón. La puerta se abrió a un pequeño patio trasero rodeado de edificios de pisos. Un hombre de mediana edad, pelo claro y barba tupida los esperaba en la puerta de lo que resultó ser una vivienda en unos bajos, a la que se accedía directamente desde el patio. Jeppe se limpió los zapatos en un felpudo floreado y le tendió la mano. Se fijó en que el chicle que mascaba aquel hombre no lograba enmascarar del todo el olor a alcohol en su aliento.

El piso era oscuro y de techos bajos, pero estaba decorado de forma acogedora con muebles de madera de pino, alfombras de trapillo y desvaídos dibujos infantiles colgados en el recibidor. El mobiliario era funcional y sencillo, y el contraste con la lujosa vivienda de los Dreyer-Hoff no podría haber sido mayor.

—Vamos a sentarnos a la cocina, estaremos más cómodos. Iben acaba de llegar —dijo Kasper Skytte mientras abría una puerta entornada y sin pomo y entraba primero.

En la cocina había una joven con el pelo rubio oscuro hasta los hombros y una cara infantil inclinada sobre una taza de té. Anette se quedó de pie junto a la mesa de la cocina y miró de soslayo los platos sucios amontonados en el fregadero mientras Kasper tomaba asiento en un taburete al lado de su hija. Jeppe se sentó enfrente, y cuando Kasper se giró hacia su hija, quedó a la vista una marca de nacimiento del tamaño de un puño en el lado derecho de la cara que iba desde el borde de la barba hasta el nacimiento del pelo.

—Iben, siéntate derecha. Ha venido la policía.

Jeppe le ofreció la mano a la chica, que se la encajó despacio, como si los gestos de cortesía fueran una convención a la que no estaba acostumbrada.

—Hola, Iben, me llamo Jeppe y soy de la policía. Como ya sabes, tu amigo Oscar ha desaparecido. Les dijo a sus padres que se quedaba a dormir en tu casa… —Iben clavó la mirada en su taza— pero no fue así. ¿Sabes dónde está? —preguntó con delicadeza.

La muchacha empezó a dar vueltas a la taza entre las manos, y Kasper le pasó el brazo sobre los hombros como para ofrecerle consuelo. A Jeppe no se le escapó que la muchacha parecía encogerse ante el contacto.

—Si sabes algo —empezó—, ahora es el momento de contarlo. Es una situación muy seria, Oscar podría estar en peligro.

—No sé dónde está.

—No pasa nada, Iben —dijo Jeppe con una sonrisa tranquilizadora—. ¿Cuándo lo viste por última vez?

—Ayer, delante del colegio, justo después de salir. Unos cuantos nos quedamos un rato hablando de lo que haríamos el fin de semana. Había gente de B y algunos de tercero. Oscar esperaba a su hermano mayor, pero no llegó y diez minutos después nos fuimos a casa, yo para Nørreport y él en dirección al jardín botánico.

—¿No habíais quedado?

—Él quería pasar por casa para dejar la mochila y venir aquí más tarde, a cenar, lo normal —respondió en un tono apresurado y neutro.

—¿Y por qué no fue a casa contigo?

—Necesitaba ropa de recambio —dijo Iben, y frunció la nariz en un gesto de irritación que hizo que Jeppe sospechara que su apariencia inocente ocultaba un temperamento incendiario.

—Pero no vino. ¿Lo llamaste?

Ella meneó la cabeza con aire despectivo, como si fuera una pregunta ridícula.

—¡Pues claro que lo llamé! Pero no me lo cogió y pensé que se habría puesto a jugar o a dibujar, o que se habría dormido, o yo qué sé. Nos vemos todos los días, no es que hubiéramos quedado en plan súper en serio...

Anette interrumpió el torrente de palabras de la chica:

—Un alumno de tercero, Joakim, dice que vio a Oscar hablando con el conductor de un coche negro. ¿Lo viste tú también?

Iben negó con la cabeza.

—¿Y no te extrañó que no te dijera nada después de dejarte plantada? —insistió Jeppe.

—No —respondió ella con una mirada típica de adolescente que desprecia el conformismo de la vida adulta—. Pensé que ya me llamaría cuando se despertara.

Kasper la miró con gravedad.

—¿Mentisteis los dos al decir que iba a quedarse a dormir aquí? —Una vena palpitaba bajo la marca de nacimiento, y a Jeppe le dio por pensar que aquel hombre estaba haciendo un esfuerzo. Era como si para estar allí sentado sin emprenderla a porrazos con algo, le costara lo indecible controlar la fuerza que recorría sus brazos musculosos.

—Entonces, ¿no tienes ni idea de dónde puede estar? —preguntó Jeppe de nuevo a la chica.

—No —respondió ella sin levantar la mirada de la taza.

El inspector sintió un impulso incontrolable de empezar a gritarle a la niña para que comprendiera la seriedad de la situación. «¡Lo han secuestrado, haz el favor de ayudarnos!», quiso chillar. Pero sabía que a los testigos había que tratarlos con delicadeza para que no se cerraran en banda. Con calma, preguntó:

—¿No tienes ni idea de dónde ha pasado la noche?

Tras un silencio de varios segundos, Iben negó con la cabeza.

El grifo del fregadero goteaba con monotonía, y Jeppe empezó a contar las gotas mentalmente. Un latido, dos latidos, tres latidos. Entonces se interrumpió:

—Los padres de Oscar encontraron una nota con una cita literaria impresa en un DIN-A4. ¿Te suena de algo?

—Ni idea —respondió ella con una voz que se apagó hasta convertirse en un susurro.

Su padre volvió a pasarle el brazo por los hombros, y en ese segundo intento la reacción de la joven fue imposible de pasar por alto: se apartó con un gesto totalmente instintivo, como un bebé que aún no puede poner límites con palabras.

Anette sacó una tarjeta de visita.

—Si se te ocurre algo que puedas contarnos, llámanos enseguida. Cuanto antes lo encontremos, mejor.

Fue Kasper quien aceptó la tarjeta mientras los miraba con nerviosismo.

—¿Es verdad que puede estar en peligro?

Jeppe esperó un breve instante antes de responder:

—En la mayoría de casos como este, los desaparecidos vuelven sanos y salvos.

«No es mentira», se dijo mientras se despedían del padre y la hija. Solían aparecer sin un rasguño durante las primeras cuarenta y ocho horas. Transcurrido ese intervalo, las estadísticas se desplomaban.

En otras palabras: les quedaban dos horas y media.


«INTO MY ARMS, O Lord. Into my arms...»

La voz cavernosa de Nick Cave llenaba el pequeño estudio y Jenny Kaliban subió el volumen y cerró los ojos. Con el cigarrillo en los labios, se meció un poco de lado a lado mientras cantaba y dejaba que las notas ahogaran la inquietud que le llenaba el cuerpo como solo la música podía hacerlo. Se había despertado con un nudo de ansiedad en el pecho y le costaba sacudirse esa sensación. La preocupación le había dibujado las arruguitas que se le arremolinaban alrededor de los ojos y la boca, le había cubierto el pelo de gris y le había hecho polvo las rodillas. Como un mantra, trató de repetirse que no tenía mucho que perder, pero era mentira, claro. Todo el mundo tiene algo que perder.

Abrió los ojos, apagó la música de la anticuada minicadena y lanzó la colilla al fregadero. Iba a pasarse todo el día en el estudio, cosa que no era nada frecuente, y no debía desaprovecharlo con autocompasión y pensamientos negativos. Su situación económica era crítica, por no decir catastrófica. Iba a tener que dar clases extraescolares otra vez, aceptar turnos extra en el museo Thorvaldsen y encontrar otras fuentes de ingresos. Trabajar en el museo le gustaba, pero estaba muy mal pagado. Para colmo de males, tenía en el archivador la notificación de desahucio de su casero, un incendio imposible de apagar que amenazaba con destrozarle la vida.

Jenny descolgó un delantal del gancho junto a la puerta y contempló el pequeño taller ubicado en la planta baja de una casita ruinosa del barrio de Indre Østerbro que se mantuvo obstinadamente en pie cuando derrumbaron todas las demás en nombre de la modernidad. Se accedía desde el patio trasero, y las ventanas polvorientas no dejaban pasar mucha luz. A lo largo de los años había llenado la estancia con pinturas, esculturas y herramientas de dibujo. El archivador, con sus cajones profundos, ocupaba mucho espacio, igual que el pequeño horno en el que cocía la cerámica. Las ventanas estaban cubiertas de estanterías con tarros en los que guardaba los punzones, los colores pastel y los carboncillos, pero se sentía a gusto en aquel espacio oscuro y angosto. La luz venía del papel y la música, de dentro, no del sol en el cielo.

En la parte delantera del edificio había una pequeña tienda de ropa, cuyo almacén quedaba justo debajo del estudio, que acababa de colgar el cartel de «Cerrado», así que la esperaba una larga tarde de paz y tranquilidad para trabajar, sin nadie que se metiera con ella por el desorden, la música o el olor a trementina. El estudio era el mayor lujo y el único gasto realmente necesario de su vida. Habría preferido abandonar el piso de una habitación en el que vivía antes que renunciar a ese espacio.

Jenny arrancó una gruesa hoja de papel de acuarela del bloc de la marca Canson, lo sujetó con pinzas a un tablón de aglomerado y lo colocó en el caballete. Sin dejar de tararear para sí, dispuso los carboncillos en el suelo, sacó un trapo y preparó el aerosol fijador para rociar el dibujo en cuanto lo terminara. Aquel proceso, que precedía al acto de dibujar, estaba tan arraigado en sus dedos que era inseparable de ella misma. Una vez lo tuvo todo preparado, sacó un carboncillo de su correspondiente tarro y lo acercó sin titubear al papel en blanco.

Sus alumnos le preguntaban a menudo por la inspiración: de dónde venía y cómo convertirla en arte. Jenny nunca sabía qué responder. Para ella, dibujar y pintar eran algo tan natural e intuitivo como respirar, algo que hacía sin pensar. Dejaba que sus dedos se convirtieran en el hilo que unía su alma al papel y que las imágenes tomaran forma en el lienzo, más allá de su propia conciencia. A veces, ella era la primera sorprendida de los trazos que aparecían ante sus ojos, por más que fueran obra de sus propias manos.

Pasaron las horas con el susurro del carboncillo sobre el papel por toda compañía. Perdía la noción del tiempo cuando estaba en ese estado, la mañana se convertía en noche y la noche en mañana sin que ella se diera cuenta.

Jenny se separó un paso del caballete para obligarse a salir de su trance y contempló el dibujo incipiente. Vio una forma muy familiar: un cuerpo con la cabeza vuelta hacia atrás y las extremidades pálidas. Recordó las incontables exposiciones de bocetos de Rodin, del paralelismo elemental de Duchamp y de los retratos de Picasso a las que sus padres, ambos galeristas, las habían llevado a ella y a su hermana durante su infancia, y que se habían almacenado en su piel, vivían dentro de ella y le ofrecían consuelo cuando se sentía perdida.

EL OMEGA SEAMASTER de Jeppe dio las tres cuando él y Anette se encerraron en la oficina de la nueva sede central de la Policía de Copenhague. Los largos pasillos del Departamento de Homicidios estaban vacíos, y no solo porque fuera sábado por la tarde. El año anterior, las unidades de investigación se habían trasladado de la histórica sede en el centro de la ciudad a la nueva central del barrio de Sydhavnen, pero una mudanza de esas características no era nada fácil de llevar a cabo. En las nuevas instalaciones faltaba espacio y, a pesar de lo modernas que eran, no ofrecían a los policías unas condiciones de trabajo especialmente buenas o productivas. Además, no tenían alma. La vieja central se caía a pedazos, pero su espíritu era palpable entre las paredes y los techos abovedados, y eso el nuevo edificio no lo podía imitar.

La silla de oficina siseó con eficiencia cuando Jeppe se sentó al escritorio y encendió su nuevo ordenador con un suspiro de nostalgia. Se había pasado doce años trabajando entre los paneles de madera oscura de la antigua central y sabía que le llevaría un tiempo acostumbrarse a aquella construcción desalmada de ladrillo y cristal.

Colocó ante sí la fotografía de Oscar Dreyer-Hoff que su madre les había facilitado. Era un chico flaco de pelo moreno, ojos castaños y una piel que sugería que el muchacho necesitaba pasar más tiempo al aire libre. Su cara parecía debatirse entre la tensión adolescente de adquirir los rasgos adultos y los mofletes infantiles. Podía decirse que tenía una mirada inteligente, si es que tenía sentido afirmar algo así de una foto. La instantánea se había tomado a la luz del sol, tal vez sobre el agua, y el reflejo hacía que el muchacho tuviera que entornar los ojos en un gesto que parecía de escepticismo.

Jeppe dejó la fotografía a un lado y abrió la intranet de la Policía para leer el informe con la información que habían recogido sobre la desaparición del chico. Sentada frente a él, Anette llamaba a vecinos y compañeros de clase e iba tachando uno a uno los nombres de su lista. Todo el mundo estaba al corriente de lo sucedido, pero nadie sabía dónde estaba Oscar. El tal Joakim, que decía que lo había visto hablar con el conductor de un coche negro junto al jardín botánico, afirmaba no haberse fijado en la marca ni la matrícula del vehículo y, a decir verdad, ni siquiera recordaba si lo había visto el viernes o el día anterior.

Jeppe envió un breve correo electrónico al inspector Thomas Larsen para pedirle que investigara a la familia Dreyer-Hoff y pusiera especial atención a las amenazas que decían haber recibido, además de a sus negocios y situación económica. Si alguien se había llevado a Oscar, no era impensable que tuviera que ver con la fortuna o el historial familiar.

Salió a por un café de la máquina del pasillo, seleccionó un expreso doble y le echó un chorrito de leche mientras se preguntaba lo que traería el resto del día. Solo de pensar en un forense inclinado sobre el cadáver de un adolescente se le revolvía el estómago. Los hijos tenían que sobrevivir a sus padres, y punto.

Al volver a su mesa, imprimió las fotografías que Anette había sacado de la carta misteriosa, cuyo original ya estaba de camino a las dependencias de la Policía Científica para que la analizaran en busca de huellas y otros indicios que, esperaban, arrojaran algo de luz sobre su origen. En foto, sin embargo, resultaba de lo más anónima: letras de imprenta normales y corrientes sobre un papel normal y corriente que parecían escritas en un ordenador e impresas con una impresora de lo más común. Jeppe escudriñó de nuevo el mensaje:

> Igual que había matado al pintor, mataría la obra del pintor y todo lo que significaba. Mataría el pasado; cuando estuviera muerto, él sería libre.

Le sonaba de algo, tal vez de alguna lectura. Copió las palabras en la barra de búsqueda de su navegador y dio con una serie de enlaces relacionados con el escritor Oscar Wilde. ¿Oscar? ¿Era solo una coincidencia o un mensaje oculto? Jeppe creía recordar que su amiga Esther de Laurenti le había citado a Wilde en más de una ocasión, tal vez le conviniera hablar con ella. Por lo general, evitaba comentarle asuntos relativos a su trabajo policial. Se hicieron buenos amigos tres años atrás a raíz de un caso de asesinato en el que la colaboración de Esther por poco le costó la vida a la pobre mujer. Desde entonces le echaba una mano de vez en cuando, pero Jeppe siempre evitaba ponerla en peligro. Aun así, marcó su número de teléfono.

—¿Diga? —respondió ella. Se oía música de ópera de fondo.

—Soy Jeppe, ¿te llamo en mal momento? —dijo mientras daba un sorbo a su café y esbozaba una mueca.

—Hola, Jeppe, qué agradable sorpresa —dijo ella, y siguió una breve pausa, como si Esther se apartara del teléfono, puesto que su voz empezó a sonar más lejana—. Un momento, que apago esto. —La música desapareció—. Ya estoy. ¿Qué te cuentas?

—Te llamo para preguntar si te suena de algo una cita de Oscar Wilde que ha caído en mis manos. Antes de pedirle a Sara que lo investigue en internet, quiero entender el contexto y su posible significado. ¿Te la puedo leer?

—¡Claro! —exclamó con entusiasmo académico ante el reto que se le planteaba.

Jeppe leyó:

— «Miró a su alrededor y vio el cuchillo con el que había asesinado a Basil Hallward. Lo había limpiado numerosas veces...» —No llegó más allá porque Esther lo interrumpió.

—¡¿Que si lo conozco?! He dado clases magistrales sobre Oscar Wilde. Esto es de *El retrato de Dorian Gray*\*, el homenaje de Wilde a la juventud, un canto satírico a la vanidad de su época. —Se oyó de fondo el estruendo de algo que caía y se hacía añicos, luego Esther exclamó, alarmada—: Gregers, ¿qué ha pasado? Ay, mira, hemos tenido un accidente, a Gregers se le ha caído un vaso y ahora hay leche y cristales por todas partes. ¡*Dóxa*, no! Jeppe, ¿puedo llamarte más tarde? ¿O prefieres que nos veamos?

—Gracias, Esther. ¿Te va bien mañana por la tarde, sobre las cinco?

—¡Pásate cuando quieras!

Para cuando colgó, el café se le había enfriado. Jeppe tiró el vaso a la basura y miró a Anette, que justo terminaba de hablar por teléfono y le hizo una seña de impaciencia.

—Vale. Sí, en Søndre Frihavn, ¡entendido! Vamos para allá. —Se apartó el teléfono de la oreja—. De la Central. Han encontrado la mochila de Oscar en un embarcadero a unos pocos cientos de metros de la vivienda familiar.

—¿Cómo saben que la mochila es suya?

—Lleva su nombre. La Científica está de camino. ¡Vamos nosotros también para allá! —dijo Anette mientras daba una palmada, como si quisiera meter prisa a un niño.

Jeppe se puso en pie y agarró su chaqueta con un suspiro lleno de la energía que el café no había conseguido infundirle. Tenían una pista.

---

\* La cita corresponde a la traducción de María Cóndor Orduñas, Galaxia Gutenberg/Círculo de lectores, Barcelona, 2008. *(Nota de la traductora.)*

# 5

Anette Werner se inclinó hacia el volante para ver el agua, más allá de las casas amarillas de ladrillo que se alzaban frente al aparcamiento. Un grupo de motoristas doblaron una esquina con gran estruendo no muy lejos de donde se encontraban, y se imaginó que debían de venir de la heladería de Langelinie en dirección al centro. El aire olía a fin de semana y a gente ociosa.

Anette y Jeppe se apearon del vehículo y se dirigieron hacia la pequeña zona de baño de Søndre Frihavn. Anette, que iba algo rezagada, arrastraba un poco de mala conciencia, pero sabía que Svend, Gudrun y la diversión del fin de semana tendrían que esperar. No poder estar con tu hija cuando el hijo de otros había desaparecido eran gajes del oficio de policía.

Bajaron del muelle al embarcadero por una estrecha rampa que los llevó entre barcos de vela, casas flotantes y yates con colchonetas hinchables amarradas a la cubierta.

—Hola, chicas, ¿cómo va eso? —saludó Anette a los peritos forenses.

Clausen, investigador de la Científica, con cincuenta y nueve años, calvo y la cara llena de arrugas, no podía estar más lejos de parecer una chica, pero sentido del humor no le faltaba.

—Vaya, vaya, pero si son las gemelas Kørner y Werner, mis amiguitas del alma. ¡Cuánto me alegro de veros! —saludó. Sujetaba una mochila de nailon negra entre las manos cubiertas con guantes de látex—. Aquí la tenemos. No hay señales visibles de violencia, ni descosidos, ni sangre. Nos la llevamos al laboratorio para inspeccionarla y luego os la devolveremos, claro.

—¿Y lleva nombre? —preguntó Anette.

Clausen abrió la bolsa y señaló una etiqueta en la parte interior con el nombre y el teléfono de Oscar escritos con rotulador negro.

—Los libros de texto también llevan el nombre, con eso debería bastar. En la mochila hay un portátil, imagino que hay que dárselo a Saidani. —Tras recibir un gesto de confirmación, Clausen prosiguió—: Dejad que vea si hay huellas y os la dejo. Además de lo que os he dicho, hay un estuche y una botella de agua vacía.

Con la destreza de quien ha hecho lo mismo decenas de veces, sacudió una bolsa de plástico con una mano para abrirla y meter dentro la mochila.

—¡Espera, déjame ver los libros! —le pidió Jeppe.

—¿Para qué? —dijo Clausen, pero abrió la mochila y sacó un libro con la mano enguantada.

—Se han acabado los tebeos en el quiosco y Jeppe anda falto de material de lectura —bromeó Anette—. ¿Cómo habéis encontrado la mochila?

—Estaba debajo de la rampa —dijo Clausen, y señaló el muelle con un gesto de la cabeza. Entre las escobas y cubos del club náutico, no estaba muy escondida.

—¿Quién la ha encontrado?

—Un tipo que trabaja en el fuerte, una especie de conserje. Le he pedido que os esperara, anda por ahí —dijo Clausen con otro gesto de la cabeza.

Anette tardó unos instantes en localizarlo, cegada como estaba por el reflejo del sol de la tarde sobre el agua. Lo encontró apoyado en la borda de un barco y dejó a Jeppe con los libros para salirle al encuentro con los ojos entornados; solo veía la silueta de un hombre alto vestido con un mono de trabajo recortado contra la luz, y tuvo que protegerse la vista del sol con una mano. El barco en el que se encontraba era compacto, de color negro y amarillo y parecía un remolcador en miniatura. A un lado tenía escrito «STÆRKODDER» en mayúsculas negras.

—¿Eres tú el que ha encontrado la bolsa?

—¿Quién pregunta? —farfulló el hombre, que seguía a contraluz.

—La policía.

El hombre recorrió la borda y saltó al muelle.

—Estaba debajo de la rampa. La he encontrado al ir a por una escoba. Reconocí el nombre del aviso de búsqueda de los guardacostas y os he llamado. No tengo ni idea de cómo ha llegado hasta aquí.

Era un hombre corpulento de pelo ralo y brazos musculosos cubiertos de tatuajes, de apariencia descuidada y ojos afables y tristes. Le tendió una mano fuerte y cálida.

—Mads Teigen. Soy el guardián del fuerte de Trekroner.

—Anette Werner. Inspectora de la Policía de Copenhague.

La miró a los ojos sin parpadear. Tenía el iris de color azul mar con destellos verdes. «¿Por qué me fijo tanto?», se dijo Anette, y apartó la vista.

—¿Vives en el fuerte?

—Estoy solo en una isla, soy el Robinson Crusoe del puerto —replicó él con una sonrisa avergonzada, como si se arrepintiera de la frivolidad que acababa de soltar.

Anette se puso en cuclillas para palpar un cabo azul en el suelo junto a un amarre vacío, y comprobó que estaba seco y caliente al tacto por el sol, tras lo cual se puso en pie de nuevo y contempló el agua.

—Tú que tienes amarre fijo, ¿sabrías decirme si falta algún barco?

Él negó con la cabeza como disculpándose.

—Como ves, hay varios amarres vacíos. Algunos han salido a navegar, otros aún no han vuelto al agua después del invierno… No se les puede seguir la pista.

—Vale —dijo Anette—. ¿Has visto algún adolescente que fuera en barco alrededor del fuerte? ¿O en algún otro sitio del puerto en las últimas veinticuatro horas?

—Veo a muchos jóvenes, últimamente se lleva mucho salir de fiesta en barco por el puerto. Peligrosísimo, en mi opinión. Pero no, no he visto a nadie sospechoso. —Giró la cara hacia el sol y entornó los ojos—. ¿No tenéis ni idea de dónde está el chico desaparecido?

—¿Tienes alguna información?

—No, qué va. Lo he dicho por decir. Era solo… curiosidad.

Anette se sacó una tarjeta de visita del bolsillo y se la ofreció.

—Si ves o recuerdas algo que pueda ayudarnos en la investigación, llámame.

Él aceptó la tarjeta y la estudió con detenimiento, como si esperara que le revelara algo que quería saber.

Ella observó sus gruesos dedos aferrados a la cartulina blanca y sintió un extraño deseo de agarrarlo de la mano y largarse con él.

—Repito: ¡si ves algo, nos llamas!

Dicho esto, giró sobre sus talones y se dirigió a donde estaba Jeppe ansiando volver con Svend y Gudrun, a los paseos por el bosque y los platos de *fettucine,* y tumbarse en el sofá a ver la tele.

—¿Sabe algo? —preguntó su compañero mientras enfilaba la rampa.

—No. Encontró la mochila por casualidad.

—¿Estamos seguros de que no la dejó él allí? —dijo Jeppe, y miró hacia atrás. Anette se detuvo en seco.

—¿Qué dices? ¿Para qué iba a dejar allí la mochila de Oscar y llamar a la policía? No tiene sentido.

—Ya, puede ser.

Anette meneó la cabeza en un gesto exasperado a espaldas de su compañero.

—Voy a llamar a la Central para informarles de lo de la mochila —dijo Jeppe, y se llevó el teléfono a la oreja—. Hay que peinar la zona del embarcadero, ir puerta por puerta y parar a la gente que pase por aquí. Puede que alguien viera a Oscar y a su secuestrador.

—¡Dales recuerdos de mi parte!

Anette abrió la puerta del coche y, antes de sentarse al volante, se volvió hacia el embarcadero y vio que Mads Teigen aún la miraba con la tarjeta de visita en la mano.

EL AROMA DEL *risotto* a la milanesa llenaba todo el piso de Peblinge Dossering. Esther de Laurenti había salteado la cebolla y el arroz y añadido el vino blanco, y la cazuela humeaba alegremente a fuego lento mientras ella estaba sentada delante del ordenador. En unos diez minutos remataría el arroz con mantequilla y parmesano, pero aún le quedaba un ratito para trabajar.

La idea del libro por fin había tomado forma alrededor de Año Nuevo, cuando Esther leyó un artículo sobre entierros en el periódico que mencionaba a la legendaria antropóloga danesa Margrethe Dybris. Se había pasado los años sesenta y setenta recorriendo el Sureste asiático para investigar sus ritos funerarios, fotografiar a las poblaciones indígenas y después exponer las imágenes.

Esther había tomado prestado uno de los artículos científicos de la antropóloga y, a partir de ahí, lo tuvo clarísimo. Margrethe Dybris, que por desgracia había fallecido en 2017, parecía una persona única. Nunca se casó y viajó sola por los rincones más remotos y primitivos del planeta en una época en la que la mayoría de mujeres se veían atadas a la cocina y a los hijos. Más tarde adoptó a dos niños, se instaló en la isla de Bornholm para criarlos sola y nunca dejó de investigar.

Esther había reunido todo el material disponible de la antropóloga sobre cementerios, embalsamamientos y máscaras funerarias, y lo devoraba con admiración e indignación a partes iguales. ¡Cómo era posible que nadie hubiera escrito una biografía sobre Margrethe Dybris, una pionera tan extraordinaria que había vivido y respirado feminismo antes de que el movimiento se escindiera y se diluyera!

Esther llevaba apenas un par de semanas investigando cuando se dio cuenta de que ese era el libro que quería escribir, el libro de Margrethe, y empezó a recopilar información para elaborar una biografía sobre la antropóloga y su obra. Aún no había escrito gran cosa, pero estaba convencida de que las palabras llegarían una vez se hubiera documentado a fondo y se llenara de inspiración. Estaba en racha e iba llenando el piso entero de notas e ideas.

Había leído que Margrethe Dybris había vivido con los pueblos toraya de Indonesia en varios períodos. Embalsamaban a sus muertos y convivían con ellos durante décadas antes de enterrarlos. Al investigar acerca de esos pueblos y descubrir sus ritos funerarios, dio con un artículo sobre una exposición de reliquias funerarias en un museo de Varsovia y tomó nota.

Por lo visto, había también una exposición de máscaras funerarias en el Museo Thorvaldsen de Copenhague que tenía que visitar sin falta. Otro enlace de internet la llevó al anuncio de una talla de madera de una procesión funeraria, una obra bella pero sombría llena de niños que lloraban y un esqueleto entre los dolientes, a la venta en el portal de subastas Nordhjem.com por una suma exorbitante que quedaba fuera de su presupuesto. Otro enlace la llevó de nuevo a las imágenes de reliquias funerarias, empezó a pasar de largo fotografías de cruces y aves y se detuvo en el retrato de una muñeca pálida.

—¿Has cogido las tijeras?

Esther dio un respingo al descubrir a Gregers detrás del escritorio con una mirada de reproche.

—No están en su sitio, en el cajón de la cocina.

Ella se llevó una mano al pecho, donde el corazón le latía desbocado.

—Pues no las he visto, Gregers. ¿No las tendrás tú?

—¿Me tomas el pelo? Si las tuviera, ¡no vendría a preguntarte! —Señaló la montaña de papeles del escritorio—. No entiendo cómo aguantas este desorden.

Esther se levantó de la mesa sin molestarse en disimular un suspiro. Compartir piso con Gregers era, por lo general, agradable y fácil, pero últimamente su actitud regañona la irritaba hasta lo indecible.

—Ven, vamos a mirar en la cocina, que tengo que remover el *risotto*.

Gregers se le adelantó y, desde atrás, Esther contempló su espalda, en otros tiempos tan robusta. Había adelgazado, su apetito ya no era el de antes, y a veces hasta se olvidaba de comer, así que ella había empezado a preparar cena para dos varias veces a la semana. Era más agradable que cocinar para uno solo, por más que su compañero de piso refunfuñara ante sus platos mediterráneos.

—¡Las tienes allí mismo, encima de la mesa! —dijo Esther, y las señaló con el dedo.

Gregers miró las tijeras de soslayo.

—Antes no estaban allí. ¡Las has puesto tú! —dijo mientras las agarraba con indignación y se volvía a su habitación, en el otro extremo del piso, arrastrando los pies.

—¡Comemos en quince minutos! —dijo Esther a su espalda. Acto seguido, echó a la cazuela un chorro generoso de syrah y sacó la mantequilla de la nevera. La situación era cada vez más insoportable.

Puso su grabación preferida del *Rigoletto* de Verdi —la de Caruso— para que «Bella figlia dell'amore» acompañara el aroma del parmesano fundido. Se sirvió un vaso de vino, lo bebió de un trago y al volver a llenárselo comprobó con irritación que la botella estaba medio vacía. Por deprimente que le resultara, iba a tener que volver a pasarse una temporada sin beber a diario. No beber era aburridísimo.

El periódico del día estaba abierto sobre la mesa, con las secciones separadas unas de otras. Esther dejó el vino y se acercó. Había varios agujeros cuadrados en las páginas que parecían ojos abiertos, pedazos recortados de cualquier manera, sin poner atención en dónde empezaban y terminaban los artículos. Los recortes estaban apilados con pulcritud. Esther agarró el primero, un anuncio de vacaciones bajo el sol de Egipto cortado por la mitad, de modo que de las pirámides solo quedaba la punta y el texto era ilegible.

Un nudo de malestar se estrechó en su estómago. Gregers no solo había olvidado que tenía las tijeras, sino que las había usado de una forma muy peculiar.

La palabra «demencia» se abrió paso al mismo tiempo que el aroma del *risotto* que se cocía en el fogón.

# 6

—¿Aparcas tú y yo voy pidiendo?

Jeppe se apeó del coche patrulla y dejó que Anette se las arreglara para encontrar aparcamiento mientras él se dirigía al Oscar Bar. «Otro Oscar», pensó Jeppe mientras recorría la calle adoquinada en dirección al famoso café LGTBIQ+ de la plaza del Ayuntamiento, a un tiro de piedra de la vieja Comisaría Central, un local que, con los años, se había convertido en su abrevadero fijo para tomarse algo al salir del trabajo. Una costumbre que ni un traslado a Sydhavnen ni un chico desaparecido cambiarían.

Jeppe no se acordó de que era sábado por la noche hasta que abrió la puerta y se encontró con la música a todo trapo y una clientela juerguista vestida con colores chillones y prendas de cuero muy ajustadas. Encontró sitio en la barra y pidió dos quintos de cerveza mientras Donna Summer cantaba *Hot Stuff* y el camarero se desgañitaba con ella.

Oscar llevaba veinticuatro horas desaparecido sin ningún testigo que aportara nada relevante y sin que los secuestradores hubieran establecido contacto alguno. La mochila hallada en el embarcadero podía indicar que lo habían llevado hasta el muelle. La comisaria había conseguido asistencia marítima de Protección Civil, una unidad de rescate del Ejército y varios submarinistas que ya estaban en camino. El helicóptero de los guardacostas también iba a sobrevolar el puerto durante al menos una hora antes de que anocheciera y, además, Protección Civil se había puesto en contacto con los guardianes de los distintos fuertes, fareros y patrones de toda la costa, tanto en el lado danés como el sueco. Los servicios de rescate de Malmö habían ofrecido su ayuda con el mayor dispositivo de búsqueda jamás desplegado en suelo danés.

—Uy, qué buena pinta tiene la Classic. ¡Salud! —dijo Anette, que apareció de repente a su lado y dio un largo trago a su cerveza—. Me han llamado de la Central, no han sacado nada del puerta a puerta. Nadie ha visto a Oscar desde que salió ayer del instituto. —Giró la cabeza para mirar a su alrededor y enarcó una ceja como única reacción ante la atmósfera festiva del bar—. ¿Se sabe algo de la carta?

—Clausen acaba de escribirme —dijo Jeppe mientras se sacaba el teléfono del bolsillo y buscaba el correo del forense—. A ver, te lo leo… El papel es el normal y corriente de 80 gramos, y se imprimió con una impresora de tinta, no de láser, con fuente Times New Roman. Hay unas leves marcas de tambor en la parte superior de la hoja que parecen indicar que no se usó una máquina doméstica, sino una impresora industrial, como las que pueden encontrarse en cualquier empresa.

—O colegio —añadió Anette—. ¿Hay huellas en el papel?

—Algunas. Han hallado las de Henrik y Malin, pero el resto son demasiado vagas como para permitir su identificación, ya sabes lo que pasa con las huellas sobre el papel —explicó Jeppe, y se guardó el teléfono mientras sonreía al ver a una pareja de cierta edad que se había puesto a bailar junto a la barra. El ambiente relajado que los rodeaba, ajeno a sus tribulaciones, resultaba balsámico—. Ah, y Esther de Laurenti afirma que la cita es de un libro de Oscar Wilde. Mañana me pasaré por su casa a ver qué más me cuenta.

Anette meneó la cabeza y dio un trago a su cerveza.

—¿Qué tipo de secuestrador deja una cita de un libro y mete a su víctima en un barco? Tengo la sensación de que esa nota no tiene nada que ver con Oscar.

—¿Y si la escribió él? Los adolescentes pueden ser muy… crípticos.

Su compañera le lanzó una mirada elocuente.

—Estoy convencida de que tú eras así en la adolescencia: críptico y un puto pesado.

—Ni te lo imaginas: un joven sensible, lleno de ideas y sueños.

—Cómo me alegro de no haberte conocido entonces. Ya eres bastante insoportable como adulto.

—A decir verdad, la mochila puede indicar que se lo llevaron en contra de su voluntad. ¿Cómo si no iba a acabar en un embarcadero? ¿La dejó él allí para darse un chapuzón?

—No te lo compro —dijo Anette, que meneaba la cabeza—. Los secuestradores se ponen nerviosos con facilidad y dan a conocer sus exigencias. Si quisieran dinero, ya se habrían puesto en contacto con la familia. De una forma directa, quiero decir.

—¿Entonces?

Anette dio otro trago y se secó los labios con la mano.

—Yo digo que han sido los padres.

—¡¿Los padres?! ¡Eso no puedes soltarlo así, alegremente!

—Pues tú no haces más que sacarte de la manga teorías a medio gas —replicó ella con una sonrisa torcida—. A ver, en serio: algo raro pasa en esa familia. O el padre le ha cascado demasiado fuerte, o la madre tiene síndrome de Munchausen por poderes, eso el tiempo lo dirá. Pero mucho me temo que Oscar está en el fondo del puerto con un peso atado a las piernas.

—Si alguien tiene Munchausen, ¡eres tú! Esa pobre gente está muerta de preocupación por su hijo desaparecido, ¡no te pases! —dijo Jeppe mientras dejaba un billete sobre su posavasos—. La familia ha recibido amenazas de verdad, no es mucho suponer que la desaparición de Oscar pueda tener algo que ver.

—En cualquier caso, eso es lo que quieren que creamos.

Jeppe golpeó la barra con los nudillos.

—Mira, tengo que irme a casa con Sara. Puede que Oscar se metiera en algo peligroso por internet, a través de un chat o de un juego de ordenador.

Anette apuró la cerveza y suspiró.

—Entonces, según tu punto de vista, llegó un psicópata montado en una tabla de surf que dejó una nota rebuscada a los padres y se llevó al chaval hasta el puerto, donde se esfumaron sin dejar rastro.

Jeppe se levantó.

—Claro que sí, Werner, ¿no crees que eso es exactamente lo que ha pasado?


CALCETINES SUCIOS, BOTAS de agua desparejadas, bolsas de tela, gorros de lana, libros escolares, cartas sin abrir y tebeos del Pato Donald. El piso parecía una pocilga, atestado de piezas sueltas desperdigadas de tal modo que se anulaba su función original, como si el desorden hiciera que los objetos perdieran su valor y se convirtieran en basura en el suelo del salón.

Sara Saidani contemplaba de reojo la zona catastrófica con una irritación creciente. No era una persona especialmente quisquillosa y estaba acostumbrada a convivir con cierto desorden, pero la situación había llegado a un extremo difícil de soportar. Mantener en condiciones mínimamente salubres el piso de ochenta y cinco metros cuadrados de Christianshavn que compartía con sus dos hijas (y la mayor parte del tiempo, también con su novio), a veces se le antojaba como tratar de detener un tsunami con un rollo de bolsas de basura.

Sintió náuseas al encontrar en un rincón una manzana parduzca a medio comer. ¿Qué otras sorpresas en distintas fases de descomposición descubriría entre el caos en cuanto se pusiera manos a la obra? Con un suspiro de agotamiento, empezó a poner orden.

Unas braguitas floreadas de algodón aterrizaron en el cesto de la ropa junto con la sudadera de capucha amarilla que Amina había insistido en llevar puesta durante semanas, hasta que se cubrió de manchas y quedó relegada a ropa de andar por casa. Encontró también una camiseta de Jeppe, y eso que él solía llevarse la ropa para lavarla en su casa. Sara se llevó el algodón blanco a la nariz e inspiró su olor antes de hacer una bola con ella y echarla también a lavar. A pesar de todo, como madre de dos hijas, solo podía permitirse hacer el ridículo hasta cierto punto. Madre soltera, policía y enamorada de un compañero de trabajo no era una tríada especialmente óptima.

Llevó la ropa sucia al baño, se puso en cuclillas y empezó a meter prendas de color en la lavadora. La falta de espacio y todo lo que implicaba empezaba a afectarla. Jeppe se mostraba tan apasionado con ella como distante con sus hijas, y Sara a veces tenía la impresión de que estaba tan empeñada en forzar una relación familiar que ya ni sabía cómo se sentía. Con la edad, el amor requería un balance de cuentas cada vez más complejo.

Jeppe estaba al caer. La había llamado por la mañana y, aunque Sara no estaba de servicio, había encendido la radio policial. Se trataba de un chico de quince años, desaparecido desde la tarde del día anterior. Podía ser algo grave, pero también algo totalmente intrascendente, y no quedaba más remedio que esperar que pronto apareciera sano y salvo. La lavadora empezó a zumbar y ella contempló con aire meditabundo cómo el tambor se llenaba de agua. Se arrancó la tirita de Pippi Calzaslargas que le cubría un rasguño en la rodilla que Meriem, su hija pequeña, le había aplicado con gran concentración mientras asomaba la punta de la lengua por la comisura de la boca.

Oyó el chirrido de la puerta del baño y percibió la sonrisa de Jeppe incluso antes de volverse para mirarlo.

—Hola. ¿Lo habéis encontrado? —dijo mientras se ponía de pie.

—No. Nadie ha visto nada ni tiene idea de dónde está.

—Pobres padres. ¿Cómo están?

—Como cabe esperar.

Jeppe le sostuvo la cara entre las manos para besarla y Sara sintió la mezcla familiar de mariposas en el estómago y agotamiento que la invadía cada vez que Jeppe llegaba a casa, siempre cuando las niñas ya estaban acostadas. «El amor no es como en las películas», decía alguien en una canción, y era verdad: el amor solo podía ser como en las películas por un instante, cuando las niñas dormían y el Departamento de Homicidios quedaba muy lejos. Ojalá no estuviera tan cansada.

—¿Qué tal el día? —preguntó Jeppe mientras le colocaba un mechón de pelo detrás de la oreja.

—Bien, normal. He llevado a las niñas al cine. Ven, vamos al salón, te traeré una cerveza. —Así lo hizo y cerró las puertas dobles del salón al entrar—. ¿Se nota que he ordenado?

Jeppe miró a su alrededor con cierta confusión. La estancia parecía igual de desordenada que siempre.

—¡Vale, vale! No he podido ordenar mucho, es un horror a lo poco que llego en mis días libres.

Jeppe sonrió y volvió a mirar a su alrededor con aire más conciliador. No lo decían nunca en voz alta, pero su respectiva y desigual necesidad de orden era uno de los muchos obstáculos en el camino hacia un hogar en común.

Se dejó caer en el sofá.

—Tengo el portátil de Oscar. Sé que mañana también tienes el día libre, pero…

Sara reflexionó un instante, más por alimentar la mala conciencia de Jeppe que porque necesitara pensárselo de verdad. Sabía muy bien que el trabajo siempre le ganaba la partida al tiempo en familia.

—Le echaré un vistazo. Seguro que mi madre puede quedarse con las niñas un par de horas —dijo mientras se sentaba al lado de su novio—. ¿Huellas?

—Los peritos han encontrado varias, y no solo de Oscar. Las van a comparar con las de la familia para ver si se pueden identificar. —Dicho esto, abrió la cerveza y dio un trago con un suspiro de satisfacción—. Dejaron una carta para los padres. Sin remitente. No es más que una cita de Oscar Wilde que habla de un cuchillo y de matar el pasado.

—¿Un intento de chantaje?

—Aún no lo sabemos, no han recibido ningún mensaje de los secuestradores —dijo Jeppe, y se encogió de hombros. Sara alargó la mano para quitarle la cerveza y darle un trago—. ¿No quieres hablar?

Sara meneó la cabeza con actitud evasiva.

—Es que… Bueno, ya sabes. Niños desaparecidos. Cuando tienes hijos, es lo peor que te puedes imaginar.

Jeppe volvió a agarrar la botella, la vació de un trago y la dejó sobre la mesita.

—La verdad, a mí tampoco me apetece darle más vueltas. Vamos a la cama.

Sara se dejó arrastrar hasta el dormitorio y protestó solo a medias ante las caricias de él sobre su cuerpo porque, en realidad, le apetecía dejarse llevar.

—Mamá, he tenido una pesadilla.

Plantada en la puerta, Meriem los miraba confusa. Sara se echó la colcha por encima y se agachó para abrazar a su hija mientras Jeppe desaparecía bajo las sábanas.

—No pasa nada, cariño, ya pasó. Ven, vamos a la cama, te haré compañía hasta que te duermas.

Acompañó a Meriem a la pequeña habitación infantil que compartía con su hermana y la arrulló bajo su edredón floreado, se sentó en el borde de la cama sin soltarle la manita e intentó ahogar el nudo de irritación que sentía al no poder dejar que su hija durmiera con ella en la cama de matrimonio. ¿Sería distinto si Jeppe fuera el padre o si mostrara un mínimo interés?

Sara contempló a su hija hasta que se durmió y entonces regresó a su habitación.

Jeppe dormía a pierna suelta.

*La* OSCURIDAD ENVUELVE *el cuerpo del muchacho como un pesado edredón que lo ahoga. Cierra los ojos y vuelve a abrirlos, pero no nota la diferencia. El corazón le martillea en el pecho, intenta respirar hondo para calmarlo, pero la negrura que le impide ver no ayuda. Siente frío en torno a sí, tirita bajo la cazadora vaquera e intenta resistirse a los escalofríos, aunque sabe que con eso solo conseguirá tener aún más frío.*

*El chico se encuentra en un cuartito claustrofóbico de techo bajo y espacio reducido. Le cuesta orientarse en la oscuridad. Las paredes se desmigan bajo sus dedos y gotea agua del techo. Oye el mar, pero no lo ve. Tiene hambre. Está cansado.*

*Se sienta en el suelo tosco y apoya la espalda en la pared mientras trata de no darle más vueltas a su situación. No servirá de nada, no hay escapatoria. Está atrapado.*

*El chico sabe que va a morir allí dentro. Ha renunciado a toda esperanza y solo desea que sea rápido, que su sufrimiento no se alargue.*

*Sabe lo que le espera.*

*Cuando se le pare el corazón, la sangre dejará de circular por su cuerpo, que se enfriará en función de la temperatura ambiente. La piel se volverá mortecina y adoptará un tono amarillento. Los ojos se quedarán entornados, rojizos y empañados. La lividez cadavérica aparecerá primero en los puntos en los que el cuerpo esté en contacto con el suelo. Si tardan mucho en encontrarlo, los forenses podrán sacar a cucharadas líquido alveolar de sus pulmones.*

*El chico trata de pensar en el proceso con naturalidad, como si fueran los deberes de Biología, una condición común en todos los seres vivos. Pero, aun así, tiene miedo. No de lo que lo aguarda al otro lado, sino de lo que falta para llegar hasta allí.*

# DOMINGO,
# 14 DE ABRIL

# 7

—No lo hemos encontrado, lo siento —retumbaron las palabras de Jeppe. El informe matutino de los servicios de emergencia había sido claro y demoledor.

La respuesta de Malin Dreyer-Hoff fue más un gemido que una palabra. Luego se aclaró la garganta y pudo hablar.

—De acuerdo, gracias. A nosotros tampoco nos han dicho nada.

El eco de la pelea en la cocina entre Sara y Meriem llegó hasta el dormitorio. Jeppe esperaba que no se oyera al otro lado de la línea. Se dijo que, al menos, las peleas eran un signo de vida.

—Hay... —La voz de Malin Dreyer-Hoff sonaba como si se alejara de algo o de alguien—. Hay algo que quiero enseñarle. ¿Podemos vernos?

—Puedo pasarme... —Tras un titubeo, Jeppe miró su reloj— dentro de una hora, ¿le va bien?

Se hizo el silencio al otro lado. Iba a repetir sus palabras, pero entonces ella respondió.

—Venga a la oficina. Stockholmsgade, 41. No está lejos de casa.

¿En la oficina?

—De acuerdo. Estaré allí a las nueve.

Jeppe colgó y envió un mensaje a Anette y a Thomas Larsen para citarlos en la Central a las doce. Habían pasado cuarenta horas desde la última vez que alguien vio a Oscar Dreyer-Hoff, así que iban a tener que trabajar en paralelo con los servicios de emergencia para agotar todas las posibilidades imaginables, aunque fuera domingo. Tan pronto como recibió una respuesta afirmativa, oyó que se abría la puerta del baño y se apresuró a meterse antes de que Amina se le adelantara. La hija mayor de Sara había adoptado la costumbre de pasarse horas y horas allí dentro, a lo que se sumaba su crónico mal humor matutino. Se duchó a toda prisa entre artículos de higiene infantiles y femeninos, se vistió y se sentó a la mesa al lado de Meriem.

—¿Has dormido bien? —Nunca sabía cómo hablar a las hijas de Sara. ¿Era adecuado acariciarle la mejilla a Meriem a modo de saludo cariñoso? Lo irritaba mucho su falta de intuición para tratar con una niña de ocho años.

—¡Cariño, responde! Jeppe te ha hecho una pregunta.

—Sí —respondió la niña sin despegar los ojos del tebeo del Pato Donald en el que estaba absorta. Pasó una página al mismo tiempo que se metía una cucharada de cereales en la boca y derramó leche sobre la mesa.

Jeppe le acercó el cuenco, pero ella volvió a apartarlo sin levantar la vista del tebeo.

—Es que está cansada —dijo Sara, que le puso delante una taza de café—. ¿Lo han encontrado?

—No —dijo Jeppe antes de dar un sorbo al café, que le abrasó la lengua.

—¿A quién han encontrado? —preguntó Meriem, de repente muy atenta, mirándolos con curiosidad.

—A nadie, ¡acábate el desayuno! —dijo Sara mientras acariciaba el pelo de su hija, y dirigió su atención a las rebanadas de pan de centeno que se quemaban en la tostadora—. A primera hora de la tarde vendrá mi madre y tendré un rato para trabajar. Tal vez se lleve a las niñas a la piscina.

—¡Bieeen, piscina! —exclamó Meriem con un salto de júbilo que volcó el cuenco.

Sara se apresuró a sacar un trapo para limpiar la leche del suelo.

—¡Lo que faltaba! Como si no estuviera ya bastante sucio.

Jeppe trató de hacerse con el trapo, pero Sara lo apartó de malos modos y Meriem se echó a llorar.

—No pasa nada, cariño, ya está. Te lleno el cuenco otra vez, ¡mira! —dijo Sara mientras le servía más cereales con un gesto forzado y sacaba la botella de leche.

Amina entró y se inclinó sobre la mesa con los brazos cruzados.

—¿Es verdad eso que he oído de que nos vamos a la piscina con la abuela? ¡Yo paso!

Jeppe se levantó para dejar la taza en el fregadero.

—Yo tengo que ir tirando.

Sara le lanzó una mirada antes de dirigirse a su hija mayor.

—¡Pues vas a ir! A este paso te vas a olvidar de cómo se nada.

—¿Crees que soy tonta? Vamos porque tú tienes que trabajar —resopló Amina.

—Recuerda que esta noche cenamos con mi madre —dijo Jeppe desde la puerta.

—¡¿Que qué?! —dijo Amina boquiabierta mientras lo fulminaba con la mirada.

—Te lo dije, jovencita —replicó Sara mientras se despedía de Jeppe con la mano.

—¡Y un cuerno! ¿Por qué nadie me pregunta nunca lo que quiero hacer yo? —espetó la adolescente.

—¡Que tengáis un buen día! —Jeppe recogió su bolsa en el pasillo y bajó por la escalera hacia el aire fresco de la calle, donde respiró hondo.


Jenny Kaliban se abrochó el último botón del uniforme y se preparó para abrir el Museo Thorvaldsen a los primeros visitantes del domingo. El edificio de color ocre se encontraba a la sombra del palacio de Christiansborg, como un templo en cuyos frisos policromados se narraba el regreso de Thorvaldsen de Roma por el canal de Frederiksholm. El famoso escultor, que había participado en su diseño y construcción, pero falleció antes de que se terminara en 1848, estaba enterrado en el jardín interior. El museo acogía una extensa colección de su obra y también su mausoleo.

Jenny se recogió el pelo canoso en una cola de caballo y se pellizcó la cara para colorearse las mejillas. El día anterior había sido una jornada muy frustrante en el estudio, seguida de una noche aún más frustrante. Cuando el reloj dio las tres, no le quedó más remedio que fumarse dos porros para poder conciliar el sueño. Estaba cansada y no le apetecía la visita guiada de las diez y cuarto. Salió de la sala de personal a paso lento y recorrió el pasillo abovedado de las estatuas de yeso, que contemplaban con ojos vacuos la cámara funeraria del jardín. Sus pisadas resonaron bajo los techos de color azul cielo salpicados de estrellas, y sonrió al pasar junto a la constelación de Escorpio, el signo del escultor y también el suyo.

Los historiadores de Arte solían considerar a Thorvaldsen demasiado nórdico, frío y casto, pero Jenny sabía que se equivocaban. El museo estaba lleno de signos ocultos y llenos de romanticismo que daban a entender que no podía tildarse a Thorvaldsen de frío y aburrido. Bastaba con fijarse en el eje que iba desde la entrada oeste y pasaba por el signo de Escorpio y la cámara funeraria cubierta de hiedra hasta llegar al Cristo de la entrada este. Nacimiento, muerte y resurrección en una línea recta, una representación bellísima y sutil. Por no hablar de todos los detalles eróticos y el humor que subyacía bajo la superficie. Cuando guiaba a los turistas por el museo, Jenny definía siempre a Thorvaldsen como un filósofo del amor y destacaba su vida amorosa, libre y apasionada, llena de amantes e hijos concebidos fuera del vínculo conformista del matrimonio. Sin embargo, a los visitantes les costaba ver más allá de las miradas vacuas de las esculturas de yeso, y seguían opinando que el museo era un lugar aburrido, incapaces de comprender que el erotismo tenía muchas caras.

Jenny abrió las puertas para que el sol primaveral entrara en la recepción seguido de los visitantes, a quienes dio la bienvenida antes de mandarlos hacia la taquilla y anunciar las visitas guiadas. Se preparó, con los pies separados y las manos a la espalda, bajo una escultura de Pío VII, cuyo homólogo de mármol se encontraba en la basílica de San Pedro en Roma.

A las diez y cuarto, se encontró con un grupo de ocho personas —siete de las cuales tenían el pelo gris, llevaban gafas y calzado cómodo— y empezó la visita. Como introducción, habló de la infancia de Thorvaldsen, sumida en la pobreza en el Copenhague de finales del siglo XVIII, de su revelación como niño prodigio que ingresó en la academia de arte a la tierna edad de once años y de los muchísimos premios que cosechó. Continuó con la notable amistad que unió al artista con el pintor Adam Ohlenschläger y el escritor Hans Christian Andersen, su viaje a Malta y los cuatro años que pasó en Roma. Mientras caminaba a la cabeza del grupo, Jenny señaló cuadros y esculturas hasta llegar al jardín, donde les habló de la cámara funeraria excavada en la tierra que, se decía, estaba pintada de azul cielo y decorada con rosas y lirios, con una cruz en el suelo y dos ramas de palma cruzadas sobre la lápida, según los bocetos del arquitecto. Llegados a ese punto, siempre hacía una pausa dramática antes de añadir:

—Pero nadie lo sabe con certeza, puesto que la tumba nunca se ha abierto.

Con eso conseguía generar un ambiente de misterio propicio para mencionar algunos indicios crípticos al estilo Dan Brown durante el resto de la visita. A la gente le encantaban los misterios.

Jenny condujo al grupo hasta la pequeña escultura en mármol blanco de Ganimedes con las águilas de Júpiter, oculta en una de las estrechas y coloridas salas del museo. Se quedaba siempre embobada al contemplar la figura del joven arrodillado frente al águila con los brazos extendidos. Tenía la piel blanca y lisa, la mirada confiada e inocente. No sabía que aquella águila era en realidad el dios Júpiter, que, un instante después, se lo llevaría volando al Olimpo para violarlo y convertirlo en el copero de los dioses.

LA PUERTA DE las oficinas de Nordhjem en Stockholmsgade tenía un lacado reluciente en un color que Jeppe recordaba que se llamaba «verde Copenhague», y estaba tan impoluta que debían de haberla limpiado por última vez un par de horas antes como máximo. Lo hicieron pasar a un recibidor señorial recubierto de altos paneles de maderas nobles y lo invitaron a subir por la escalera hasta el primer piso, donde Malin Dreyer-Hoff le salió al encuentro.

—Gracias por venir tan rápido —dijo ella cuando Jeppe llegó a su lado—. Necesitaba salir un poco de casa.

—Normal —dijo Jeppe al encajar la mano que ella le ofrecía y seguirla por el parqué de espiga mientras miraba hacia arriba para admirar los techos pintados magistralmente con detalles dorados y una lámpara de araña de cristal veneciano. Dos sofás rosas, a juego con los que había en el domicilio, y grandes lienzos de arte moderno se desmarcaban un poco del ambiente palaciego. Aquel lugar no se parecía en absoluto al tipo de oficina al que Jeppe estaba acostumbrado.

—La mochila de Oscar ha aparecido en el puerto, cerca de su casa —comentó el inspector a bocajarro.

—Su mochila... ¿eso qué significa? —La mujer endureció la expresión.

—Aún no lo sabemos. No tenía ninguna señal, nada fuera de lo normal. Estaba escondida bajo la rampa de un embarcadero.

Ella abría y cerraba la boca.

—Nosotros tenemos el barco amarrado allí.

—¿Tienen barco?

—Más bien una yola, es de Henrik.

—¿Oscar sabe navegar?

La madre titubeó.

—No creo. Puede ser.

—¿Puede pedirle a Henrik que compruebe si el barco sigue en su sitio? Enseguida.

Transcurrió una pausa tan larga que Jeppe creyó que tendría que repetir lo que acababa de decir.

—Sí, claro, ahora mismo lo llamo.

La señora Dreyer-Hoff hizo una llamada y habló en un tono silencioso y atropellado, sin una sola palabra conciliadora. No habían transcurrido ni dos minutos cuando colgó.

—Ahora baja a mirar.

Se acercó a los sofás rosas para tomar asiento y empezó a dar tirones al dobladillo de su blusa; un gesto inconsciente que Jeppe había visto en otras mujeres que no están satisfechas con su peso. El inspector se sentó en el sofá de enfrente y sacó el cuaderno de notas del bolsillo.

—¿Cómo es?

—¿El barco? De madera, blanco, se llama *Frida*, como mi madre. —Jeppe tomó nota de todo sin levantar la vista del papel y ella siguió—: es el hobby de Henrik. A mí no me gusta navegar, pero a él le encantan los juguetitos: coches, bicis de carretera… y, el año pasado, el barco.

Aquella definición arrancó una sonrisa a Jeppe. Los hombres y sus juguetitos.

Entonces sonó el teléfono de ella, que leyó rápidamente el mensaje y dejó el aparato bocabajo sobre la mesa.

—El barco no está, y las llaves tampoco estaban en el gancho. Puede ser que estén en algún bolsillo o en una bolsa, no somos una familia muy ordenada. En casa desaparecen cosas a menudo.

—Pues estaría bien que las buscaran. —Jeppe hizo una pausa antes de añadir—: ¿Quería enseñarme algo?

—Sí —respondió ella, que seguía tirándose de la blusa. Entonces se inclinó para recoger su bolso del suelo y sacó una hoja de papel metida en una funda de plástico transparente que manoseó unos instantes antes de pasársela por encima de la mesa—. Henrik cree que no hay que mezclar las cosas, pero...

Jeppe agarró la hoja y leyó a través del plástico:

Un cerdo como tú no merece vivir. Un cerdo como tú tiene que andarse con cuidado, y no lo digo por decir. El lunes, cuando vuelvas de trabajar, te voy a pegar un tiro.

—Imagino que esta es una de las famosas cartas de amenaza. Así que las tenían ustedes.

—¿Cuánto tiempo suelen tardar en poner sus condiciones? —replicó ella, haciendo caso omiso del comentario.

—No se puede generalizar. Puede que un par de días, puede que más. —Señaló la funda de plástico—. Tal vez consigamos identificarlos con esta carta, así que gracias. Por cierto, ¿le dice algo el autor Oscar Wilde? La cita de la carta que encontraron está sacada de una de sus novelas.

—No, no he leído ninguno de sus libros. —Sus uñas esmaltadas de rosa manoseaban con nerviosismo los muchos anillos de oro que llevaba—. No dejo de pensar en mi hijo. Dónde estará, si tiene miedo, si estará herido...

Jeppe se inclinó hacia delante para darle unas palmaditas tranquilizadoras en el brazo.

—Hemos desplegado todos los recursos disponibles para encontrarlo, se lo aseguro.

Ella puso la mano sobre la del inspector y le dio un apretón como señal de agradecimiento, sin dejar de mirarlo a los ojos. Jeppe sabía que nada de lo que dijera serviría para consolarla. Solo quería que su hijo volviera a casa.

—Analizaremos las cartas e investigaremos la desaparición del barco. Es posible que esté en el puerto. Un barco de esas características no puede navegar durante mucho tiempo, ¿verdad?

—No lo sé.

—No pasa nada, se lo preguntaré a su marido —dijo Jeppe, y retiró la mano para levantarse. Malin imitó el gesto.

Encima de un aparador de patas curvas colgaba el boceto de una cara de rasgos jóvenes y bellos y mirada esquiva, como si el modelo sintiera vergüenza. Era un retrato dibujado con trazos firmes que teñían el papel con tonos de gris. Jeppe se detuvo a observarlo.

—¿Lo reconoce? Es Oscar —dijo ella mientras se ponía a su lado a admirar el retrato de su hijo pequeño—. De niño era monísimo. ¿Tiene hijos?

Era una de esas preguntas a las que solo se podía responder con un sí o un no, y Jeppe aún no se había decidido del todo.

—No.

Le sonrió y ella le tendió la mano con una mirada que a Jeppe le recordó a la pantera de un zoológico, prisionera de su mayor miedo.

—Irá todo bien, Malin.

El beso fue inesperado. Suave e insinuante, con un regusto a café y a angustia. Jeppe se apartó y ella agachó la vista.

—Lo siento, no sé por qué lo he hecho. Es que estoy… Es todo tan…

—No pasa nada, lo entiendo —dijo él, aunque en realidad no comprendía a qué venía aquel beso. ¿Buscaba algo que la tranquilizara, algo que la ayudara a pensar en otra cosa? Pero ¿por qué no buscaba consuelo en su marido?

—Lo encontraremos.

Jeppe le lanzó una última mirada a la mujer al abrir la puerta. La cuestión era si, cuando lo hicieran, seguiría con vida.

# 8

EL EDIFICIO DE la planta incineradora de Amager relumbraba bajo la luz intensa de la primavera. El sol se reflejaba en el metal liso de la fachada, y sobre el tejado inclinado, la punta de la chimenea brillaba incandescente como las fauces de un dragón. El nuevo edificio icónico de la ciudad parecía un animal vivo agazapado entre los árboles y los matorrales de la isla de Refshaleø.

Kasper Skytte dio un trago a la botella y observó su lugar de trabajo desde el parabrisas del coche. Lo único que había encontrado para infundirse coraje era aguardiente de Aalborg tibio, que le ardía al bajar hasta el estómago, aunque eso no le impedía seguir bebiendo.

Había conseguido el trabajo en la incineradora el año anterior, y desde entonces su vida había dado un acelerón en todos los sentidos. Nunca había estado más presionado ni tenido más éxito, ni más conflictos. Era como si su existencia hubiera aumentado el ritmo y la vida amenazara con dejarlo atrás sin que pudiera hacer otra cosa que agarrarse fuerte con el corazón desbocado. Cruzar la ciudad a toda prisa para llegar a casa, hacer la compra para preparar la cena, despertar cada mañana con cincuenta correos nuevos, revisar las cifras de emisiones y desarrollar nuevo software, documentarse, limpiar la casa y hacer de padre sin cagarla demasiado.

Había oído decir que la gente que trabaja mucho comete muchos errores. ¿Y se suponía que era un consuelo? ¿Una excusa?

Ya era tarde para cambiar las cosas.

Una vez que había llegado a la encrucijada, había tomado una decisión. Eso en los libros sonaba siempre maravilloso, como llegar a la cima de una montaña y mirar hacia el norte o el sur en busca de nuevas aventuras. Pero la realidad era que se encontraba en la cafetera que tenía por coche con un porcentaje de alcohol en sangre tan alto como la chimenea de la incineradora. Pero era tarde para dar media vuelta y confesar.

Cuando Iben era pequeña, la vida era fácil. Su llegada al mundo lo puso todo en perspectiva, como una lente que enfocaba cada detalle y le permitía ver el blanco y el negro con total nitidez. En aquel entonces nunca dudaba de lo que estaba bien o mal, ni de qué valores transmitiría a su hija, ni sobre el mundo que quería dejarle en herencia. Pero esa claridad había desaparecido.

Dio otro trago y reprimió la bilis que le subía por la garganta. Le sonó el teléfono otra vez y no respondió. No necesitaba que le recordaran que estaba de mierda hasta las cejas.

Kasper arrojó la botella por la ventanilla abierta del coche. A continuación, arrancó y puso rumbo hacia los hornos de la incineradora.

—OYE, ¿YA ESTAMOS todos? ¿No hay más gente? —dijo Thomas Larsen mientras dejaba su taza de cartón sobre la mesa de la cafetería y lanzaba una mirada de desilusión a Jeppe y Anette—. Pensaba que habría un equipo. He comprado veinte bollos para que hubiera para todos.

Jeppe enroscó la tapa de un termo de café recién hecho y lo dejó junto a una caja de bollería.

—Pues, por ahora, tendrás que apañarte con nosotros. Lo siento, Larsen, pero vamos a tener que llevar a cabo una investigación discreta y eficiente hasta nueva orden. Seremos nosotros tres y Saidani, que hoy trabaja desde casa. Y, si os he hecho venir en domingo es porque Werner ha tenido… digamos que una intuición.

De morros, Larsen se sentó a la mesa sin quitarse la chupa de cuero.

—¿Y me he gastado cuatrocientas coronas en la pastelería por una intuición?

—Ya ves, el azúcar se está poniendo carísimo —dijo Anette mientras se sentaba a su lado—. ¿Qué celebramos? No me quejo, para nada, pero ¿por qué has traído dulces? —continuó, y levantó la tapa de la caja, se fijó en un bollo con un glaseado especialmente abundante y se lo echó al plato.

—Bueno, yo tenía pensado hacer un anuncio oficial —dijo Larsen con un suspiro—, pero, visto lo visto, lo suelto. —Parecía un niño pequeño a quien acababan de destrozar el castillo de arena—: Mette está embarazada. Voy a ser padre.

Jeppe y Anette cruzaron la mirada por encima de la mesa, y él tuvo que reprimir una risotada. Aunque lo hacía de forma involuntaria, la altanería de Larsen tenía algo cómico que les hacía mucha gracia a los dos. Tal vez fuera la combinación de una buena fachada, su evidente ambición y la total ausencia de sentido del humor. Sin embargo, Jeppe era consciente de que bajo su impulso de burlarse de Larsen había también algo de envidia. Y, para colmo, el detective, diez años más joven que él, le había tomado la delantera en la paternidad. Apartó esas ideas de su mente y se recompuso.

—¡Felicidades! Qué noticia más fantástica, ¡vaya si es motivo de celebración!

Anette le dio unas palmaditas en la espalda a Larsen.

—¡Enhorabuena, chaval!

—Bueno, ya basta de hablar de mí —dijo él, satisfecho—. A ver, ¿de qué va esto de la «intuición» de Werner? —siguió mientras dibujaba comillas en el aire con los dedos.

Jeppe apartó su plato antes de hablar:

—Malin y Henrik Dreyer-Hoff relacionan unas amenazas que recibieron por carta hace un par de años con la desaparición de Oscar y la carta que les dejaron en casa. Para ellos se trata de un secuestro, pero Werner no lo ve claro.

—Creo que mienten —intervino Anette con la boca llena—. Si lo hubieran secuestrado para cobrar un rescate, los secuestradores ya habrían dicho algo.

Larsen parecía a punto de hablar, pero Jeppe se le adelantó:

—En ese punto estamos de acuerdo: la embarcación familiar ha desaparecido. Eso puede significar que o bien alguien metió a Oscar dentro a la fuerza, o que el chaval se la llevó.

—A menos que —siguió Anette— la mochila en el embarcadero y el barco desaparecido sean una pista falsa que han dejado los padres.

Jeppe asintió antes de continuar.

—En cualquier caso, es evidente que hay que investigar a la familia y su... —iba a decir «sus trapos sucios», pero se contuvo— pasado.

—¡Lo de la cama familiar! —exclamó Anette mientras ponía los ojos en blanco.

Larsen los miraba como si tratara de determinar si le tomaban el pelo.

—¡Bueno, Larsen, ahora tú! —dijo Jeppe con una sonrisa de ánimo—. ¿Qué has averiguado sobre las cartas de amenaza?

—Ah, ¿de verdad queréis saberlo? —El detective abrió su bolsa de marca y sacó una carpeta de la que extrajo una decena de hojas de papel que esparció sobre la mesa mientras explicaba—: Hace unos tres años, un cliente acudió a la policía con la sospecha de que había juego sucio en las subastas de Nordhjem.

La prensa se cebó con el caso y varios clientes hicieron públicas sospechas en la misma línea, dando pie a veinte casos distintos. Y como salió todo durante las vacaciones, no se habló de otra cosa durante semanas. No quedó títere con cabeza. —Se detuvo para dar un mordisco a una caracola de canela, tras lo cual se limpió los labios pulcramente con una servilleta de papel—. La familia debió de pasarlo fatal: la empresa la fundaron y la sacaron adelante ellos solos, sin inversión de ningún fondo de capital. El matrimonio inauguró la casa de subastas hace seis años y tuvieron un éxito meteórico. Ella viene del mundo del arte, antes era galerista; él era gerente en una compañía eléctrica, y ambos han mantenido esas funciones: ella es la directora creativa y el marido, el director administrativo, aunque sus responsabilidades se solapan en algunos aspectos. Por lo general, la mujer se encarga de las compras y él de las ventas y del marketing, además de la página web y las finanzas. —Larsen volvió a llevarse la caracola a la boca, pero se lo pensó mejor y la dejó de nuevo en el plato para seguir hablando—: Hace tres años llegó la crisis. Los acusaron de algo llamado «licitación cómplice» que, a grandes rasgos, implica una puja falsa en la subasta de un objeto para inflar el precio. La puja puede venir del mismo vendedor o de alguien con quien esté compinchado, y es bastante difícil de descubrir y demostrar.

—¿Y lo hicieron?

—La Fiscalía de Delitos Económicos investigó el caso con fundadas sospechas de que en las subastas se había cometido fraude a muchos niveles. Hasta llegó a involucrarse la Fiscalía del Estado, y se dictó una orden de registro de las oficinas de Nordhjem. Mi contacto dice, *off the record,* que están seguros de que la familia estaba al corriente de la estafa y que es posible que participara activamente. Al fin y al cabo, se beneficiaron de los precios inflados.

Larsen hojeó varios documentos con el membrete de la Fiscalía de Copenhague cuyo texto estaba lleno de tachaduras con rotulador negro.

—Pero no encontraron nada concluyente y el caso se archivó. En mi opinión, no consiguieron pruebas y por eso lo dejaron correr. Las cartas de amenaza llegaron poco tiempo después. Nueve en total a lo largo de doce meses. La última llegó hace dos años. Estaban escritas en diferentes tipos de papel, a mano y a ordenador, pero todas decían lo mismo, que la familia, Henrik en particular, eran gente horrible y que merecían morir.

—Entonces cabe suponer que el origen de las cartas está en el escándalo. ¿Consiguieron localizar al remitente?

—No —respondió Lars con una sonrisa elocuente—. La familia nunca entregó las cartas a la policía y al final retiró la denuncia.

Los tres policías se miraron por encima de las caracolas de canela. Retirar una denuncia de ese tipo podía dar a entender que tenían algo que ocultar.

—¿La carta que encontraron ayer tiene algún parecido con esas amenazas?

—No especialmente —empezó Larsen, que parecía no saber cómo explicarse—. Las cartas de hace tres años eran amenazas directas, escritas en lenguaje coloquial.

—Pero son nuestra mejor baza para encontrar a los secuestradores —dijo Jeppe, y señaló a Larsen—. Averigua qué consecuencias tuvo el escándalo de las subastas: pérdida de beneficios, personal al que se despidió, cualquier cosa que explique que alguien quiera vengarse de la familia.

—Vale, entonces sigo con esto —dijo Larsen, tras lo cual se guardó la carpeta en la bolsa con una mirada que daba a entender que esperaba más aprecio por parte de su público.

Anette arrancó un pedazo de glaseado de su caracola.

—Puede que los padres se llevaran a Oscar en el barco y lo mataran por accidente. Una pelea que acabó fatal. En Trekroner es fácil caer por uno de esos terraplenes tan empinados, le pasó a un chico hace un par de años y murió en el acto. Podrían haberse deshecho del barco y del cadáver. Mads Teigen dice que por el puerto pululan un montón de embarcaciones privadas. No sería difícil camuflarse entre ellas.

—¿El que encontró la mochila? —Jeppe enarcó las cejas—. Con independencia de si creemos la versión de los padres, tenemos que centrarnos en las cartas de amenaza, tal vez las escribiera alguien cercano a la familia.

Anette alargó la mano hacia la caja de dulces, pero Larsen se apresuró a ponerle la tapa.

—Vale la pena hablar con familiares cercanos, amigos y empleados de la empresa. Puede que haya algún conflicto que se nos escapa. Los padres de Henrik fallecieron, los de Malin viven al norte de Copenhague. Quedan una tía y los hermanos de Oscar.

Jeppe asintió.

—Tengo una cita con Henrik dentro de un rato…

Un tono de llamada con el volumen al máximo lo interrumpió. Anette se apresuró a coger su teléfono, comprobó la pantalla y se encogió de hombros, dando a entender que no reconocía el número.

—¡Werner! —dijo.

Jeppe notó que se le iluminaban los ojos. Colgó tras un breve intercambio de palabras y se puso en pie.

—Eran los de Protección Civil. Es posible que alguien viera a Oscar en Ven.

—¿En Ven?

Ya habían peinado la isla sueca que se encontraba en el estrecho entre Dinamarca y Suecia sin resultado.

—Uno de los residentes de la isla afirma haber visto el barco y al chico hará cosa de una hora. Y no iba solo. Voy para allá —anunció Anette, ya de camino hacia la puerta.

—¿Cómo, nadando? ¿No quieres que vaya contigo? —dijo Jeppe con una sonrisa dirigida a su compañera, que, de tan excitada como estaba, tenía las mejillas rojas y tropezó al llegar a la puerta.

—No, no hace falta, mejor si nos dividimos. Tú encárgate de Henrik, yo iré con los de Protección Civil y nos vemos más tarde. —Y, con un ademán de despedida, desapareció.

—¡Oye, Werner! ¿No te llevas la chaqueta? —le gritó Jeppe.

# 9

EL OLOR A algas podridas le llegó al tiempo que avistaba el faro blanco de madera del pueblo de Kyrkbacken, en la isla de Ven. Alrededor de los bloques de hormigón del espigón del puerto había nidos de cisnes, tras los cuales se alzaba una colina cubierta de hierba de treinta y cinco metros de altura en cuya cima había una iglesia encalada de blanco. Las dimensiones, reducidas y acogedoras, eran típicamente danesas, pero el aspecto era típicamente sueco. Tal vez se debiera a las hileras de casitas de madera pintadas de negro y rojo con tejas de alquitrán junto al puerto, o a los letreros frente al quiosco que anunciaban helados y perritos calientes en sueco. Anette notó en la boca el sabor de las excursiones para recoger arándanos durante los veranos que había pasado con su familia en remotas granjas suecas, y recordó la sensación de correr en zigzag por el brezo para que las víboras no la picaran.

La reluciente quilla de aluminio del barco cortó las aguas del puerto, para su sorpresa, bullicioso y lleno de veleros y yolas. El timonel guio la embarcación con seguridad hasta un amarre vacío del puerto y lo aseguró con firmeza.

—Voy a buscar al testigo —dijo Anette, y se bajó del barco de un salto. Cruzó la plaza llena de niños que comían helados hasta llegar a la oficina del puerto, donde encontró a un hombre con una camiseta descolorida que seguía un partido de fútbol en el móvil sentado tras un mostrador.

Anette le mostró su tarjeta de identificación plastificada.

—Policía de Copenhague. Hemos recibido la llamada de un testigo…

El hombre apenas levantó la mirada de la pantalla.

—Nicklas, en la caseta de al lado. Lo encontrará en la parte trasera.

Anette admiró su dominio del danés, que hablaba casi sin acento y que seguro que hacía que los turistas de Copenhague se sintieran como en casa.

—Ah, muchas gracias.

—No hay de qué.

Se acercó a la casita de al lado, en la que colgaba un letrero que rezaba «Pescadería». Pasó de largo y la rodeó para llegar a la parte trasera, donde encontró a un hombre de unos cuarenta y tantos años con entradas que llevaba pendientes en ambas orejas y estaba ocupado pintando la fachada. Tan pronto como la vio, dejó la brocha, se secó las manos en los pantalones y le tendió la derecha.

—Hola, soy Nicklas. Bienvenida a Ven.

Anette le estrechó la mano.

—¿Has visto al chico desaparecido?

—Lo vi por allí —dijo él, indicando con la cabeza el extremo más alejado del puerto. En una yola de madera blanca, ¿sabes? Un poco antes de las nueve, yo llegaba con el velero desde Norreborg, que es donde vivo. Estaban amarrando el barco.

—¿Estás seguro de que era él? ¿Con quién iba?

Nicklas la miró como si le faltara un tornillo.

—Pasé navegando a unos doscientos metros, así que no estoy seguro. Pero era un joven moreno en una yola blanca con otra persona de pelo claro, por eso llamé a mi amigo Mads para preguntarle si la descripción se correspondía con el chaval desaparecido, y él llamó a Protección Civil en Copenhague —explicó, y entonces agarró de nuevo la brocha y la mojó en la lata de pintura de color óxido.

—¿Por allí, dices?

—El barco sigue en el mismo sitio —respondió, y siguió con su tarea mientras lanzaba una mirada a los turistas del puerto, como si quisiera dar a entender que estaba demasiado ocupado con los preparativos que exigía la temporada alta como para continuar hablando con ella.

Anette le dio las gracias y volvió al barco de Protección Civil, cuyo timonel la esperaba junto a dos voluntarios.

—Es por allí, ¡venid!

Recorrieron el muelle entre embarcaciones y restaurantes, baños y embarcaderos hasta llegar al extremo opuesto del puerto, donde encontraron, efectivamente, una yola de madera pintada de blanco escondida tras un yate opulento.

—¿No suelen llevar los barcos los nombres escritos en la popa? Debería llamarse *Frida*, pero aquí no pone nada.

El capitán del barco se metió en la yola de un salto y se inclinó sobre la barandilla para inspeccionar los costados.

—Es verdad, no lleva nombre, y es obligatorio, aunque los propietarios de este tipo de barcos a veces se despistan —dijo mientras examinaba el resto del barco—. Está vacío, no hay más que un par de cabos.

Anette miró a su alrededor, hacia la costa y hacia la iglesia. ¿Cuánta distancia se podía recorrer a pie en un par de horas? ¿Cómo se podía desaparecer en una isla tan pequeña?

—¿Y si subís a la iglesia para ver la isla desde arriba? —dijo una voz a su espalda.

Anette se dio la vuelta y se topó con los ojos de color verde mar de Mads Teigen.

—¿Qué haces aquí? —dijo en un tono algo hostil a causa de la sorpresa.

—Yo hice la llamada. Conozco a Nicklas, el de la pescadería, que fue quien descubrió la yola. Me pareció que tal vez os vendría bien algo de ayuda.

Anette miró de soslayo al timonel y a los voluntarios que la acompañaban. Estaba claro que algo de ayuda no les vendría nada mal.

—Puede que sí —dijo ella, y miró hacia la iglesia blanca en lo alto de la colina que relumbraba al sol como un símbolo, como una columna que se alzaba hacia Dios, o una mano tendida para un alma perdida—. ¿Dices que se ve toda la isla desde allí?

—Casi toda.

—Muy bien —dijo Anette, y se dirigió a los de Protección Civil—. ¡Buscad por el puerto! Preguntad a todo el mundo si lo han visto. El guardián del fuerte y yo subiremos a echar un vistazo. —Entonces hizo un gesto con la cabeza a Mads—. ¿Vamos?

El sendero se alejaba del puerto y daba la vuelta a la colina en una cuesta empinada flanqueada por bonitas casas y pulcros jardines dispuestos en terrazas. Caminaban al mismo ritmo y Anette se felicitó por su buena forma física, que le permitía avanzar rápidamente sin perder el aliento. Al final del camino, en lo alto del promontorio, llegaron a la iglesia y al cementerio circundante, y Mads se detuvo junto a la verja de hierro con la mano en la manija.

—¿Sabías que *isola* significa isla en latín? —le preguntó. Anette presintió que era una pregunta retórica, así que no respondió—. La gente que viaja a una isla lo hace para aislarse y estar a solas —continuó Mads, que seguía plantado ante la verja, con su silueta corpulenta como un muro infranqueable.

—¿Por eso vives en el fuerte de Trekroner?

No le respondió. Tras un par de segundos accionó el picaporte y abrió la verja del cementerio de la iglesia de San Ibbs.

Anette esperó a que entrara y lo siguió.

—¿Quiere otro té?

Sara negó con la cabeza e hizo caso omiso de la mirada de reproche de la camarera. Llevaba media hora sentada con solo una tetera, y era consciente de que la antigua librería cafetería Paludan no hacía mucho negocio con clientes como ella. A su alrededor, grupos de amigos disfrutaban de un *brunch* de domingo, y Sara hizo lo posible por ignorar el rumor de sus conversaciones y el aroma a tortitas. Tenía delante el portátil de Oscar, junto a la tetera. Su madre se había quedado en casa con las niñas porque Amina se había negado en redondo a ir a la piscina, así que a ella no le había quedado más remedio que irse a otro lado a trabajar en paz.

El fondo de pantalla mostraba dos pájaros muertos cuyo plumaje negro estaba salpicado de iconos de programas. En el escritorio encontró los típicos programas de escritura y aplicaciones de música y redes sociales. Oscar jugaba a menudo al *Fortnite* y a *World of Warcraft*, juegos que Sara conocía bien por su potencial para establecer contactos con personajes dudosos, como pedófilos que ofrecían regalos y ventajas en el juego a menores a cambio de fotografías sin ropa. Sin embargo, no encontró ningún indicio de que Oscar hubiera conocido a nadie sospechoso a través de los videojuegos, ni mensajes ni invitaciones cuestionables. Repasó el correo y la agenda, pero no encontró ninguna información útil.

En su perfil de Facebook solo había pinturas de Francis Bacon, enlaces a exposiciones de arte, videoclips de aire *punk* y mensajes ecologistas sobre los efectos de la industria cárnica en la capa de ozono, rinocerontes en peligro de extinción, el transporte privado y la huella de carbono.

En la bandeja de mensajes directos había conversaciones con compañeros de clase sobre fiestas y deberes. Uno de los intercambios trataba sobre la jornada científica organizada en el instituto hacía un par de semanas, en la que Oscar había presentado un trabajo sobre el plástico en los océanos, alabado por varios compañeros y compañeras con el emoji del bíceps y muchos corazones, con algunas menciones al debate que había seguido, en el que parecía que el ambiente se había caldeado. Una tal Karla escribía: «Tienes razón, ¡los adultos son ridículos!», y un tal Gabriel añadía: «¡No te rindas! Si nuestra generación no da la voz de alarma, el mundo se irá a la mierda en diez años».

Sara continuó clicando para descubrir si Oscar había hecho algún comentario a esas publicaciones, pero no encontró nada. En cambio, sí dio con una carpeta llena de documentos que parecían deberes de clase: «El Brexit y lo que podría significar para Irlanda del Norte », se titulaba un trabajo que parecía de Sociales, y otro: «¡Hay prisa!», con el subtítulo «Si queremos salvar el mundo». Leyó los documentos por encima y comprobó que estaban muy bien escritos y apuntaban a un alumno trabajador y aplicado. En la carpeta de Lengua, un título la hizo detenerse: «A su imagen: Oscar Wilde».

Sara abrió el documento, que era una redacción. Sobrevoló el texto, pero no encontró ninguna cita que se pareciera a la que le había dicho Jeppe, pero tal vez tuviera alguna relación. Al final del documento, el profesor había hecho algunos comentarios y le había puesto un excelente. Su firma rezaba: «Malthe Sæther, Instituto Zahles».

Con una búsqueda rápida consiguió su número de teléfono. Al llamar no le respondieron ni saltó el buzón de voz, sino que el tono de llamada se prolongó una eternidad. Sara volvió a su búsqueda y averiguó que vivía en el tercer piso del número 19 de la calle Vendersgade.

Echó un vistazo al reloj. Faltaba poco para las dos. Podía alargarse media horita más antes de que su madre empezara a mosquearse. Le mandó un mensaje para decirle que no tardaría en llegar, metió el portátil en la bolsa y fue directa a la bici que había aparcado en la calle.

La dirección del profesor estaba a pocos minutos de allí y casi la pillaba de camino a casa; era la ventaja de vivir en una capital con las dimensiones de un pueblo. Se puso en marcha y se metió entre el tráfico. Seis minutos después llegaba, sin aliento, a su destino. Era un edificio con la fachada recién pintada de un delicado amarillo pálido que no aguantaría mucho tiempo impecable con el intenso tráfico de la zona. «Sæther» ponía en el letrero del timbre, escrito con bolígrafo azul. Pulsó el botón y esperó, pero nadie respondió. Sara miró hacia arriba y vio una ventana abierta en el que debía de ser el tercer piso, así que pulsó el timbre de nuevo.

—¿A quién buscas?

Sara se dio la vuelta y se encontró con una mujer de edad indeterminada que fumaba sentada en el escalón superior de la escalera que bajaba hacia la tienda del sótano del edificio. Llevaba el pelo castaño ratón recogido en una cola de caballo y vestía un mono holgado con estampado africano.

—A Malthe Sæther, del tercer piso.

—No está en casa.

—¿Sabes dónde está?

La mujer escrutó a Sara con la mirada hasta convencerse de que era inofensiva.

—Estará donde su novia, en Odense. Va casi todos los fines de semana.

—Ah, vale —dijo Sara con un gesto automático de asentimiento, y se sacó una lista de la compra doblada—. Es que traigo una carta para él y quería metérsela en el buzón.

—Puedo abrirte el portal —dijo ella mientras se levantaba y sacaba una llave—. Así no habrás venido en balde.

Le abrió el portal y Sara le dedicó una sonrisa al entrar mientras sacudía la cabeza de forma imperceptible ante lo crédula que era la gente.

Subió por la escalera y en el tercer piso encontró una puerta blanca con un letrero de papel plastificado en el que una mano infantil había escrito «Malthe Sæther» intercalando letras mayúsculas y minúsculas torcidas con un arcoíris al final. Sara llamó a la puerta y esperó, pero, una vez más, no recibió respuesta. Marcó de nuevo su número y acercó la oreja a la puerta. No se oía ningún teléfono en el interior del piso. Se agachó para abrir la visera del buzón y miró por la rendija. El piso olía a jabón para suelos de madera, nada más.

Se puso de pie y miró el reloj. La estrecha frontera entre retrasarse un poco y llegar tarde se acercaba a toda velocidad. Con un suspiro de irritación, bajó los tres pisos que la separaban de su bicicleta, del tráfico y de las niñas que la esperaban en casa.

UN COMITÉ DE bienvenida compuesto por lápidas aguardaba nada más franquear la verja del cementerio. Anette se acercó y leyó «Dövstumma systrarna Bengtsson» grabado en la primera lápida, seguido de dos nombres de pila y los años de nacimiento y muerte. «Qué poco queda de nosotros cuando morimos», se dijo. La de las hermanas sordomudas Bengtsson parecía una historia que le hubiera encantado escuchar.

Alzó la mirada y vio a Mads Teigen frente a la iglesia, en el punto más elevado de la colina, contemplando la isla a sus pies. Su silueta corpulenta se recortaba en el cielo a contraluz, como una especie de místico de brazos fornidos. Anette notó que se le ponía la carne de gallina. Allí arriba reinaba un ambiente silencioso y solitario que contrastaba con el bullicio del puerto. Y estaban los dos solos. Sintió un cierto malestar, como si se viera desde fuera: una mujer a solas con un hombre y sin espectadores.

«¡Basta ya!», exclamó Anette para sus adentros y tropezó con un seto, pero siguió caminando hacia la parte trasera de la iglesia sin esperar a su acompañante. Mantener la cabeza fría y pensar con claridad había sido siempre uno de sus puntos fuertes, pero en ese momento se sentía como si sus pensamientos bailaran la conga en su cabeza y le impidieran concentrarse. Se temía que una parte de sus neuronas hubieran pasado a mejor vida tras la privación de sueño sufrida durante la lactancia.

Detrás de la iglesia, el cementerio se alargaba hasta un bosquecillo de árboles y matorrales que serpenteaba sobre la cresta de la colina. Había caminitos abiertos entre la hierba crecida y el zumbido de los insectos llenaba el aire. Anette avanzó con aplomo por el paisaje idílico, confusa por los derroteros indeseados de sus pensamientos, tan irritada que no advirtió la presencia de un cuerpo y estuvo a punto de pisarlo.

En un pequeño claro entre los matorrales se encontraba un joven. Estaba desnudo y su piel relucía con un blanco antinatural entre el verdor que lo rodeaba. A su lado había una mochila y varias prendas de ropa desperdigadas como restos de un naufragio en un mar embravecido.

Anette dio un paso instintivo hacia atrás mientras intentaba recuperar el control de su respiración desbocada. Oyó que Mads se le acercaba por la espalda y levantó una mano como advertencia para que se detuviera.

—Está aquí —susurró sin saber por qué hablaba en voz baja. Tal vez fuera su forma de mostrar respeto.

Él se acercó y los dos se inclinaron a la vez sobre el cuerpo. El joven no era más que un niño grande, con barba incipiente y manchas de hierba en las rodillas huesudas. Tenía el pelo oscuro y la cara llena de pecas. Un profundo ronquido interrumpió el silencio reconcentrado del claro.

—Bueno, muerto no está —constató Mads en un tono seco. Anette no pudo reprimir una sonrisa de alivio.

—¿Qué hacéis aquí? —dijo una chica que iba vestida solo con unas bragas y que apareció de detrás de un matorral—. ¡Gösta, arriba!

El muchacho despertó y los miró sobresaltado. Anette sacó la identificación para mostrársela a los jóvenes.

—Vestíos. Tenemos algunas preguntas que haceros.

—¿Hay algún problema? —dijo la chica mientras se ponía un vestido por la cabeza.

—¿La yola de madera blanca amarrada en la punta del puerto es vuestra?

—De mi padre —respondió el chico en un musical dialecto de Escania—. Hemos llegado esta mañana desde Bäckviken.

—¿Bäckviken?

—Sí, al otro lado de la isla. Vivimos allí —explicó mientras miraba a su novia con ojos de cordero degollado.

Anette no sabía qué hacer. Aquel chico era sueco, vivía en la isla y no se parecía en absoluto a Oscar Dreyer-Hoff. Aun así, lo apuntó con el dedo.

—¿Estás seguro de que el barco no viene de Copenhague? ¿De Søndre Frihavn, por ejemplo?

Asustado, el chico meneó la cabeza.

—¡Lo construyó mi padre! Podéis hablar con él si queréis.

Anette notó que Mads se acercaba.

—Todo en orden, perdonad las molestias. ¡Que tengáis un buen día! —dijo a los chicos antes de echar a andar hacia la salida.

La inspectora se quedó parada un momento mirando a los jóvenes antes de darse por vencida.

—Sí, lo siento, ha sido un malentendido. Adiós —se despidió de los chicos.

Regresaron al puerto en silencio. Anette sentía que el fracaso la embargaba. Desde que se había convertido en madre, era como si la seguridad de los hijos de todo el mundo pesara sobre sus hombros, y le dolía no poder hacer nada para protegerlos.

Al llegar al pie de la colina, sacó el teléfono y llamó a Jeppe.

—Kørner —respondió él.

—Pista falsa. Era un chico sueco que había salido de excursión con la novia.

—¡Mierda! —Anette oyó cómo daba una calada a su cigarrillo—. Estoy esperando a Henrik en el embarcadero. ¿Tú sigues en Ven?

—Sí, pero ya vuelvo para allá, solo tengo que encontrar a los de Protección Civil, no sé dónde se han metido. ¿Cómo quedamos?

—Vete a casa, Anette —dijo Jeppe tras un breve titubeo—. Para cuando llegues al puerto habrán dado las cuatro. Aprovecha el resto del día con la familia, nos vemos mañana a primera hora.

—Vale —dijo ella, y colgó. Miró a su alrededor en busca del equipo de Protección Civil. A su lado, Mads carraspeó.

—Puedo llevarte a casa en mi barco, si quieres.

—Gracias, me harías un favor.

Lo siguió hasta su amarre y se metió en el barco. Al alejarse del puerto, Anette, de pie en la cubierta, dejó que el aire marino le despejara la mente. Mads, sentado al timón, navegaba con un cigarrillo entre los labios y la miraba entre bocanadas de humo.

—¿Te va bien si te dejo en el embarcadero de la mochila?

—Sí, gracias —dijo Anette mientras se apoyaba en la barandilla—. ¿Qué isla es esa?

—¿A estribor? Es Middelgrund, uno de los fuertes marítimos del puerto de Copenhague, construido a principios del siglo pasado para proteger la ciudad de ataques marítimos. Es enorme, creo que tiene tres o cuatro pisos. En el momento de su construcción era el fuerte más alto del mundo.

Anette se le acercó para poder hablar sin gritar.

—¿Para qué se usa hoy en día?

—Estuvo vacío muchos años, pero hace poco lo compró un fondo de inversión que quiere reformarlo y convertirlo en una especie de isla juvenil.

—¿Una isla juvenil? ¿Qué es eso?

—Para excursionistas, colonias escolares… Lo que pasa es que las obras están paradas, se ve que se acabó el dinero —dijo él, y cambió el peso de un pie a otro, de modo que sus hombros se rozaron. Anette se retiró con disimulo.

—¿Llegó hasta allí el dispositivo de búsqueda?

—Desde luego. Además, en el muelle del fuerte hay cámaras de vigilancia, igual que en Trekroner. Si Oscar estuvo allí, habrá quedado grabado. Y hubieran encontrado el barco.

—Claro, eso por descontado.

Anette guardó silencio. Había deseado con todas sus fuerzas que el chico avistado en la isla de Ven fuera Oscar, regresar a Copenhague con el muchacho a su lado envuelto en una manta y una mirada de alivio. El puerto de Copenhague apareció ante ella. Contempló el perfil de la ciudad con un nudo en la garganta y las manos vacías.

# 10

CUANDO HENRIK DREYER-HOFF se presentó a las tres en el embarcadero, lo hizo con una gravedad notable: caminaba encogido y su apretón de manos había perdido la calidez.

—Malin ha agarrado el coche y se ha llevado a Vic y a Essie a casa de su madre. Con las cosas como están, no podemos tenerlos en casa, será lo mejor para ellos.

Parecía un hombre atormentado, pero Jeppe se dijo que tras su inquietud había algo más que angustia y miedo. La culpa tiene un olor inconfundible, y Henrik Dreyer-Hoff apestaba.

—¿Han aparecido las llaves del barco?

—No —respondió el hombre mientras se metía las manos en los bolsillos y se arrebujaba en su chaqueta como para protegerse del viento, aunque no soplaba más que una brisa ligera—. Estoy bastante seguro de que estaban en el cuenco que tenemos en el recibidor, pero han desaparecido, igual que el barco —concluyó con un gesto de la cabeza hacia el amarre vacío.

«E igual que Oscar», pensó Jeppe.

—¿Ese es su amarre habitual?

—Sí, el B13 es el nuestro. Yo antes decía en broma que traía mala suerte, que un día de estos naufragaríamos.

—¿Adónde lo llevó la última vez?

—El jueves por la tarde fui a dar una vuelta yo solo porque hacía fresco y nadie quiso acompañarme. —Se sacó una mano del bolsillo para señalar un punto en el agua—. Normalmente salimos por allí, pasamos por debajo del puente y, con La Sirenita a la derecha, llegamos al canal de Christianshavn. Entonces giramos a la izquierda y ponemos rumbo al fuerte de Trekroner y a mar abierto. Lo que pasa es que el barco no está hecho para mar abierto, solo llega a cinco nudos, así que solemos quedarnos por el puerto.

Jeppe siguió con la mirada el camino que trazaba con el dedo.

—¿Y cada cuánto salen a navegar?

—En temporada alta, intento salir dos o tres veces por semana. Hasta una vueltecita rápida de una hora me da energía para toda la semana. Pero no siempre consigo convencer a los chicos. Tienen otros intereses.

—¿Y qué es lo que suelen hacer? ¿Tienen algún destino fijo?

—Depende del viento, del tiempo, de si queremos pescar o bañarnos… A veces vamos hasta el fuerte de Flak, o al de Trekroner. —Henrik agachó la cabeza e inspiró profundamente antes de seguir—. A Oscar le gusta ir allí a dibujar. Se lleva el bloc de dibujo y se pone a hacer bocetos. Conocimos al guardián del fuerte, es muy amable, incluso le enseñó a Oscar el lugar.

Una alarma silenciosa se disparó en el subconsciente de Jeppe.

—¿El guardián del fuerte? ¿Cómo se llama?

Henrik frunció el ceño como si necesitara concentrarse.

—No me acuerdo, solo lo hemos visto un par de veces, pero es muy simpático y sabe un montón de la historia del fuerte y de ornitología.

La alarma empezó a hacer ruido.

—¿Cómo se maneja el barco, es difícil? Perdón, igual es una pregunta tonta, es que yo nunca he navegado.

—Se arranca el motor con las llaves, igual que un coche, y se pone una marcha —aclaró Henrik—, se sueltan los amarres y se sale. Lo difícil es zarpar sin dañar el barco, navegar es bastante fácil. Se conduce con la palanca que hay en la popa.

—¿Oscar sabe hacerlo?

—No lo sé. Victor es un buen navegante, pero Oscar nunca tuvo mucho interés. ¿Creen que se ha ido él solo?

—Ahora mismo no descartamos ninguna posibilidad —dijo Jeppe, que tuvo que reprimir el impulso de tranquilizar al padre a toda costa y darle falsas esperanzas—. ¿Se le ocurre alguien de su entorno que pudiera querer hacer daño a Oscar o a la familia?

Henrik le lanzó una mirada interrogativa.

—¿Por dinero? ¿Se refiere a un rescate?

—Sí, dinero o venganza…

—Lo único que se me ocurre es que sea por envidia —dijo el hombre mientras meneaba la cabeza—. Alguien que quiera nuestro dinero.

—¿Alguna rencilla familiar que deba poner en nuestro conocimiento? ¿Problemas en la empresa?

Al fondo del puerto, un crucero hizo sonar la sirena y empezó a alejarse, inmenso como un iceberg que se separara de una placa de hielo y flotara a la deriva.

Henrik parpadeó. Tenía un pequeño derrame en un ojo que le teñía la esclerótica de rosa.

—Estará al corriente de las… dificultades que hemos tenido. La denuncia surgió de la nada y la policía no encontró motivos para seguir con la investigación, pero la gente cree lo que le da la gana. Malin y yo concedimos un montón de entrevistas para aclarar las cosas y despejar el ambiente, pero no sirvió de nada. La gente empezó a criticar nuestra forma de vida, la decoración de nuestra casa, nuestro estilo de crianza…

Jeppe asintió. Gracias a su amistad con Johannes, estaba familiarizado con la anatomía de una polémica, aunque nada tenía que ver con la de un secuestro.

Henrik se había calentado y ya no había quien lo parara:

—Un supuesto «asesor de crianza» dijo en *prime time* en televisión que no merecíamos ser padres porque hacemos colecho con nuestros hijos.

—Su hijo mayor ha mencionado que comparten una cama grande. «Cama familiar», la llamó.

—¿Y qué? —Henrik se encogió de hombros con indiferencia—. ¿Quién dice que a los niños les beneficia estar solos en su habitación? ¿Me lo puede explicar?

—Bueno, es poco habitual que niños de cierta edad… adolescentes… duerman con sus padres.

—¿Qué insinúa? —Lo fulminó con la mirada—. Los niños necesitan sentirse a salvo por la noche. ¿Dejarlos solos y a oscuras le parece lo mejor?

Jeppe lo miró a los ojos inyectados en sangre y bajó la vista enseguida. Tenía razón, ¿qué sabía él de criar a niños y adolescentes? No tenía ni puta idea.


ESTHER SACÓ LA botella de oporto de la vitrina, molió café y dispuso galletas de almendra en un bonito plato de porcelana con un diseño azul. Jeppe había anunciado que llegaría a las cinco y, aunque era un poco absurdo servir café con pastas cuando faltaba tan poco para la cena, se había convertido en una especie de tradición siempre que venía de visita.

—No me encuentro bien.

Esther se detuvo con el hervidor humeante en la mano.

—¿Qué quieres decir, Gregers?

El anciano boqueaba como si se hubiera quedado en blanco.

—No lo sé… Es como si todo hubiera cambiado de repente. ¿La mesa de la cocina ha estado siempre ahí o la has movido?

—¿Cómo? La mesa no se puede mover, está atornillada a la pared. —Esther se dio cuenta de que la respiración de su compañero de piso era acelerada y superficial, como la de una cría de pájaro—. Te diré lo que haremos: mañana a primera hora llamaré a tu médico y no pararé hasta conseguirte una cita lo antes posible. Tienen que echarte un vistazo. ¿De acuerdo?

Gregers asintió despacio.

—Voy a descansar un rato.

—Muy bien, avísame si necesitas algo.

Se fue a su habitación arrastrando los pies por el pasillo y cerró la puerta.

Esther preparó el café y se llenó un vaso de oporto. Se lo había ganado. En cualquier caso, lo necesitaba.

Acababa de llevarse el vaso a los labios cuando llamaron a la puerta. Un minuto después, Jeppe apareció en el recibidor sin aliento, la besó en las mejillas y se metió en el salón con un rodeo para esquivar los ladridos de *Dóxa*. Cuando ella entró con el café lo encontró en la ventana con la mirada perdida en los lagos.

—De estas vistas no se cansa uno nunca, ¿verdad?

—Jamás. Siéntate, te apetece un café, ¿no?

Jeppe obedeció y le alargó una taza.

—Siempre. Gracias.

Esther sirvió café para los dos y se sentó delante de él en su sillón orejero de color melocotón. Notó que Jeppe desprendía una energía inquieta y supuso que estaría muy ocupado. Dio un sorbo de su taza y carraspeó.

—¿Qué es todo eso de Dorian Gray?

Su amigo sonrió y dejó la taza en la mesa.

—Directa al grano, como a mí me gusta. Estamos buscando a un adolescente que fue visto por última vez el viernes por la tarde. La familia encontró esta carta —empezó, y le tendió una hoja de papel—. Los peritos forenses ya la han analizado, puedes tocarla.

Esther se la acercó y, al empezar a leer, reconoció de inmediato las palabras y su estilo inconfundible.

—¿Es una carta de despedida? —preguntó después de leer la cita dos veces con gran atención.

—Creemos que lo han secuestrado y que la carta la dejaron sus secuestradores.

Esther se levantó para acercarse a la librería que cubría toda la pared trasera del salón del suelo al techo. Tras una breve búsqueda, sacó un libro en cuya portada aparecía retratado un hombre joven.

—Aquí está, *El retrato de Dorian Gray*, en mi opinión, una de las mejores novelas de la historia de la literatura. Como te dije, di clases sobre Wilde cuando estudiaba el siglo XIX —dijo, y ofreció el libro a Jeppe, que lo aceptó por educación e hizo ver que se interesaba en la contraportada.

—Vale, gracias, señora catedrática. Pero ¿por qué crees que la cita es un mensaje de despedida?

Esther le sonrió por encima del borde de su taza.

—¡Ve a la página 177!

Jeppe lo abrió, encontró el pasaje en cuestión y leyó en voz alta:

—«Igual que había matado al pintor, mataría la obra del pintor y todo lo que significaba. Mataría el pasado; cuando estuviera muerto, él sería libre.»

—La cita es del final del libro, justo antes de que Dorian Gray se quite la vida. Tiene sentido como nota de despedida. Además, la coincidencia entre los dos Oscars, Wilde y Dreyer-Hoff, es curiosa.

Jeppe dio un sorbo de oporto mientras contemplaba al joven de la cubierta.

—¿Me recuerdas de qué va el libro? Algo de un cuadro, ¿verdad?

—¡Exacto! Dorian Gray, un joven muy guapo, manda pintar un retrato suyo y queda tan enamorado de su propia belleza que se cambia por el retrato para que sea la pintura quien envejezca, mientras él permanece joven. Los signos de la edad y de sus maldades se reflejan en el cuadro, pero su cara no cambia. Al final, no puede soportar la verdad que le devuelve el retrato y lo destruye, pero en cuanto atraviesa el lienzo con un cuchillo, muere, como en una especie de suicidio indirecto —dijo Esther con un gesto enfático. Volvía a sentirse como una académica defendiendo una teoría.

—Pero ¿se le ocurriría esto a un chico de quince años? —preguntó Jeppe con una expresión de escepticismo.

—¿Cómo eras tú a los quince? —replicó Esther, y Jeppe no pudo reprimir una sonrisa.

—No se te escapa una, Esther de Laurenti.

—Qué cosas tienes. —Mientras rellenaba los vasos notó que se estaba ruborizando—. Ahora en serio: yo en tu lugar averiguaría si ese chico tenía motivos para querer desaparecer.

—¿Un suicidio? —La expresión escéptica volvió al rostro de Jeppe.

Esther bebió de su vaso antes de dejarlo con cuidado en la mesilla.

—¿Se te ocurre una explicación mejor?

# 11

A MEDIDA QUE pasaban las semanas, en el número 14 de la calle Holmeås, la cena se preparaba cada vez más temprano. A veces, Anette tenía la sensación de que ella y Svend habían adelantado la cena de forma inconsciente para poder acostarse antes. Ella era un animal nocturno y le costaba renunciar al rato adulto de la noche, pero no le hacía ascos al tiempo extra de sueño. En su opinión, los soldados de élite que presumían de poder trabajar sin dormir durante varios días deberían probar a tener hijos.

Hacía tiempo que Gudrun había conseguido, después de mucho llorar, un sitio en la cama de matrimonio, y a esas horas ya dormía a pierna suelta entre sus padres, cosa que significaba un sueño incómodo para todos, además de un obstáculo importante en la vida sexual de Anette y Svend. Hablaban a menudo de que tenía que aprender a dormir sola, pero, la verdad, era muy agradable sentir cerca su cuerpecito cálido, así que todo quedaba en palabras.

Anette contempló a su marido, que recogía la mesa mientras jugaba al «cucú-tras» con Gudrun, sentada en su trona. Al menos, su hija estaba en casa, viva.

—Bueno, cariño, ¿dejamos que papá recoja la cocina y nos vamos a bañar?

Su hija respondió con un alarido que rebotó en todas las superficies de la cocina. Anette la sacó de la trona mientras trataba de calmar sus protestas con palabras tranquilizadoras, y entonces Svend la detuvo:

—Le prometí que hoy la bañaría yo.

—¡Ti! —exclamó Gudrun, y se abalanzó sobre su padre, que la cogió en brazos con una expresión culpable. La niña se calmó y apoyó la cabeza en el hombro de su padre, que lanzó a Anette una mirada suplicante que, al mismo tiempo, parecía de reproche, como si fuera culpa suya que la niña quisiera que la bañara él.

—¿No quieres que…?

—Ya la bañarás tú la próxima vez. Vete a sacar a los perros, ¡así te da un poco el aire! —Y, con una mirada afectuosa dirigida a Gudrun, añadió—: Dale un besito a mamá, princesa, y nos vamos a por los juguetes de la bañera.

Anette apenas llegó a plantar un beso en la coronilla de su hija antes de que esta desapareciera en dirección al baño. Sintió un pinchazo de desilusión, pero lo reprimió, y eso que el cansancio le dejaba la piel muy fina. Era natural que su hija prefiriera al progenitor que pasaba más tiempo en casa. No significaba nada, la niña estaba a salvo y feliz. Agarró las correas y llamó a los tres *border collies*, que se le acercaron entre saltos de alegría. Ellos sí que la preferían.

El aire vespertino del barrio residencial estaba cargado de polen, casi podía oler la corteza de los árboles, el almizcle y las semillas primaverales. El cielo estaba despejado e incandescente, como si estuviera en llamas. Los perros saltaban a su alrededor y daban tirones impacientes a las correas. Al llegar a la marisma, los soltó para que pudieran olisquear e investigar mientras ella descansaba en un banco. Descubrió un paquete de cigarrillos de su época de fumadora en el bolsillo del forro polar y lo sacó para ponerse uno entre los labios con curiosidad. La sensación era como enfundarse unos vaqueros viejísimos y comodísimos, y sintió a la vez alegría e irritación por no llevar un mechero encima.

La imagen de Mads Teigen al timón, con una sonrisa y un cigarrillo en los labios, le vino a la mente de golpe. Mejor dicho: le vino a la mente por enésima vez esa tarde, pero, en esa ocasión, no la ahuyentó. Aquel hombre tenía algo especial, una timidez difícil de interpretar. Era una persona reservada, sin duda, pero, a la vez, había una oscuridad en sus ojos verdes que a Anette le resultaba atractiva. Tenía que admitir que aquel hombre le parecía excitante y que no tenía ni idea de cómo tomárselo. Hasta el hecho de que fumara lo hacía parecer más interesante en la época hipócrita de criar a niños pequeños en la que se encontraba. Meneó la cabeza con una sonrisa ante aquellos pensamientos disparatados. Sería la primavera, que se le había subido a la cabeza. La primavera y el cansancio, claro.

Entonces sonó el teléfono con una llamada de Jeppe.

—¿Y ahora qué quieres? —dijo Anette con una carcajada para dar a entender que estaba de broma, consciente de que su compañero tendía a ser un poco ingenuo—. ¿Alguna novedad?

—No, pero hay un par de detalles a los que me gustaría dar una vuelta contigo. ¿Tienes tiempo? ¿No estarás en plena hora de la cena, ¿verdad?

Anette oyó cómo se encendía un cigarrillo y sintió una intensa punzada de nostalgia por épocas pasadas.

—No, puedo hablar, dime.

—Me he pasado a ver a Esther de Laurenti, que opina que el mensaje que encontraron los padres de Oscar puede interpretarse como una carta de suicidio.

Un grupo de adolescentes pasaron junto a su banco entre risas y Anette se cambió el teléfono de lado.

—¿Quieres decir que crees que se ha suicidado?

—El padre no me ha sabido confirmar si Oscar sabe manejar el barco familiar.

—Jeppesen, por el amor de Dios, eso no significa nada. Si se hubiera matado, hubiéramos encontrado ya el cadáver y el barco. O los restos del naufragio, por lo menos —dijo ella con más convicción de la que sentía, puesto que su teoría no se sostenía por ningún lado.

—Hay otra cosa. El guardián del fuerte, el que encontró la mochila y también apareció en Ven...

—Mads Teigen. ¿Qué pasa con él?

—¿Sabes cuánto tiempo lleva en Trekroner?

Anette se tensó.

—No, ¿por qué?

—Hay algo que me hace sospechar que conoce a Oscar. La familia Dreyer-Hoff frecuenta el fuerte y Henrik ha mencionado al guardián, aunque no recuerda su nombre.

—Se lo preguntaré. ¿Algo más?

—Eso es todo —respondió Jeppe—. ¡Recuerdos a Svend y a la niña!

Anette colgó y se guardó el teléfono en el bolsillo, tras lo cual arrojó el cigarrillo sin encender a un matorral y llamó a los perros.


LA MESA ESTABA puesta con la vieja cubertería de plata de la abuela, que a Jeppe le constaba que se guardaba habitualmente en una caja de madera. Un candelabro decoraba el centro de la mesa y en los platos estaba servido el postre, que Jeppe sospechaba que había comprado hecho. Su madre se había esforzado un montón, pero no podía evitar desear que hubiera tenido más presente que el cincuenta por ciento de los invitados eran niños en lugar de pretender impresionar a los adultos.

Mostró interés por la infancia de Sara en Túnez para luego lanzarse con un monólogo sobre Cartago, los fenicios y la minoría bereber y, a continuación, sacar su tema preferido, la cultura, para averiguar si Sara era más de teatro, ópera, bellas artes o literatura. Sara admitió sin pestañear que no tenía tiempo para nada de eso. Jeppe sabía que esa confesión la colocaría automáticamente en el punto de mira de su madre.

—¡Pero tienes que leerles en voz alta a las niñas o se convertirán en analfabetas culturales! Empieza con los clásicos, como *Alicia en el país de las maravillas* o la continuación, *Alicia a través del espejo,* es genial para su edad. Lo tengo aquí en casa, te lo presto, creo que es de cuando Jeppe era pequeño, figúrate.

Sara esbozó una sonrisa afable y tomó un trago de agua sin dar muestras de querer continuar la conversación. Jeppe sintió que una gota de sudor le corría por la columna vertebral, y entonces se produjo una conmoción cuando Meriem volcó un vaso con su muñeco Transformer.

—¿Y si las niñas se retiran de la mesa mientras los demás tomamos el postre? —propuso su madre.

—Solo es agua —respondió Jeppe con una mirada de advertencia.

—Da igual, no nos gusta la tarta —dijo Amina, que estaba de brazos cruzados con cara de llevar horas sometida a una tortura china.

—Muy bien —dijo Jeppe, y se levantó haciendo caso omiso de las cejas enarcadas de su madre—. Venid, niñas, vamos al salón. Meriem, ¡llévate los muñecos!

—¿Puedo ponerme YouTube? —preguntó Amina a su madre.

Sara asintió y Amina corrió a por su teléfono, guardado en el bolsillo de la chaqueta que había colgado en la entrada. Volvió al salón con la nariz enterrada en la pantalla, se dejó caer en el sofá y buscó uno de los videoclips coreanos con los que andaba obsesionada últimamente.

Jeppe ayudó a Meriem a colocar sus muñecos en la alfombra y regresó a la mesa, donde la conversación se había quedado congelada. Sintió una fugaz irritación porque las mujeres de su vida solo parecían congeniar con personas afines a ellas. ¡Podrían esforzarse un poco! Pero sabía que la gente era así, que con la edad se empecinaba cada vez más en sus manías y preferencias.

Contempló a su madre, que lo había criado sola con mucha disciplina, poco dinero y un afecto que no podía compensar la ausencia de sus largas jornadas laborales en la universidad.

En cierto modo, por instinto, creía comprender a Oscar. Aun sin haberlo visto nunca, Jeppe se veía reflejado en la sensibilidad del muchacho. A los quince años, Jeppe Kørner podía pasarse el día en la cama con un libro gordo y las cortinas echadas mientras sus compañeros quedaban para jugar al fútbol y compartir cervezas clandestinas mientras hablaban de chicas. Jeppe se apartó cada vez más de sus iguales en una soledad autoimpuesta. Recordaba los años de su adolescencia como los peores de su vida, llenos de dudas y desprecio hacia sí mismo. Cuando se miraba en el espejo, veía reflejada una inseguridad crónica. Haber sobrevivido le parecía un milagro.

Miró el reloj y vio que eran las ocho. Al caer la noche, Protección Civil daría por finalizada la búsqueda hasta el día siguiente y todos sabían que, si transcurrían más de cuarenta y ocho horas y Oscar no daba señales de vida, ya no las daría.

«¿Dónde estás, Oscar? —se dijo mientras clavaba la cuchara en el tiramisú—. ¿Dónde te has metido?»

TIENE UN HAMBRE atroz. El chico nunca ha pasado hambre, y ahora se sorprende del dolor que siente en el estómago, más terrible que el frío y el miedo de los ruidos que oye, crujidos y pasos a todas horas, aunque nunca viene nadie. Está solo.

Está tumbado, ya no le quedan fuerzas para sentarse o ponerse en pie, ya no sabe si es de noche o de día, está siempre a oscuras, y no es una oscuridad familiar, como la del cielo estrellado que se refleja en el agua del mar, sino una negrura absoluta.

Intenta evitar pensar en su familia, pero le cuesta, el recuerdo de sus hermanos, que lo llaman en la oscuridad y le piden que vuelva a casa, revolotea por su cabeza sin parar. Le duele aún más la barriga al oír la voz de su hermana pequeña, y aprieta fuerte los dientes para ahuyentarla.

«Respira.» Mientras se concentre en su respiración, no pensará en otra cosa. Ni siquiera en la muerte.

Aunque sabe que la muerte sí piensa en él.

# LUNES,
# 15 DE ABRIL

# 12

El lunes a primera hora, Kasper Skytte se presentó en el trabajo con mal cuerpo. La mala conciencia y la ansiedad lo avasallaban, y tuvo que apretar los dientes para centrarse en su tarea, que ese día consistía en pasarse todo el día con el operador de la pinza para supervisar el sistema de separación de residuos. Tenía que detectar problemas antes de que se produjeran para evitar que la planta se paralizara, cosa que sería catastrófica en muchos sentidos.

A las ocho menos cuarto cruzó la luminosa recepción, subió a su oficina en ascensor, recogió su portátil y se dirigió a la nave. Sus pasos retumbaron sobre la pasarela de acero y la escalerilla hasta que llegó a la puerta naranja de la cabina. Tras una breve pausa, entró, saludó a Michael, el operario, y se sentó a su lado con el portátil en el regazo frente al ventanal con vistas a la montaña de basura. No le gustaba enfrentarse a los residuos, siempre que le tocaba sentarse allí no dejaba de pensar en la hora de irse.

—¿Algún problema? —preguntó Kasper mientras estudiaba las cifras de la mañana en su pantalla.

—Nada.

Michael no era especialmente parlanchín, cosa que a Kasper, en un día como ese, le parecía estupendo. En silencio era más fácil concentrarse en los números y en la pinza, que trasladaba la basura desde los montones donde se vaciaban los camiones hasta la incineradora, de derecha a izquierda en un bucle eterno.

Después de un rato de contemplarlo, la vista le jugaba malas pasadas: el armazón de un paraguas se convertía en una rama seca, una bolsa de plástico hecha trizas, en una cabellera, y unas bolsas negras más allá, en extremidades cercenadas.

Kasper se levantó.

—¿Un café? —le preguntó a Michael.

—No, gracias.

Kasper se sirvió una taza y comprobó el móvil antes de recordar aliviado que allí no había cobertura. Se volvió de nuevo hacia el ventanal y se sentó en la silla poco antes de que la pinza pasara por delante del cristal, monstruosa, inquietante e hipnótica, cargada de residuos que una vez fueron objetos llenos de color, antes de volverse grises. Eso pensaba siempre.

Kasper sintió que el café amenazaba con írsele por la tráquea cuando arrancó a toser mientras señalaba con el dedo.

Un instante después, Michael pulsó el botón de emergencia.


—Poneos estos trajes protectores, los zapatos y la mascarilla antes de entrar en la nave. El aire no es respirable, no podéis quedaros mucho rato. Al entrar veréis unas zanjas muy largas a ambos lados de la plataforma que llevan hasta la incineradora. Ahora está apagada, pero a una temperatura altísima, o sea que no os acerquéis. Estaremos preparados para desinfectaros en cuanto salgáis.

Anette aceptó los dos monos blancos que le ofrecían y alargó uno a Jeppe mientras pensaba que lo normal era ponerse ropa protectora para no contaminar la escena de un crimen, pero en esa ocasión eran ellos quienes tenían que protegerse de la contaminación. Mientras se ponía el traje, trataba de recordar si había sentido alguna vez un malestar así. Se encontraba ante la inmensa puerta doble que llevaba al interior de la nave de residuos, situada entre dos hornos incineradores que en circunstancias normales estaban a mil grados. Fuera de la nave, la temperatura ya era insoportable, y solo de pensar en meterse en un espacio aún más caluroso, oscuro y sucio para ver un cadáver se le revolvían las tripas. Menos mal que no era especialmente melindrosa.

Se puso la mascarilla y, tras asegurarse de que Jeppe estaba preparado, abrió la puerta y entró en la nave. Anette oyó a Jeppe jadear cuando la abrasadora oleada de podredumbre los golpeó en la cara, y ella misma tuvo que agacharse varias veces a respirar hondo para mantener la calma. Ante ellos, entre las sólidas paredes metálicas de la nave, se abría un planeta de basura en el que la ventana de la cabina desde donde se manejaba la pinza parecía un ojo de cíclope. Reinaba un silencio increíble, pero recordaba más bien a la pausa que hace un trabajador equipado con un taladro neumático para secarse el sudor de la frente antes de volver al ataque.

La pinza, suspendida sobre la plataforma con la basura asomando entre sus fauces, parecía un cuerpo celeste que flotaba en aquel universo inhóspito. Junto a un potente foco que los apuntaba divisaron una silueta alta y flaca que Anette reconoció como el patólogo forense Nyboe. Junto a él, otra silueta fotografiaba la escena. Ambos llevaban el mismo equipo protector que los policías y se movían con gestos rápidos y comedidos.

Anette y Jeppe se acercaron al foco. Ella sentía que el sudor le corría por la espalda y se le acumulaba sobre las nalgas, y reprimió el impulso de arrancarse la mascarilla para poder inspirar con profundidad. Para distraerse, contempló el montón de basura que tenía frente a ella: una pierna humana esbelta y pálida asomaba entre latas y cartones. Habían excavado alrededor de la pierna y allí se intuían el resto del cuerpo, el cuello y la cabeza.

—¿No se puede abrir la pinza para sacar el cadáver?

Nyboe se dio la vuelta.

—¡Por fin llegáis! Qué sitio más horroroso, de verdad. No se puede porque dentro hay media tonelada de basura, hay que sacarlo con mucho cuidado o desaparecerá sepultado.

—¿Es un hombre o una mujer? —La voz de Jeppe sonaba lejana, y eso que estaba a su lado.

—Aún no tenemos ni idea —dijo Nyboe mientras retiraba un gurruño de plástico con unas pinzas muy largas—. Lo único que sabemos es que se trata de un ser humano.

La mejilla del cadáver, cubierta de suciedad, apareció lisa e imperturbable como la de una estatua, e igual de inerte.

—¿Sabemos la causa de la muerte?

—Os lo diré cuando consigamos sacar el cadáver y pueda examinarlo como Dios manda. ¡Este no es lugar para humanos! —farfulló Nyboe mientras seguía hurgando en la basura.

Jeppe dio una palmadita a Anette en el hombro y señaló la puerta.

—¡Vámonos de aquí!

Al otro lado de la puerta doble se quitaron las mascarillas e inspiraron con ansia el aire fresco. Anette notó que le lloraban los ojos, y se disponía a frotárselos cuando un empleado con un mono protector la detuvo.

—Primero tienes que desinfectarte, ¡ven!

Los condujo por una escalera hasta una sala de personal donde pudieron quitarse los trajes, lavarse como pudieron en un fregadero y desinfectarse con un aerosol. Liberarse de aquellas prendas que olían a quemado alivió en parte su malestar, pero el hedor que se les había instalado en la nariz no parecía dispuesto a marcharse.

—¡Qué locura! ¿Cuánto tiempo hemos estado ahí dentro? ¿Dos minutos, cinco? ¿Cómo demonios puede ser que apestemos tanto? —Anette escupió en el fregadero y se juró que al llegar a casa por la noche se pasaría una hora en la ducha—. ¿Has visto si era Oscar?

Sentado en un banco, Jeppe se echó desinfectante en las manos por tercera vez y ella recordó que su compañero era un maniático de la limpieza.

—Esperaba con todas mis fuerzas que no acabara así, que conseguiríamos encontrarlo vivo —respondió sin mirarla.

—Yo también —dijo su compañera con un suspiro mientras se frotaba los ojos—. Eso, suponiendo que sea él.

Jeppe se levantó.

—Ya sé lo que vas a decir. Si de verdad es Oscar, ¿cómo ha acabado en un vertedero?

—Exacto —dijo ella, y escupió de nuevo. Tenía la sensación de que nunca más volvería a sentirse limpia—. Y, por otra parte, ¿dónde cojones está el barco?

Cuando Anette y Jeppe entraron en la sala de personal, encontraron a un grupo de hombres corpulentos con ropa de trabajo alrededor de Michael, el operador de la pinza. Estaban junto a una mesa con café y una botella llena de un líquido transparente que asomaba de una bolsa de papel, y que Jeppe supuso que sería algún tipo de alcohol que no estaba permitido en el lugar de trabajo. El operario tenía la cara encarnada y hablaba con sus compañeros en un tono apagado mientras vaciaba de un trago el contenido de un vaso, tras lo cual se sacó un pañuelo del bolsillo para sonarse la nariz.

Al verlo, Jeppe, que había estado a punto de tenderle la mano, decidió darle unas palmaditas en la espalda.

—Jeppe Kørner. ¿Se encuentra bien?

—Bueno, más o menos, aunque tengo que admitir que he tenido lunes mejores. —Alrededor de la mesa, sus compañeros recibieron sus palabras con un murmullo de aprobación. Entonces continuó—: Creo que Kasper lo lleva peor, ha tenido que tumbarse en un banco de la cafetería.

—¿Kasper estaba con usted en la cabina? —El operador asintió—. Pues le daremos un rato para que se recupere. ¿Se siente con fuerzas para hablar conmigo y mi compañera? Esperábamos que pudiera enseñarnos las instalaciones mientras le hacemos algunas preguntas.

Michael se levantó, tal vez aliviado por tener algo que hacer.

—¿Qué quieren ver?

—Pues no lo sabemos —dijo Jeppe con aire indeciso—. Lo que necesitamos entender es cómo acabó el cuerpo en la pinza. De dónde pudo venir.

—Entonces empecemos por la sala de descarga. ¡Por aquí!

Los guio hacia un ascensor de acero, desde donde se adentraron en la incineradora a través de pasillos y escalerillas. Jeppe y Anette lo seguían a paso acelerado y tenían que agacharse a toda prisa para esquivar tuberías y cables para no perderlo. Mientras tanto, los demás debían de estar sacando el cadáver de la pinza para llevarlo al Instituto Anatómico Forense, donde, dadas las circunstancias extraordinarias, la autopsia se realizaría de inmediato para determinar si se trataba de Oscar.

Michael se detuvo en una plataforma desde donde se veía la inmensa sala de descarga, iluminada por potentes focos y abierta por un extremo, en el que se encontraba la rampa por la que subían los camiones de basura desde la calle. Un operario con un chaleco amarillo fosforescente discutía con vehemencia con un grupo de conductores cuyos vehículos estaban aparcados en la sala.

—Están enfadados porque no les dejamos descargar —explicó Michael mientras señalaba hacia la pared que tenían enfrente—. ¿Ven la zanja al pie de la pared? Es ahí donde descargan los camiones. Al otro lado está el depósito, que ya han visto por dentro.

Jeppe sacó el cuaderno.

—¿Puede contarnos cómo es el proceso?

—El supervisor indica la plaza a los conductores, que meten el camión marcha atrás hasta la zanja. Entonces abren la parte trasera del remolque mediante un botón que está en la cabina y la basura cae a la zanja.

Anette se asomó a la baranda para señalar a un camión de basura aparcado a sus pies.

—Eso significa que los basureros no ven la basura que cae, ¿verdad?

—Ahora los llamamos «gestores de residuos», no basureros —dijo Michael con un carraspeo pudoroso—. Pero sí, en este punto del proceso, no ven lo que descargan, cae todo en la zanja y de ahí, al depósito, al otro lado de esa pared.

—¿Qué quiere decir con «en este punto del proceso»?

—Bueno, al llegar a los contenedores de su ruta, el gestor de residuos primero los abre para ver si tiene que vaciarlos. Un cadáver solo cabría en uno de seiscientos litros, en uno más pequeño no habría espacio. En todo caso, debía de estar sepultado bajo la basura o tapado de alguna forma. Tal vez el gestor se extrañara por el peso del contenedor, pero, al fin y al cabo, es el camión quien lo levanta, así que puede que no le diera más vueltas. En el camión la basura se compacta, y luego la traen aquí para incinerarla.

Jeppe tomó notas con una letra tan torcida que dudaba que fuera a poder leerlas más tarde.

—¿Sería posible averiguar en qué contenedor de la ciudad estaba el cadáver? ¿Son habituales esos contenedores de seiscientos litros, o se encuentran solo en lugares específicos?

El operario de la grúa esbozó una media sonrisa.

—Son contenedores de residuos normales y corrientes, están por toda la ciudad. No sabría decir cuántos hay, pero calculo que más de mil.

—Muy bien. ¿En qué parte de la ciudad se recogen basuras el lunes por la mañana?

—Eso tendrán que preguntarlo en las distintas empresas que se encargan de la recogida de basuras —dijo tras una breve reflexión—, pero el lunes es un día intenso de trabajo, se vacían los contenedores de todo el centro y de los barrios colindantes.

Jeppe levantó la mirada del cuaderno.

—Quiere decir que será difícil averiguar de dónde viene el cadáver.

—No, digo que es imposible relacionar un objeto con un contenedor concreto. La pinza recoge la capa superior de basura y, como el cuerpo se ha recogido hoy lunes a primera hora, es probable que aterrizara en el depósito esta misma mañana, pero es imposible saberlo a ciencia cierta —explicó señalando la zanja—. Si hay un lugar en el mundo en el que uno pueda deshacerse de algo para siempre, es este. Aquí desaparece todo.

De vuelta en la cafetería, Michael señaló una silueta tumbada en un banco de cara a la pared con dos compañeros a su lado, un hombre y una mujer, que lo miraban con preocupación.

—Ese es Kasper —susurró Michael—. Parece que no se encuentra mejor.

La compañera advirtió su presencia.

—No reacciona —les dijo—. Creo que habrá que llevarlo a urgencias.

Jeppe se le acercó y descubrió que el hombre tenía una mancha de nacimiento en la frente. Tardó un instante en recordar dónde la había visto antes y entonces miró a Anette.

—Kasper, somos de la policía. Nos gustaría hacerle algunas preguntas.

El hombre se revolvió, abrió los ojos y volvió a cerrarlos enseguida.

—Tengo que... Dadme un momento.

Jeppe y Anette se apartaron un poco del banco mientras Kasper se levantaba despacio con ayuda de sus compañeros.

—¡Joder! —siseó Anette al reconocerlo.

—Contrólate —le dijo Jeppe.

—¿El padre de Iben trabaja en el lugar donde ha aparecido el cuerpo de Oscar? Estarás de acuerdo conmigo en que es…

—Kasper, ¿se encuentra bien? —dijo Jeppe, que se acuclilló junto al banco.

Kasper Skytte le lanzó una mirada llena de incertidumbre. Su cara tenía una tonalidad nada saludable de clara de huevo cocida.

—Estoy… un poco conmocionado.

—¿Cree que podría responder a algunas preguntas?

Asintió, aunque parecía estar a punto de vomitar.

—Nos ha sorprendido encontrarlo aquí. ¿Cuánto hace que trabaja en la incineradora?

Kasper Skytte cerró los ojos.

—Empezó el verano pasado —respondió por él su compañera—, así que poco más de un año—. Entonces se sentó junto a Kasper y le pasó un brazo por los hombros—. Kasper, ¡respira profundamente!

Kasper abrió los ojos y miró a Jeppe con la mirada empañada.

—¿Es Oscar?

—Aún no lo sabemos —respondió el inspector tras un instante de titubeo.

El hombre dejó caer la cabeza y su compañera, solícita, le puso una papelera entre las piernas.

A Jeppe le sonó el teléfono y se alejó unos pasos para responder.

—Kørner al habla.

—Soy Nyboe. Hemos llegado al instituto forense. Vamos a lavar el cuerpo y ver qué hacemos. Aún no he empezado con el examen, pero quería deciros cuanto antes… —Hizo una pausa dramática lo bastante larga como para que a Jeppe se le revolviera el estómago— que creo que podemos cantar bingo. El cuerpo pertenece a un hombre de piel clara y pelo moreno. Muy joven.

# 13

Un, dos, tres pasitos lentos y un descanso disfrazado de una pausa para otear el horizonte o hurgarse en los bolsillos en busca de un caramelo. Los andares de Gregers horrorizaban a Esther. Él, que antes salía a pasear varias veces al día… ¿Cómo era posible que estuviera en tan baja forma? ¿O acaso ese ritmo de caracol se debía a las pocas ganas que tenía de enfrentarse a la inminente visita?

—¿Estás nervioso?

Esther contempló el hospital desangelado de Østerbrogade mientras esperaba a que Gregers se guardara un pañuelo en el bolsillo. En el tercer piso los esperaba su médico de cabecera, a quien Esther había pedido cita con gran urgencia. Y llegaban tarde.

—Quizá es solo una gripe —dijo Gregers con voz esperanzada—. Creo que tengo unas décimas.

—Anda, vamos, amigo mío —dijo ella, y le dio un apretón en el brazo—. Es por aquí.

Entraron en el edificio y se dirigieron al ascensor. Cuanto más se acercaban, más lento andaba Gregers. Se dio cuenta de que se había puesto la camisa azul de cuadros que reservaba para los días de fiesta y también de que se había peinado el poco pelo que le quedaba.

En la sala de espera había menos sillas de lo que cabría esperar y reinaba una energía tensa en el ambiente. Esther anunció su llegada a la recepcionista y acompañó a Gregers a un rincón donde no molestara.

—Tanto correr y ahora resulta que nos hacen esperar —refunfuñó el anciano.

Esther notó que parecía menos confuso y más como el gruñón de siempre. Una silla se quedó libre, pero antes de que Esther pudiera sentar a Gregers, la puerta de la consulta se abrió.

—Gregers Hermansen —lo llamaron.

A pesar de ir vestida con vaqueros y una camiseta, la doctora transmitía más eficiencia que el resto del personal. Su actitud despierta le confería más autoridad de la que hubiera conseguido con una bata blanca.

Esther metió a Gregers a empujones en la consulta para no poner a prueba la paciencia de la médica, que les estrechó la mano y les indicó que tomaran asiento en la consulta soleada, decorada con pósteres artísticos de color azul cobalto.

—Hola, Gregers, cuánto tiempo sin vernos —empezó—. ¿Qué tal se encuentra?

—Perfectamente —respondió él, y se puso derecho.

—Me alegro mucho. ¿Qué puedo hacer por usted? —siguió la doctora mientras se le acercaba con su silla de oficina, lista para pasar a la acción.

—¡A mí también me gustaría saberlo!

Esther le dio unas palmaditas tranquilizadoras en el brazo.

—Hemos venido porque te cuesta respirar, ¿no te acuerdas?

Gregers soltó una carcajada socarrona.

—Me encuentro perfectamente.

La doctora sacó su fonendoscopio.

—De todas formas, ya que ha venido, ¿qué le parece si echamos un vistazo?

—Como quieras.

Gregers se inclinó hacia adelante para que la médico pudiera auscultarlo.

—Mire, Gregers, si le parece, voy a pedir una analítica porque oigo una sibilancia en el pecho y me gustaría saber a qué se debe. ¿Fuma?

—No, nunca he fumado —respondió él.

—No es verdad —intervino Esther—. Cuando viniste a vivir al piso de Klosterstræde fumabas un paquete al día, y nos peleábamos mucho porque el humo subía hasta mi ventana.

Él meneó la cabeza.

—Nunca he fumado.

Esther miró a los ojos a la doctora, que enarcó las cejas y se levantó para ir en busca de tubos y agujas estériles.

—Remánguese un poco, Gregers, que voy a sacarle sangre.

Le desinfectó la piel, encontró una vena y le clavó la aguja para empezar a llenar los tubos de sangre escarlata mientras el paciente apartaba la cara.

—¿Se ha sentido confuso últimamente, le cuesta acordarse de las cosas?

Gregers se encogió de hombros.

—Puede que un poco.

La doctora guardó los tubos y le puso una tirita en el brazo.

—Llame mañana pasadas las doce para los resultados de la analítica. En su historia pone que toma anticoagulantes. Tal vez sería recomendable que le ayudaran un poco para que no se le olvide tomarse la medicación los próximos días. —Miró a Esther—. ¿Puede ser?

Esther asintió. Sabía que sería muy difícil que Gregers se dejara ayudar para tomarse las pastillas, pero estaba preparada para insistir.

—Muchas gracias.

Gregers se levantó, estrechó la mano de la doctora y echó a andar hacia la puerta seguido de Esther.

—¡Menuda imbécil! —siseó sin dejar de andar.

—¡¡Gregers!! —lo riñó ella, y él la miró furioso.

—A ver, ¿a qué viene esta pérdida de tiempo? ¿Puedes decirme qué hago yo aquí?

Los compañeros estrechaban la mano de Thomas Larsen y lo felicitaban con voz queda en la pequeña cafetería del Departamento de Homicidios. A pesar de la gravedad del caso que se traían entre manos, todos se alegraban por él. La comisaria había pedido a Jeppe que liderara un equipo compuesto por Anette, Sara y Thomas Larsen que contaría con ocho agentes que los ayudarían con los interrogatorios a testigos y la recopilación de material. Hasta que se verificara la identidad del cadáver, lo tratarían como un nuevo caso de asesinato paralelo a la búsqueda de Oscar.

Jeppe fue a por una taza de café e hizo zigzag entre sillas y compañeros para llegar a su mesa, donde ya tenía el ordenador y el cuaderno preparados. Al contemplar a sus compañeros mientras daba un sorbo al amargo café solo de la máquina, su mirada se cruzó con los ojos castaños de la comisaria, en el extremo opuesto de la sala. Entonces dejó el teléfono sobre la mesa y dio unos golpecitos en el tablero.

—Como ya sabéis, esta mañana a las ocho y diez dos empleados de la incineradora de Amager encontraron un cadáver en la nave de almacenaje de residuos. La identidad del fallecido aún se desconoce y tampoco sabemos la causa de la muerte, aunque parece que se trata de un hombre joven. Nyboe está realizando la autopsia en estos momentos, así que pronto sabremos más. —Hizo un gesto a Anette, que estaba apoyada en la pared, para que tomara la palabra:

—Por desgracia, es muy difícil determinar cómo llegó el cadáver a la incineradora. Lo más probable es que fuera en el remolque de uno de los primeros cien camiones que se vaciaron el lunes antes de las siete de la mañana, suponiendo que no llevara todo el fin de semana allí. Veremos qué dice Nyboe.

—¿Aparte de en un camión de la basura, pudo haber llegado por otro medio? —intervino Larsen—. ¿Podría cualquiera acercarse en coche y tirar algo allí dentro?

—No, el acceso a la planta está restringido —dijo Jeppe, y miró a sus compañeros—. Uno de nuestros hombres está comprobando las grabaciones de las cámaras de seguridad de la sala de descarga, donde se vacían los camiones. Los responsables de la planta aseguran que desde el viernes por la tarde solo han entrado vehículos autorizados. Si el cadáver llegó por otros medios, fue desde dentro de la misma planta, es decir, que alguien de dentro tiró el cadáver al vertedero. En cualquier caso, todo indica que se trata de un asesinato, no me imagino que alguien pueda acabar allí por accidente. —Entonces señaló a los agentes—. Hay que encontrar e interrogar a posibles testigos entre el personal de la planta, para empezar. Es un lugar grande, con muchos empleados que circulan constantemente entre las oficinas, salas de máquinas y la azotea del edificio. Nos dividiremos en dos grupos de cuatro y cada uno empezará por un extremo. El resto, hablad con el sindicato de gestores de residuos y averiguad cuál es la mejor manera de localizar a posibles testigos. En Copenhague, la recogida de basuras se gestiona a través de varias empresas privadas. Averiguad cuáles son, qué rutas siguen y los horarios de recogida. Nos interesa especialmente el lunes por la mañana, pero estad atentos a cualquier cosa fuera de lo normal. Con toda probabilidad, un basurero paseó un cadáver en su camión por toda la ciudad y, aunque no se diera cuenta, tal vez recuerde algo que le llamara la atención.

Los agentes asintieron, tomaron nota y empezaron a dividirse las tareas entre murmullos.

—Werner y yo nos acercaremos al Instituto Anatómico Forense después de desayunar. El resto, preparaos para localizar a familia, amigos y compañeros tan pronto como confirmemos la identidad del cadáver.

—¡Falta lo mejor! —lo interrumpió Anette—. ¿Adivináis quién estaba con el operario de la pinza cuando se descubrió el cadáver? ¡Kasper Skytte, el padre de la mejor amiga de Oscar trabaja en la planta como ingeniero!

—¡No te creo! —exclamó Larsen impresionado.

—Que me parta un rayo si miento.

—¿Alguien puede haber arrojado el cadáver directamente al vertedero? —insistió Larsen mientras se apartaba el pelo de los ojos—. Desde el interior de la planta, quiero decir.

Anette lo apuntó con el dedo.

—No me digas que no es casualidad que trabaje en el lugar donde hemos encontrado el cadáver de Oscar.

Jeppe trató de frenar la inquietud que se adueñaba de los presentes.

—Ya sé lo que todos estamos pensando, pero también sé que las cosas hay que hacerlas como Dios manda. Que a nadie se le ocurra filtrar nada a la prensa, ¿me oís? No podemos arriesgarnos a que la familia se entere antes de tiempo—. Se puso en pie—. Venga, a trabajar.

Los policías empezaron a hablar entre ellos para intercambiar teléfonos y direcciones relevantes. Sonó el teléfono de Jeppe sobre la mesa, y vio en la pantalla que llamaban del Instituto Anatómico Forense.

—Kørner al habla.

—Soy Nyboe. —Al saludo siguió un suspiro y una pausa muy poco característica de Nyboe—. Tengo malas noticias. O buenas, según se mire.

—¡Dime! —Jeppe oyó que las voces a su alrededor se apagaban, como si todos percibieran la gravedad de la conversación.

—Verás, Kørner, cuando tienes sobre la mesa a un hombre discrínico, es decir, que no se ha desarrollado del todo... Ya me entiendes, un hombre joven que no produce mucha cantidad de hormonas sexuales. En mis tiempos los llamábamos «hermafroditas», que ahora es un insulto, pero…

—Nyboe, ¿adónde quieres llegar? —Jeppe sentía las miradas de todos clavadas en él.

—Lo que intento decirte es que el fallecido no es Oscar Dreyer-Hoff.

—¡¿Cómo?!

—Tampoco podemos decir que se trate de un niño, sino de un hombre adulto de veintipocos años, esbelto e infradesarrollado en los…

—A ver —Jeppe oía su propia voz como un eco—, pero, si no es Oscar, ¿quién es?

Los policías se miraban con inquietud, y Jeppe les dio la espalda. Oyó que Nyboe manipulaba papeles.

—Los peritos han encontrado sus huellas en el sistema, tuvo que rellenar una solicitud de antecedentes de las que se piden a la gente que trabaja con niños para garantizar que no son pedófilos y esas cosas. El fallecido es profesor, se llama Malthe Sæther.

# 14

ERA CIERTO QUE el hombre tendido sobre la mesa de acero parecía muy joven. Esbelto, con las mejillas imberbes y el pelo grueso y moreno. Tenía la cabeza torcida y las piernas encogidas en posición fetal, con una bota de agua en un pie y el otro descalzo. Por lo demás, estaba desnudo. Su cuerpo estaba salpicado de cortes y magulladuras que competían con las lividideces cadavéricas, y la piel era de un tono verdoso.

Anette se inclinó sobre el cadáver del profesor de Lengua de Oscar Dreyer-Hoff.

—¿Qué edad dices que tiene?

—Veintisiete, pero con el físico de un adolescente. Fíjate en esa barbilla tan fina y la nuez sin desarrollar, señales claras de niveles bajos de testosterona —dijo Nyboe en tono defensivo. Anette sabía que el forense detestaba equivocarse.

—¡No lo toquéis, puede que la piel esté suelta! —Anette dio un paso atrás y le pareció detectar una sonrisa en los ojos de Nyboe, pero desapareció antes de que pudiera asegurarse. El médico siguió—: Empezaba a desprenderse cuando le quitamos los restos de plástico. Cuando el sistema inmunológico deja de funcionar, las bacterias del estómago y los intestinos se extienden por todo el cuerpo y empiezan a devorarlo, en este caso, con la ayuda de las muchas bacterias presentes en la basura. Fijaos en las ampollas que tiene bajo la piel aquí y aquí —señaló el cadáver con un dedo enguantado—, son células que han empezado a descomponerse.

—¿Qué nos dice eso sobre la hora de la muerte? —Jeppe se acercó a Anette y a la mesa de autopsias y sacó el bolígrafo y el cuaderno de notas. Al hacerlo, a Anette le llegó el olor del cigarrillo que Jeppe se había fumado antes de entrar en el instituto para asistir a la autopsia. Incluso en aquellas circunstancias, inclinada sobre el cuerpo de un joven muerto, el olor a tabaco despertaba sus ansias de fumar.

Nyboe comprobó que la grabadora que llevaba en la mano estaba apagada para que lo que dijera no constara en su informe.

—Es difícil de decir, hay muchos factores a tener en cuenta. Solo hay una ligera inflamación por metano en la cara y el abdomen. El *rigor mortis* ya no está presente, y el proceso de descomposición acaba de empezar. Eso significa que la muerte se produjo hace más de veinticuatro horas y menos de treinta y seis. Pero el cadáver estaba envuelto en plástico y, si lo he entendido bien, es posible que estuviera almacenado en un contenedor de basura antes de su hallazgo, ¿cierto?

—Eso parece —confirmó Anette.

—Las noches aún son frías, las temperaturas bajan hasta casi cero grados. Puede que estar dentro de un contenedor al aire libre, envuelto en plástico, retrasara un poco el proceso de descomposición. ¿Sabemos cuándo se lo vio con vida por última vez?

—He localizado a su novia, Josephine, y he hablado con ella —dijo Anette con un gesto afirmativo—. Está empadronada en Copenhague, pero pasa parte del tiempo en Odense. Por lo que dice, habló con él por teléfono el viernes por la tarde, sobre las cinco. Dice que no supo nada más de él desde entonces.

Nyboe señaló el cuello torcido y las piernas encogidas.

—Si nos fijamos en la postura del cuerpo, vemos señales de que el *rigor mortis* se produjo cuando el cuerpo ya se encontraba en el contenedor. Repito, es difícil de afirmar con seguridad a causa de los golpes que le ha propinado la pinza…

—Si llegó a la incineradora en un camión de basura, que parece lo más probable, ya que el acceso al depósito por otra vía que no sean las esclusas está bastante vigilado, el compactador de basuras también dejaría marcas en el cuerpo —añadió Jeppe.

—Sí, se llevó una buena tunda —dijo Nyboe mientras se llevaba la grabadora a la barbilla con aire pensativo—. Mi hipótesis, de entrada, es que falleció el viernes a última hora de la tarde o por la noche. Podré afinar más después de abrirlo, ver el contenido del estómago, etcétera, etcétera. —Anette y Jeppe cruzaron una mirada. El viernes por la noche coincidía con el momento en el que Oscar desapareció sin dejar rastro. Nyboe continuó—: Mi impresión es que lo envolvieron en plástico y lo dejaron a la intemperie, en un contenedor de basura, según parece, en algún momento de la noche del viernes, donde permaneció hasta que se vació el contenedor el lunes por la mañana. Si llevara todo el fin de semana en el vertedero, el proceso de descomposición estaría más avanzado.

Anette sintió un escalofrío.

—¡¿Un cadáver metido en un contenedor de basura en mitad de la ciudad sin que nadie lo encuentre?!

—¿Por qué no? Una bolsa de plástico grande en el fondo de un contenedor no despierta sospechas, y, apestar, apesta de todas formas —dijo Nyboe y, entonces sí, encendió la grabadora—: La causa de la muerte, por suerte, parece más fácil de determinar. Probable causa de la muerte: asfixia. Y traumática, por lo que se ve. El examen revela hematomas pronunciados en el cuello, enfisema agudo y fracturas en clavícula y cartílagos tiroides y cricoides. —Dicho esto, pulsó el botón de grabar e hizo un gesto al técnico, que preparaba cuencos de acero para los órganos—. ¿Sacas fotos del cuello? Por ambos lados, si puedes. —El técnico sacó la cámara y, mientras fotografiaba, Nyboe aclaró—: Estrangulación manual, así es como creo que lo mataron. Desde delante y con ambas manos —explicó, y acompañó sus palabras con gestos—. Uno de los métodos de asesinato más habituales, típico del asesinato pasional y otros asesinatos impulsivos. Por otro lado, a excepción de la bota de agua, el cuerpo estaba desnudo y no presenta señales de actividad sexual o agresión durante o después del momento de la muerte.

Anette trató de imaginar a Oscar, tan flaco y delicado, estrangulando a su profesor con las manos. Le parecía inconcebible y, a la vez, posible. Se inclinó hacia Jeppe para susurrarle:

—¿No crees que deberíamos informar a la familia de Oscar de la muerte de Malthe? Para ver cómo reaccionan.

—Buena idea, Werner —asintió Jeppe—. Mandaré a Larsen y a Saidani de inmediato a casa de los abuelos en Charlottenlund, los hermanos están allí. Ya hablaremos más tarde con Malin y Henrik.

—¡Hecho!

El técnico guardó la cámara y volvió a los cuencos que había dispuesto junto a la pared. Nyboe se acercó a la mesa de autopsias para examinar el rostro de Malthe Sæther.

—Ah, aquí tenemos otra cosa… curiosa —observó en un tono que hizo que Anette aguzara el oído—. Igual es porque soy un carca, pero no estoy acostumbrado a ver este tipo de cosas —dijo, señalando el cutis del cadáver—. El fallecido tiene la cara cubierta de una especie de polvo traslúcido. Maquillaje.

CUANTO MÁS SE aleja uno de Copenhague, más altos son los árboles. A la altura de Hellerup, las copas de las hayas y los robles casi ocultaban el cielo, e incluso en los jardines privados se alzaban troncos como columnas griegas, que proyectaban su sombra y belleza sobre las calles del barrio. «Un signo de distinción

—se dijo Sara mientras contemplaba el verdor desde el interior del coche—, igual que estar gordo antes de que la revolución industrial cambiara el cuerpo ideal.» En el barrio dormitorio de Helsingør, donde vivía con Mido y las niñas antes del divorcio, los árboles no sobrepasaban las vallas de madera. Eran lo bastante altos como para encaramarse a ellos, pero no tanto como para ocultar la luz. Pero en aquella zona adinerada, por lo visto, la altura de los árboles no tenía límite.

—Pienso comprarme una casa por aquí en los próximos tres años, en Hellerup o en Charlottenlund, o en Ordrup, incluso. Un casoplón con terraza, garaje y una cama elástica en el jardín —dijo Thomas Larsen. A continuación dobló una esquina y enfiló la calle con la nariz pegada al volante, como si ya estuviera eligiendo su futuro hogar. Con su americana a cuadros y una camisa blanca de vestir debajo, parecía una caricatura de un pijo de Selandia del Norte. Sara se fijó en que llevaba gemelos.

—Pensaba que os gustaba vivir en el centro.

—Bueno, ahora vamos a ser padres, y los niños necesitan un jardín para jugar. Un entorno seguro.

—¿Y eso no se encuentra en la ciudad? En Christianshavn, por ejemplo.

Larsen le lanzó una mirada condescendiente.

—A nosotros nos gusta hacer las cosas de otra manera, dejémoslo así.

—¿De una manera mejor que la mía, quieres decir?

—¡Relájate, Saidani! No he dicho nada malo de tu vida, ¡te has montado una película! Me gustaría dar a mi familia un entorno verde y seguro, eso es todo.

Sara bajó la ventanilla y dejó que la llovizna aflojara la tensión que sentía alrededor de los ojos. No pasaba una semana sin que se preguntara si era seguro vivir en el centro, a un tiro de piedra de Christiania, con dos hijas que se hacían más mayores cada día que pasaba. Amina ya era casi una adolescente, más interesada en sus amigas y en el pop coreano que en estar en casa. ¿Viviría más segura en un lugar como ese, rodeada de árboles? Ni siquiera podía planteárselo económicamente, pero ¿y si pudiera?

—Era esta calle, ¿verdad?

Larsen aminoró la marcha y giró a la izquierda. Unos metros más adelante, se detuvo ante el número nueve de la calle Johannevej, donde aguardaba una casa moderna de ladrillo amarillo con ventanas a ambos lados de la puerta principal, pintada de blanco. Los postigos estaban echados, como si la casa estuviera vacía. Dos árboles bajos flanqueaban el camino de entrada a un jardín simétrico pero sin pretensiones. Era una casa como las que había en otras barriadas del área metropolitana de Copenhague, lejos de la fantasía idílica que le había pintado Larsen; una casa de clase media normal y corriente, pero con un código postal pijo.

La mujer que les abrió la puerta, sin embargo, sí que parecía propia del barrio: iba bien vestida, tenía una expresión grave en la cara, llevaba las uñas cortas y limpias y un peinado de peluquería. La piel alrededor de los ojos delataba que había llorado, pero que se esforzaba por ocultarlo. «Digna», fue la palabra que se le ocurrió a Sara para describirla antes de tenderle la mano para presentarse.

—Somos Sara Saidani y Thomas Larsen, de la Policía de Copenhague. Gracias por recibirnos habiéndola avisado con tan poca antelación.

—Me llamo Frida Dreyer, me imagino que ya lo saben. Entren, mi marido está pasando el día en Lund, pero mis nietos están en el salón.

Los guio a través de la vivienda, moderna y decorada con un estilo peculiar que mezclaba muebles rústicos con un diseño más minimalista. En el recibidor, Sara tuvo que agacharse para pasar por debajo de una lámpara de cobre que hubiera quedado fenomenal en un techo más alto, pero que allí parecía demasiado

grande y fuera de lugar. Encontraron a Victor y Esmeralda Dreyer-Hoff recostados en los extremos de un sofá de estampado
floreado, con una manta sobre las piernas, una pila de cómics
entre los dos y una caja de pizza vacía en la mesita de bambú
cuyo cartón estaba lleno de manchas de aceite.

—Niños, ha venido la policía.

—¿Lo han encontrado? —preguntó Victor con la voz llena de
esperanza.

—No, lo siento.

El chico agachó la mirada. Tenía el pelo alborotado, grandes
ojos castaños de pestañas largas y los labios carnosos. «Qué niño
más guapo», pensó Sara, y señaló un taburete de bambú.

—¿Podemos sentarnos?

—Ay, perdón, por supuesto —respondió Frida con aire agi-
tado—. Siéntense. Deja el cómic, Essie, la policía quiere hablar
con nosotros.

La niña lo dejó en su regazo y miró con descaro a Sara, que
trató de dedicarle una sonrisa tranquilizadora que no pareció
surtir ningún efecto. Frida se acercó a su nieta y se sentó en el
brazo del sofá para poder agarrarle la mano mientras el hermano
manoseaba un cojín con nerviosismo.

Sara y Thomas Larsen se sentaron, arrancando un crujido a
los taburetes de bambú que resonó en el silencio tenso del salón.
Larsen tomó la palabra:

—A primera hora de la mañana, han hallado el cadáver de
Malthe Sæther en la planta incineradora de Amager.

—¿Y ese quién es? —preguntó Frida, confusa.

—Es un profesor del Instituto Zahles —siguió Larsen—. Da
clase de Lengua a Oscar, y también fue profesor de Victor.

Aquello no hizo sino aumentar la confusión de la mujer.

—¿Tú lo conoces, Victor?

Victor parecía petrificado. Apartó la manta que le cubría las
piernas con un ademán impetuoso y puso los pies en el suelo,

como si la noticia fuera demasiado seria como para recibirla sentado en el sofá.

—¡Joder! —exclamó.

—¿Estás bien, tesoro?

—Sí, abuela, es que… —dijo mientras agitaba la cabeza—. ¿Qué le ha pasado? ¿Sabéis quién lo ha matado?

Frida miró a Sara con desconfianza.

—¿Tiene esto algo que ver con Oscar?

—Aún no lo sabemos —respondió la policía—, pero nos gustaría haceros unas preguntas, aunque algunas ya las habéis contestado por teléfono. ¿Os parece bien?

Uno a uno, asintieron. Sara abrió el bloc de notas de su teléfono.

—Antes que nada, me gustaría saber dónde estabais el viernes por la noche.

—Mi marido y yo, en casa —se apresuró Frida en responder—. Vimos una película, creo, o tal vez fue el sábado por la noche, pero pasamos todo el fin de semana en casa. Y tú, tesoro, tú estabas en casa con tus padres, ¿verdad? —siguió, y soltó el cojín que tenía agarrado para acariciarle el pelo a Essie, que asintió.

—¿Estuvisteis los cuatro en casa? —preguntó Sara—. ¿Toda la noche?

La niña miró a su hermano titubeante.

—Mamá y yo sí. Papá se fue a la oficina.

—Lo hace a menudo —aclaró Victor.

Sara tomó nota.

—Y tú, ¿dónde estabas el viernes por la noche?

—Salí, claro —dijo Victor—. Los viernes por la noche jugamos a *air hockey* en El rincón eléctrico. Es un bar.

—¿Con quién?

—Con mis compañeros de clase y los de la otra del mismo curso, los de siempre. Nos quedamos hasta que cerraron. La última ronda la jugamos cerca de las cuatro.

Larsen le sonrió con aire comprensivo, como si tuviera aún edad para salir hasta las tantas.

—¿Sabéis si Oscar y Malthe tenían contacto fuera del instituto?

—¿De qué va todo esto? —preguntó Frida, alarmada.

Victor dio un paso adelante que hizo caer la caja de pizza de la mesa.

—Necesito respirar. ¿Salís conmigo al jardín?

—¿Creen que es un buen momento? —Entonces, Frida miró a Sara—. Solo tiene diecisiete años.

—No pasa nada, abuela —dijo Victor, y abrió la puerta de vidrio que daba al jardín. Con un gesto tranquilizador dirigido a la abuela, Sara lo siguió. Tal vez había cosas que Victor no quería que su abuela supiera.

Cruzaron el césped cubierto de rocío hasta un pequeño porche y el chico se dejó caer en un banco de obra antes de encenderse un cigarrillo del paquete que volvió a guardarse en el bolsillo de los pantalones de chándal gris. Sara se sentó a su lado mientras Thomas Larsen se quedaba en la entrada. Victor fumaba con aire reconcentrado, y la ceniza colgaba de la punta del cigarrillo como un equilibrista que desafiaba la gravedad.

—Si le hizo algo a mi hermano…

Sara contempló el perfil del adolescente, sus largas pestañas y la mandíbula que se tensaba cada vez que daba una calada.

—¿Qué quieres decir, Victor?

El chico dio otra calada, y esta vez la ceniza cayó al suelo embaldosado del porche.

—Hace un par de semanas, estaba buscando a mi hermano por el instituto porque se me había olvidado el dinero para el almuerzo y los vi en la biblioteca.

—¿A quién? ¿A Oscar y Malthe?

—Sí. —Victor le clavó la mirada—. Estaban abrazados.

# 15

La fachada de ladrillo rojo del Museo de Geología pasó a toda velocidad junto a la ventanilla del coche. Anette torció a la derecha en tercera, y Jeppe tuvo que agarrarse al tirador de la puerta para no echársele encima.

—Josephine, la novia de Malthe, viene de camino —dijo ella mientras Jeppe luchaba por volver a su asiento—. Hemos quedado con ella dentro de una hora.

—¿Han avisado a la familia?

—Sus padres viven en Hjørring. Están divorciados, pero viven en el mismo barrio, a dos calles. Larsen ha hablado con la madre, dice que parece maja, aunque se ha quedado hecha polvo, claro. Lo del asesinato la ha conmocionado, dice que Malthe era un joven alegre y sano, deportista e idealista que nunca tuvo problemas de drogas ni con la ley.

—¿Van a venir?

—Depende de cuándo puedan hacerles llegar el cuerpo de su hijo. La policía local se encarga de ellos, nos avisarán si hay algo de nuestro interés.

Como de costumbre, Anette conducía demasiado rápido. Solía decir que un semáforo en ámbar era una invitación a acelerar, y Jeppe ya se había acostumbrado.

—¿Sabe Kasper Skytte que vamos a verlo?

—Lo he llamado, pero no responde —dijo Jeppe mientras se apoyaba en el salpicadero para no salir despedido hacia delante—. Pero en urgencias me han dicho que se había ido a casa.

—Pues será una visita sorpresa —comentó ella mientras daba otro acelerón.

Su compañero se agarró al asiento con gestos exagerados.

—Larsen y Saidani hablarán con los compañeros de Sæther en el instituto. Lo primero será conseguir el móvil para averiguar nombres de amistades en el pueblo de la novia.

—En el instituto dicen que lleva dos años trabajando allí, que se mudó a Copenhague porque le ofrecieron el puesto —comentó Anette mientras alargaba el brazo para abrir la guantera y revolver en su interior.

—¿Qué buscas?

—No lo sé —respondió Anette, y cerró la guantera con irritación—. Chicles, regaliz, cocaína… Algo que me quite estas putas ganas de fumar.

Jeppe meneó la cabeza ante la inquietud de su compañera.

—¿Por qué crees que iba maquillado?

Anette giró a la izquierda un instante antes de que el semáforo se pusiera en rojo e hizo caso omiso al coro de bocinas que siguió.

—Tal vez le gustara maquillarse.

—¿Te parece normal que un joven profesor de instituto se maquille? No hay muchos hombres que lo hagan, ¿qué dirían los alumnos?

—Tal vez solo se maquillaba fuera de la escuela, ¿quién sabe? Es lo que tenemos que averiguar.

Un peatón se materializó ante el coche en un cruce, y Anette pisó el freno a fondo e hizo sonar el claxon.

—Estaba en verde para los peatones.

—¡Pues que mire por dónde va!

Esperaron en silencio a que el semáforo cambiara de color. El clic clac del intermitente era como un metrónomo, una cuenta atrás. Jeppe se sorprendió al constatar que había empezado a repiquetear con los dedos sobre el salpicadero al mismo ritmo.

—¿Qué crees que ha pasado, Werner? Entre nosotros, di lo primero que se te pase por la cabeza, aunque no puedas justificarlo. No saldrá de aquí.

Anette arrancó de nuevo antes de responder.

—Ya sabes que a mí lo de la intuición no me va mucho, Jeppesen. En general, cuando siento una corazonada lo que me pasa es que me ha entrado hambre. —Jeppe no pudo evitar echarse a reír, y ella continuó—: Dicho esto, creo que Oscar mató a su profesor y se ha largado. No sé por qué lo hizo, pero me parece la explicación más plausible. Los padres lo saben y lo están encubriendo, por eso se comportan así. Vamos, hablo desde la lógica, no desde la intuición.

—Un quinceañero con la cabeza bien amueblada, de una familia adinerada, se carga a su profesor, escribe una carta de despedida críptica y se hace a la mar, ¿y a eso lo llamas lógica?

Despechada, Anette dio un frenazo que propulsó a Jeppe contra el cinturón de seguridad.

—Dices que tiene la cabeza bien amueblada porque sus padres tienen dinero y porque es lo que te contaron. ¿Dónde está tu espíritu crítico, Jeppesen?

—¿Y eso no es una intuición? —replicó él mientras se ajustaba el cinturón.

—Busco la distancia más corta entre dos puntos.

Jeppe sonrió a su compañera.

—La vida no es lógica ni recta. Todos los organismos se mueven en direcciones inesperadas, y los crímenes no son una excepción. Podría haber una tercera persona responsable del asesinato de Malthe y tal vez también del de Oscar. Pero te doy la razón en que la vida de la familia Dreyer-Hoff no es tan idílica como la venden.

—«Cama familiar» —dijo Anette con retintín y aparcó el coche frente al número 64 de Fredericiagade—. No me digas que no es raro de cojones.

Jeppe se desabrochó el cinturón.

—A mí lo que me parece raro es lo de Kasper Skytte. ¿De verdad encontró el cadáver del profesor de Oscar por casualidad?

—Vamos a preguntárselo.

Anette también se apeó del coche y, juntos, cruzaron la calle y llamaron al interfono. No recibieron respuesta. Anette pulsó el botón un largo rato con idéntica respuesta. Esperaron dos minutos por si estaba durmiendo y necesitaba algún tiempo para levantarse. La inspectora llamó de nuevo, esperaron un poco más. Jeppe miró el reloj: eran las dos.

—No está en el trabajo ni en urgencias ni en casa. ¿Dónde se ha metido?


El museo Thorvaldsen estaba vacío. Los destellos que los rayos del sol de la tarde arrancaban al mármol blanco hacían que brillara como la nieve recién caída. Mientras Esther caminaba entre las obras, los techos abovedados absorbían el sonido de sus pasos cautelosos tan pronto como pisaba. Recorrió salas rojas, verdes y amarillas hasta detenerse ante la estatua de un muchacho y un águila.

—Hoy la tiene para usted sola.

Esther se giró hacia la voz y a su espalda descubrió a una trabajadora del museo que llevaba un uniforme azul oscuro y tenía las manos a la espalda.

—Normalmente, los lunes cerramos, pero estamos haciendo una prueba piloto y la gente no sabe que está abierto —explicó mientras se ponía al lado de Esther—. ¿Le gusta?

Esther contempló la estatua de nuevo.

—Pues… Aún no le he echado un buen vistazo. En realidad, he venido a ver la exposición de máscaras funerarias, pero no logro encontrarlas.

—¿Por qué quiere verlas?

—Tengo un interés profesional —respondió tras un breve titubeo—. Es para un libro que estoy escribiendo.

La trabajadora del museo asintió despacio, casi con admiración.

—El museo no las considera arte. ¿Quién sabe? Yo misma trabajo con cuadros y ya no sé lo que es arte y lo que no.

Tenía el rostro ajado, hinchado y lleno de arrugas, pero era evidente que en el pasado había sido muy guapa, antes de que las penas y el paso del tiempo hubieran hecho mella.

—Las máscaras funerarias no se exhiben. Se guardan en la buhardilla, que no está abierta al público. —Dicho esto, se dirigió a la salida y Esther la siguió.

—¿Y no se puede pedir permiso? Solo quiero echarles un vistazo, no voy a tardar mucho rato. —La trabajadora del museo ni se inmutó, y Esther decidió insistir—: Evidentemente, pagaré lo que haga falta, si es por falta de personal…

La otra mujer se detuvo y se giró para mirar a Esther mientras se mordía el labio inferior.

—¿Cuánto?

—¿Perdón?

—¿Cuánto está dispuesta a pagar?

A Esther aquella pregunta le pareció de lo más inapropiada. En un mercadillo de Bangkok tal vez tuviera un pase, pero ¿allí?

—Por quinientas coronas puedo ofrecerle una visita privada ahora mismo. Hoy no hay muchos visitantes, así que puedo ausentarme un rato.

Horas más tarde, a Esther le costaría entender cómo había dicho que sí. Seguramente por una mezcla de sorpresa y vergüenza.

—De acuerdo, pero voy a tener que ir al cajero automático a por el dinero cuando terminemos.

Satisfecha, la mujer asintió y le tendió la mano como si así quisiera cerrar el trato.

—Jenny Kaliban. Encantada.

—Esther de Laurenti.

—Vamos para arriba —dijo, y echó a andar con pasos apresurados que parecían enfatizar que estaban haciendo algo ilícito.

Esther miró fugazmente por encima del hombro antes de seguirla.

En el primer piso, Jenny abrió un panel oculto en el marco de una puerta y marcó un código. Una compuerta roja de metal se abrió con un ligero clic en la pared de color ocre, tras lo cual una escalera de mano automática se desplegó ante ellas.

—¡Después de vos, *madame*! —exclamó Jenny Kaliban con un gesto teatral.

Esther forzó una sonrisa de cortesía y empezó a subir por la escalerilla que conducía a una más sólida de ladrillo hasta la buhardilla del museo Thorvaldsen.

—¡Ojo con la cabeza! —advirtió Jenny—. Tenemos que ir a las estanterías que están allí enfrente, ¿las ves?

Mirara donde mirara, Esther no veía otra cosa que cascotes, cajas llenas de cuadros y lana de roca. Se agachó para pasar debajo de una viga en la que había dibujados varios cascos.

—Son de la guerra —dijo Jenny a su espalda—, los pintaron los de la resistencia. Es aquí a la derecha.

Encontraron una estantería llena de cajas de madera y de cartón marcadas con letras y números escritos a mano. Habría unas cuarenta cajas en total, calculó Esther. En la caja que tenía delante relucía el número 27 escrito en rojo, y encima del número, un nombre escrito a lápiz. «A. Goethe», leyó Esther, y pasó a otra caja: «Carlos xii».

—Esto… ¿Lo que pone aquí es lo que hay en las cajas?

—Sí. De locos, ¿verdad? —la voz de Jenny adquirió un matiz de entusiasmo.—. ¡Mire quién hay ahí!

Esther se fijó en la caja que ella señalaba y leyó: «Napoleón Bonaparte».

—¡¿Tenéis aquí la máscara funeraria de Napoleón?!

—Pues sí. A ver, es solo lo que se llama una copia original, y no la hizo Thorvaldsen, pero aquí la tenemos, escondida en una caja en la buhardilla.

—Me parece un pecado.

—¡Y a mí! A mi modo de ver, el arte no es solo estética, sino una conciencia que expresa algo acerca de la condición humana. Pero a mí nadie me hace caso —concluyó mientras sacaba una caja de madera y se ponía unos guantes blancos de algodón—. Voy a enseñarle una de las mejores. La de Georg Zoëga, el mentor de Thorvaldsen. Es de 1809.

Jenny levantó la tapa de la caja y apartó varios puñados de bolitas de poliestireno hasta que pudo agarrar un objeto envuelto en papel de seda. Con cuidado, desenvolvió la máscara y se la mostró a Esther como si fuera un polluelo recién salido del cascarón.

La máscara, de color gris y cuarteada en algunos puntos, pero bien conservada por lo demás, representaba un rostro masculino con las mejillas hundidas y los ojos cerrados, nariz aguileña y boca entreabierta. «Como si durmiera», pensó Esther sin saber muy bien por qué, pues sabía que era el rostro de un muerto.

—¿Y se hizo en el momento de la muerte?

—Sí. Primero se aplicaba escayola al rostro del cadáver para hacer un molde. En el siglo xix, muchos artistas sacaban moldes de fallecidos ilustres para hacer después una escultura. Máscaras funerarias, vaya —explicó Jenny, que a continuación le dio la vuelta a la máscara con delicadeza para mostrarle un asa en la parte trasera—. En aquellos tiempos se solían colgar de la pared, pero las sensibilidades han cambiado y hoy ya no lo hacemos porque tememos tanto a la muerte que preferimos ignorarla.

Esther acercó la cara hasta quedar a un palmo de la máscara.

—¿Cree que las máscaras conservan algo de su dueño? Como un puente entre el mundo de los vivos y el de los muertos.

La empleada la miró como si se hubiera vuelto loca.

—Tengo que volver abajo antes de que mi jefe note mi ausencia —dijo, y después introdujo la máscara en la caja, depositó las bolitas del embalar en el interior, le puso la tapa y la guardó de nuevo en la estantería.

—Sí, claro —repuso Esther mientras se ponía de pie.

—Solo falta que me pague.

—Voy a buscar un cajero y vuelvo enseguida.

Esther siguió a Jenny por la escalera y por la trampilla hasta el vestíbulo del museo. Una vez en la calle, echó a andar con prisa en busca de un cajero. No se sacaba de la cabeza lo que acababa de ver en la buhardilla. No solo las máscaras, sino la persona que se las había mostrado. Jenny Kaliban parecía todo un personaje.


UN OSO POLAR ataviado con chaqué, pajarita y guantes blancos estaba de pie junto a una pared dorada cubierta de caras en relieve y se había llevado una zarpa a la cabeza como si mostrara sorpresa o indignación por las caras doradas que tenía detrás. Irritado, Jeppe le dio la espalda al oso y miró a Anette, que parecía encontrar aquello divertidísimo. Josephine, la novia de Malthe Sæther, les había propuesto encontrarse en el Café Bankeråt porque quedaba muy cerca del piso de Malthe y ella quería pasarse a recoger sus cosas, pero los peritos forenses que estaban allí no le permitirían entrar hasta que terminaran su trabajo. Por eso la pareja de inspectores la esperaban ante una mesa de mármol, rodeados de animales disecados y lámparas diseñadas con cabezas de muñeca. Jeppe no era muy partidario de hablar con un testigo en una cafetería, y mucho menos de tener que fingir que toda aquella decoración tan moderna y roquera le parecía algo normal.

—¿Sois de la policía? —les preguntó una joven que acababa de aparecer junto a la mesa. Era flaca y no muy alta, con el pelo negro, piercings en las cejas y los ojos muy maquillados. Hablaba con una voz grave y ronca que no cuadraba con su escasa estatura—. Soy Josephine.

—Hola, Josephine. Gracias por venir. ¿Te pido algo?

Ella negó con la cabeza y se sentó al lado de Anette. A pesar de la gruesa capa de maquillaje, se notaba que tenía los ojos y la nariz enrojecidos.

—Os aviso: me encuentro fatal. Acabo de venir de reconocer un cuerpo que se supone que es el de mi Malthe. —Cerró los ojos—. No sé ni cómo me tengo en pie.

—No tardaremos mucho. ¿Puedes quedarte con alguien para no estar sola?

Josephine asintió y Jeppe abrió su cuaderno por una página en blanco.

—Dijiste que la última vez que hablaste con Malthe fue por teléfono, el viernes a las cinco de la tarde. ¿Qué te dijo?

Ella inspiró y empezó a hablar con voz insegura:

—Me llamó para decirme que no vendría. Malthe y yo solíamos vernos un fin de semana aquí y otro en Odense, donde yo vivo porque trabajo de aprendiz en una librería, por eso lo hacemos así. Él tenía que venir el viernes por la noche, pero me dijo que no podía.

—¿Te comentó por qué?

—Tenía que quedarse en Copenhague porque uno de sus alumnos tenía problemas y necesitaba ayuda.

—¡Oscar! —exclamó Jeppe, sorprendido por el tono cortante de su propia voz, que no dejó indiferente a la chica.

—Malthe no me dijo de quién se trataba ni cuál era el problema, pero por su voz intuí que era algo serio, si no, no le dedicaría su tiempo. Es un profesor muy entregado, pero… —Josephine parpadeó y bajó la mirada.

—¿Estaba con alguien cuando te llamó?

Ella negó con la cabeza.

—¿Con quién se veía en Copenhague? —preguntó Anette—. Amigos, compañeros…

—Malthe aún no tenía un círculo muy amplio en Copenhague porque nos pasábamos el fin de semana en mi casa o en la suya. En una relación a distancia, no queda más remedio que aprovechar el tiempo que tienes para estar con tu pareja —dijo la joven mientras se secaba los ojos con una servilleta de papel arrugado que se sacó del bolsillo—. Pero me había hablado bien de una compañera, Lis no sé qué, y a veces tomaba café con ella y otros profesores. Y cantaba en un coro una vez a la semana, un coro masculino en una iglesia de Vesterbro, le gustaba mucho.

—¿Sabes cómo se llama el coro? —preguntó el inspector mientras tomaba nota.

—Allegro, tal vez, o Axis, o algo por el estilo. No llegué a oírlos cantar.

—¿Y qué más hacía en su tiempo libre?

—Estar conmigo —dijo, mientras las comisuras de su boca se elevaban con una sonrisa temblorosa—. Al menos, en fin de semana. Malthe terminó la universidad hace poco, y entre semana pasaba casi todas las tardes trabajando, menos cuando ensayaba con el coro los martes por la tarde y paseaba en bici. Siempre le gustó mucho el ciclismo, pero al vivir aquí le costaba mantener el hábito, tenía clases que preparar y redacciones que corregir.

—¿Algún conflicto? ¿Tenía Malthe enemigos?

—No —respondió ella con una risita nerviosa. Jeppe esperó en vano a que añadiera algo más, e insistió:

—¿Nadie con quien no se llevara bien? —Ella negó con la cabeza—. ¿Se veía en privado con algún alumno?

—¡Por supuesto que no! —replicó ella con indignación.

Jeppe y Anette cruzaron una mirada desde lados opuestos de la mesa, y entonces él preguntó:

—¿No te habló de un alumno suyo llamado Oscar? —Tras reflexionar un instante, ella negó con la cabeza—. ¿Nunca mencionó a Oscar Dreyer-Hoff?

Entonces se le iluminó la mirada.

—¿Dreyer-Hoff? Si te refieres a Victor, entonces sí.

Jeppe la miró, confuso.

—¿Estás segura de que es Victor Dreyer-Hoff de quien te habló Malthe y no de Oscar, su hermano pequeño?

Ella asintió con tanta vehemencia que los aros de las cejas entrechocaron. Jeppe se reclinó en la silla.

—¿Y qué te contó de Victor?

—Iba a primero cuando Malthe empezó en el Zahles, hace dos años. Los chicos de su clase lo admiraban, y en su curso había muchos grupitos que se lo hacían pasar mal a los estudiantes más débiles —explicó con un gesto que daba a entender que lo de «débiles» era difícil de explicar—. Malthe trató de ponerle remedio.

—¿Y lo consiguió?

—Para nada. El director le echó una bronca y le dijo que se dedicara a dar clase y nada más. ¡Una injusticia! ¿Quién sabe? A lo mejor los padres de Victor quizá son amiguitos de la dirección del instituto. A Malthe acabaron cambiándolo de clase —dijo Josephine, cuyas mejillas se habían ruborizado ligeramente—. Sé que hablaba mucho con Lis de todo esto. Aparte de ella, no recibió mucho apoyo de sus compañeros, y decía que eso era lo que más pena le daba. Al llegar a un sitio nuevo, tenía la esperanza de que el profesorado se mantuviera unido. Pero aquello era agua pasada. El instituto le gusta… —se corrigió enseguida—. Le gustaba.

Jeppe tomó nota de todo y la miró. La chica le devolvió la mirada y añadió:

—¡Después de la bronca del director le metieron un pájaro muerto en la bolsa en la sala de profesores!

—¿Un pájaro muerto?

—Una paloma. ¿No es asqueroso? Estaba seguro de que era cosa de Victor y su grupito, pero no tenía pruebas —explicó mientras se agarraba el cuello de la camisa de cuadros que llevaba y volvía a soltarlo.

Jeppe anotó «¿VICTOR PÁJARO MUERTO?» en su cuaderno.

—¿Y estás segura de que Malthe no tenía enemigos? —repitió Anette.

—¡Segurísima!

—¿Nadie que le guardara rencor por algún motivo? Dinero, algún malentendido…

Ella meneó la cabeza con decisión.

—¡No! Ni hablar. Malthe es la persona más buena y amable que conozco. —Dicho esto, clavó la vista en el regazo y suspiró profundamente. Sus hombros enjutos le daban el aspecto de un polluelo indefenso.

—Josephine, será mejor que te vayas a descansar —dijo Jeppe, compasivo—. ¿No querías subir al piso de Malthe a buscar algo?

Ella asintió sin levantar la cabeza.

—Te acompañamos.

—Vale. Pero primero tengo que ir al baño.

Se levantó, agarró su bolso y se fue al baño. Anette la observó mientras se alejaba.

—¿Irá a ponerse más pinturas de guerra?

Jeppe sonrió y sacó el teléfono para leer sus mensajes.

—Nyboe escribe: «La muerte de Malthe Sæther se produjo el viernes por la noche alrededor de medianoche, hora arriba, hora abajo. Es decir, aproximadamente entre las diez del viernes y las dos de la madrugada del sábado.

—Es decir, entre cinco y nueve horas después de que diera señales de vida por última vez. Tenemos que averiguar qué hizo después de hablar con Josephine —repuso Anette, y miró el reloj—. ¿Te importa si no subo al piso con vosotros? Se me ha ocurrido que podría pasarme por el fuerte de Trekroner a ver a Mads Teigen y enterarme de qué conoce a Oscar.

—¿Ahora? ¿Tú sola?

—Afloja, Jeppesen, podría enfrentarme a él con un brazo atado a la espalda, si hace falta.

Su compañero suspiró.

—¿Y tengo que ir yo solo a informar de la muerte de Malthe a los Dreyer-Hoff?

—Intento pillarte allí, pero, si no llego, te las apañarás perfectamente sin mi —dijo mientras se levantaba.

—¡No vayas a hacer ninguna tontería, Werner!

—¡Eso nunca! —Se despidió con un guiño y se marchó. Jeppe la vio salir de la cafetería, sonreír al sol de la tarde y desaparecer tras la esquina. Cuando volvió la cabeza, encontró a Josephine junto a la mesa con el bolso al hombro. Se había retocado el maquillaje de los ojos y empolvado la nariz. El inspector se levantó.

—Mi compañera ha tenido que ausentarse. ¿Preparada?

Salieron a la calle. Para ser tan bajita, Josephine caminaba a una velocidad sorprendente, y a él le costó esfuerzo seguirle el ritmo. Al llegar al portal de Malthe, Jeppe se detuvo junto a un aparcamiento de bicicletas.

—¿Ves su bicicleta?

Josephine repasó las bicicletas aparcadas y negó con la cabeza.

—Es una bici de carretera de color verde menta, no está aquí.

—De acuerdo, gracias.

Jeppe saludó al policía del portal y subieron hasta el tercer piso. En la puerta, Clausen, el risueño investigador de la Científica, les ofreció patucos de plástico azules para cubrirse los zapatos y guantes de látex. Josephine se agarró al marco de la puerta como si se fuera a caer. Clausen le separó la mano de la puerta con expresión afable y entró con ella. No tardaron mucho en volver a salir.

—Le pediré a mi familia que venga a por mis cosas, ¡no quiero volver a este piso jamás!

Josephine tenía en las manos una fotografía de ella y Malthe y parecía querer despertar de aquella pesadilla.

—¿Has encontrado lo que buscabas? —preguntó Jeppe. Ella asintió—. ¿Has visto algo en el piso que te haya llamado la atención? ¿Algo fuera de lugar?

—Todo está como siempre —respondió ella con la mirada vacua—. ¿Puedo irme? Mi abuela vive en Rødovre, quiero ir con ella.

—Por supuesto. Un agente te llevará en coche. Pero recuerda que debes estar localizable —respondió Jeppe mientras recogía los patucos que ella acababa de quitarse—. ¿Puedo hacerte una última pregunta?

Josephine asintió.

—¿Malthe se maquillaba?

La chica lo miró con total perplejidad.

—¿Que si se maquillaba? ¿Como yo, quieres decir? ¿A lo gótico? —Jeppe se encogió de hombros—.¿Malthe con maquillaje? —repitió Josephine, y negó con la cabeza—. No creo que se le hubiera ocurrido jamás. Era un chico de pueblo.


—¡Pobre muchacha! —exclamó Clausen, que se acercó a Jeppe mientras se quitaba los guantes.

—Sí, es una pena.

—Aquí ya casi estamos, Kørner, vas a poder descansar un poco. No parece que haya pasado nada raro en este piso: no hay señales de violencia, nada roto ni sangre por ningún lado. Está todo limpio y ordenado, las plantas se regaron hace poco y la nevera está llena. Hemos recogido huellas de vasos y del mando a distancia, y cabellos y el cepillo de dientes para las pruebas de ADN. También nos llevamos el ordenador para echarle un vistazo. Imagino que querrás que avisemos a Saidani cuando terminemos con él, ¿no?

—Perfecto, Clausen. ¿Habéis encontrado el teléfono?

—No, no estaba aquí. Pero su cartera sí, con el carné de conducir y la tarjeta de crédito, o sea que, fuera donde fuera, no contaba con tener que conducir o pagar nada. Tal vez llevara efectivo.

—Vale. ¿Alguna guarrada? —dijo Jeppe, en referencia a las revistas y películas pornográficas y juguetes sexuales que la policía encontraba habitualmente en nueve de cada diez viviendas, a menudo escondidos en el cajón de la ropa interior o en una caja de zapatos dentro del armario.

—Ninguna guarrada.

—Entendido, gracias.

Jeppe se despidió y entró en el piso. Dos peritos forenses con trajes protectores blancos pasaron junto a él con las manos llenas de bolsitas de papel marrón que iban a llevar al laboratorio. Jeppe les cerró la puerta cuando salieron.

El piso estaba amueblado de forma austera, como cabría esperar de un joven profesor que se había trasladado hacía poco. Paredes blancas y muebles económicos que no estaban fabricados para durar. Había sillas plegables de IKEA tras la puerta de la cocina y una hilera de zapatillas deportivas en el suelo del recibidor. De una pared colgaba un boceto enmarcado de un ciclista vestido de amarillo. En las estanterías había libros sobre pedagogía, diccionarios etimológicos y una colección excelente de literatura danesa y europea de los últimos dos siglos en orden alfabético.

De la pared de la mesa de la cocina colgaba un *collage* de fotografías de viajes en las que aparecían Malthe y Josephine delante de templos, acantilados y puestas de sol.

Jeppe se acercó a inspeccionarlas. Eran una pareja dispar: en la mayoría de instantáneas, Malthe aparecía quemado por el sol y Josephine, con mucho maquillaje. Él parecía un saludable chico de pueblo y ella, una urbanita, pero se los veía felices.

Josephine le había hablado de un coro. La gente tenía intereses de lo más peculiares y, al parecer, además de ser aficionado al ciclismo le gustaba cantar. Tal vez encontrara alguna información sobre el coro en el piso. Jeppe empezó a hojear un archivador lleno de facturas y notificaciones de su lugar de trabajo y del sindicato de maestros, echó un vistazo en los cajones de la mesita de noche y en la pila de revistas junto al televisor, pero no encontró nada.

En la cocina sí tuvo suerte: en mitad de una pila de periódicos locales encontró un folleto de color verde que anunciaba una ruta excursionista del coro a finales de mayo. «A-choir», se llamaba, y era solo para hombres, por lo que Jeppe pudo leer en el reverso del folleto. Se aceptaban miembros de todas las edades, pero había que superar una prueba de acceso. Los ensayos eran todos los martes en la iglesia de Absalón.

Jeppe metió el folleto en una funda de plástico y se lo guardó en la bolsa. Al salir de la cocina, su mirada se posó en un dibujo a carboncillo y lápiz colgado en la nevera que representaba a dos hombres enzarzados en una especie de combate de lucha libre, totalmente desnudos. El trazo era inconfundible.

Se parecía mucho al dibujo que colgaba en la habitación de Oscar Dreyer-Hoff.

# 16

—Qué sorpresa más agradable, y a estas horas... Son casi las siete, ¿es que no descansas nunca? —dijo Mads Teigen mientras le tendía la mano a Anette para ayudarla a desembarcar. Anette fingió que no la había visto y bajó de un salto.

—En una investigación como esta no hay descanso que valga.

—Por supuesto —repuso él mientras se sacaba un paquete de cigarrillos aplastado del bolsillo y se encendía uno.

El breve trayecto en barco había transcurrido en silencio. Anette sentía que necesitaba prepararse para hacerle las preguntas a las que quería que respondiera, y eso la molestaba.

—¿Qué puedo hacer por ti? —dijo él, y le clavó aquella mirada intensa de ojos verde mar. Anette sintió la misma descarga eléctrica de otras veces y apartó la vista.

—¿Cuánto tiempo hace que trabajas en el fuerte?

—Un año escaso.

—¿Conoces a Oscar, el chico desaparecido? —preguntó atropelladamente.

—¿Qué quieres decir? —Mads Teigen se quedó inmóvil. El cigarrillo le colgaba de los labios.

—Henrik Dreyer-Hoff dice que les has enseñado el fuerte en varias ocasiones, que hablabas con Oscar y le explicabas cosas sobre los pájaros.

Mads la miró con el ceño fruncido. Era imposible interpretar lo que se le estaría pasando por la cabeza.

—Si los hubiera visto varias veces, me acordaría. Es posible que vinieran alguna vez y que no reparara en ellos, pero no los conozco —dijo, y dio otra calada al cigarrillo mientras le dedicaba una sonrisa—. Tal vez se refirieran al anterior guardián del fuerte.

Aquella sonrisa la desarmaba, y la explicación parecía evidente, así que Anette respiró aliviada. Mads no llevaba ni un año trabajando allí, y lo más probable era que la familia no hubiera sacado el barco en todo el invierno. Tal vez Henrik no hablara de Mads, sino de su predecesor.

—¿Cuándo vinieron los de Protección Civil a buscar a Oscar?

—El sábado y el domingo. Y yo hice mi ronda habitual por la mañana y por la tarde todos los días. Aquí no está.

Anette contempló el muelle vacío, las murallas cubiertas de hierba y la silueta del fuerte, desdibujada por la luz del atardecer.

—Pero no es inconcebible que pasara por aquí y dejara algún rastro que se os haya pasado por alto. ¿Cómo haces tus rondas?

—Empiezo por un extremo con una linterna, y me puede llevar desde veinte minutos si estoy cansado a hora y media si me esmero.

—Te acompaño y así me enseñas cómo lo haces. Muéstrame todos los rincones, incluso los que no sueles comprobar. Sabemos por su padre que a Oscar le gustaba explorar las casamatas —dijo Anette mientras se hurgaba en el bolsillo hasta sacar un chicle de nicotina de su paquete, un nuevo recurso que había decidido probar con muchas reservas. Se lo puso en la boca y empezó a mascarlo con desgana. Nunca había usado ese tipo de sustitutos.

El guardián señaló su cigarrillo.

—¿Seguro que no prefieres uno de estos?

—¡No me tientes! —dijo Anette, y dio una palmada—. ¿Por dónde empezamos?

—Hay que ir a por linternas. ¡Ven! —exclamó mientras echaba a andar por el embarcadero en dirección al edificio rojo

163

de comandancia. Anette tragó una bocanada de aquel sabor desagradable a menta y nicotina y lo siguió.

Por dentro, el edificio era un espacio de techos altos con mobiliario antiguo de madera maciza y cofres de barco. A la luz del crepúsculo, las estancias parecían extrañamente abandonadas, como si el tiempo se hubiera detenido y allí no viviera nadie.

—Tengo que encontrar dos linternas que funcionen, tardo solo un minuto.

—Sí, vale.

Mads desapareció en un almacén mientras ella lo esperaba en la entrada. Reparó en una colección de fotos en blanco y negro amarillentas que colgaban de la pared sobre una cómoda y se acercó a inspeccionarlas. Soldados, sentados a la mesa y sonrientes en formación, todos muertos y enterrados desde hacía mucho tiempo. Junto a la cómoda, una puerta abierta que daba a una habitación que parecía una especie de taller, con una mesa de trabajo y las paredes cubiertas de estanterías. Anette se asomó al interior. Las baldas estaban atestadas de pájaros disecados, muchos de ellos con las alas extendidas, como si volaran. Gaviotas, cisnes, patos y cuervos de plumas relucientes y ojos apagados.

—¿Preparada?

Mads se inclinó a su lado para cerrar la puerta y Anette tuvo que dar un paso atrás. Estaban tan cerca que ella notó su aliento cuando le puso una gruesa linterna en la mano antes de dirigirse a la puerta principal.

—Solo he encontrado una con pilas, vamos a tener que compartirla. Más vale que nos pongamos en marcha.

Anette salió y oyó que la puerta se cerraba a su espalda. El aire fresco le hizo bien.

—Empecemos por la colina de los conejos —dijo Mads mientras enfilaba tranquilamente una pequeña elevación cubierta de hierba junto al edificio y abría una puerta. Anette alumbró en el interior de la habitación, a todas luces un almacén para las sillas, mesas y escobas de la cafetería que se abría en verano en la isla.

—Buscamos envoltorios de comida, un saco de dormir o algún otro objeto olvidado. Tal vez dejó algo escrito en las paredes, tú conoces este sitio mejor que nadie, fíjate en si ves algo nuevo.

Recorrieron toda la isla. No dejaron puerta sin abrir ni rincón sin alumbrar, inspeccionaron el faro y las balizas, pero no encontraron nada que indicara que Oscar había pasado por allí. A continuación, se adentraron en la oscuridad del sótano del fuerte para inspeccionar las casamatas. Sus pasos chasqueaban sobre el suelo poroso de hormigón, y el haz de la linterna arrancaba fugaces sombras chinescas a la negrura. Mads se agachó para pasar bajo una entrada en forma de arco.

—¿No crees que es hora de tirar la toalla? Como ya te he dicho, he registrado la isla a fondo más de una vez, a solas y con los de Protección Civil. Si hubiera algún indicio, lo hubiera encontrado.

Anette iluminó con la linterna varios dibujos coloridos en las paredes abovedadas. Trazos azules y rojos daban forma a un ave que daba cuenta de un mendrugo de pan en pleno vuelo, a un gato gordo frente a una pila de espinas de pescado y a un letrero que señalaba el camino a la «Celda de la muerte».

—¿Y esto qué es?

Mads sonrió en la oscuridad.

—En los años treinta, la isla se convirtió durante un tiempo en un parque de atracciones para los habitantes de Copenhague. Estos dibujos son de esa época. ¡Dame la linterna! Aquí se podía hacer puntería en un viejo canal de ventilación, tres pelotas por veinticinco øre —explicó mientras alumbraba con la linterna el rastro de la diversión despreocupada que había tenido lugar entre aquellas paredes casi un siglo antes. Anette sintió una punzada de la misma desazón que la atenazaba cuando tenía a su hija dormida en brazos. ¿Qué sentido tenía todo cuando la muerte era inevitable?

—¿Nos hemos dejado algún sitio por registrar? Aquí habrá por lo menos un millón de pasillos y habitaciones secretas, ¿de verdad las has revisado todas?

—Sí. Y no he encontrado nada.

Mads abrió una puerta e iluminó el suelo para que Anette pudiera salir a un pasillo más amplio de techos altos. Sorteó un montoncito de huesos delicados que debían de pertenecer a un pájaro muerto. Fuera, un barco pasó frente a la isla y la luz de sus faros entró por las ventanas, de modo que los barrotes proyectaron largas líneas negras en el techo.

Mads apagó la linterna para contemplar las luces del exterior.

—Es bonito, ¿verdad? A veces vengo aquí exclusivamente para verlo.

Contemplaron en silencio el juego de luces que se reflejaban en el techo. Cuando el barco se perdió de vista, regresó la oscuridad.

—¿Es verdad que habéis encontrado un cadáver en la incineradora? —le preguntó—. ¿O son solo rumores?

—No puedo hablar de una investigación en curso. ¿Sabes tú algo que yo no sepa?

Él no dijo nada y, de repente, Anette sintió que estaba harta de todo.

—¡Enciende la luz, anda!

Mads prendió la linterna.

—¿Te parece si lo dejamos por hoy?

Anette volvió la cara hacia la ventana oscura y el mar que se intuía al fondo. De lo que fuera que hubiera sucedido entre Oscar y Malthe Sæther, tenía que quedar algún rastro. La gente siempre dejaba alguno. Residuos, restos, cadáveres...

—¿Qué me dices de los otros fuertes del puerto? El de Middelgrund, por ejemplo, ¿verdad que está en obras? Me dijiste que estaba prácticamente vacío.

—También te dije que estaba lleno de cámaras de vigilancia y que los de Protección Civil lo habían registrado a fondo. Allí tampoco está.

La linterna parpadeó y Mads la agitó con un suspiro.

—Creo que tenemos que empezar a hacernos a la idea de que tal vez nunca lo encontremos.


MALIN DREYER-HOFF recibió a Jeppe con un abrazo y enterró la cabeza en su cuello. Aquella intimidad inesperada le resultó tan triste que no pudo evitar rodearla con los brazos y quedarse parado con aire torpe, el abrigo puesto y sudando a mares, temeroso de acercarse más a ella, pero también de soltarla. El piso estaba oscuro y silencioso, y la respiración de Malin se calmó poco a poco.

Jeppe le dio unas palmaditas en la espalda y se apartó con cautela para mirarle la cara. Tenía las pupilas diminutas, como un zorro acorralado.

—¿Henrik no está en casa?

—Ha tenido que salir a hacer un recado, para variar.

Jeppe asintió. ¿Acaso la pareja no soportaba estar junta en un momento como ese?

—¿Y si nos sentamos? —propuso—. Como ya te he dicho por teléfono, seguimos sin tener noticias de Oscar, pero ha sucedido algo de lo que tenemos que hablar.

Ella se secó los ojos sin maquillar con el dorso de la mano y asintió.

—Me he puesto a pintar un poco para tratar de distraerme, pero no consigo concentrarme. Creo que tenemos un buen ron en el mueble bar, ¿te tomas uno conmigo?

Jeppe, que aún no había cenado, notó que su estómago gruñía. Beber alcohol teniéndolo vacío no era la mejor idea del mundo.

—Gracias, ¿por qué no?

Malin sacó una botella de un armarito y encendió la lámpara de la mesa con una expresión perpleja, como si acabara de darse cuenta de que anochecía. Jeppe se sentó junto a la encimera y aceptó el vaso de cristal tallado con una generosa ración de ron que ella le ofreció.

—He venido porque esta mañana hemos encontrado un cadáver. Malthe Sæther, profesor en el Instituto Zahles, ha fallecido.

Ella asintió, dio un trago de su vaso y cerró los ojos, sin que pareciera que fuera a decir nada.

—¿No te sorprende? —añadió Jeppe.

Ella esbozó una sonrisa débil.

—Ya no me sorprende nada. Mi hijo ha desaparecido. Por mí, como si me dices que mañana no saldrá el sol —replicó mientras meneaba la cabeza—. Perdona, ya no sé ni lo que digo. Es horrible. ¿Qué le ha pasado?

Jeppe la miró. ¿Entendía la posible relación entre la muerte de Malthe y la desaparición de Oscar?

—Lo mataron y lo arrojaron a un contenedor.

Malin se quedó helada con el vaso en la mano.

—¡No!¿De verdad? Es atroz.

—¿Conocías a Malthe? —preguntó Jeppe, y dio un sorbo a su vaso de ron mientras ignoraba las protestas de su estómago.

—De las reuniones de padres, nada más. Era majo, muy joven, venía de Jutlandia —dijo ella con un encogimiento de hombros que daba a entender que esa era toda la información que tenía.

—¿Qué pensaba Oscar de él?

—Nunca lo oí quejarse de su profesor, pero, claro, lengua es una de sus asignaturas preferidas —dijo al respirar hondo y contener el aliento mientras meneaba la cabeza con aire triste—. ¡Ay! Pero ¿qué pasa con este mundo?

—¿Nunca tuviste la impresión de que fueran amigos más allá de la relación profesor-alumno?

Ella le lanzó una mirada extrañada.

—Oscar nunca hablaba de Malthe.

Jeppe sacó la funda de plástico de su bolsa y puso entre los dos el dibujo que había encontrado en la nevera del profesor.

—¿Reconoces esto?

Ella observó el dibujo sin acercar la cabeza.

—No, pero parece un dibujo de Oscar.

—Estaba colgado en la nevera de Malthe Sæther.

Sin decir palabra, ella dio otro trago.

—¿Tienes idea de cómo pudo llegar hasta allí?

—Oscar suele regalar dibujos. Tiene mucho talento.

El inspector esbozó un amago de sonrisa.

—Sí, es muy bueno, pero ¿no te parece raro regalar un dibujo como este a un profesor?

Los ojos azules de Malin Dreyer-Hoff adquirieron un reflejo hostil.

—Es producto de su imaginación, ¿no crees? Oscar también dibuja dragones y monstruos.

—¿Y Oscar no se encontraba en privado con su profesor?

—¡No!

La hostilidad ya era patente. Jeppe se guardó el dibujo y le dio unos instantes para recomponerse mientras hojeaba en su cuaderno en busca de las notas que había tomado durante el encuentro con la novia de Malthe.

—¿Te suena que hubiera algún conflicto en la clase de Victor cuando tuvo a Malthe de profesor?

—«Conflicto» me parece una palabra exagerada —respondió ella tras un breve titubeo—. Había algunos alumnos a quienes no les iba bien, y Malthe trató de convertirlo en un problema de toda la clase.

Jeppe la observó mientras trataba de determinar si trataba de quitar hierro o negar los problemas de su hijo.

—¿Y lo de la paloma muerta en la bolsa de Malthe?

Malin meneó la cabeza con desdén.

—Victor no tuvo nada que ver, fue alguien de la otra clase. Además, todo aquello se sacó de quicio.

—¿Crees que la reacción del profesor fue exagerada?

Ella se encogió de hombros y vació el vaso de un trago.

—Malthe era joven y entusiasta.

—Te lo pregunto otra vez: Henrik y tú estuvisteis en casa toda la noche del viernes, ¿verdad? —dijo Jeppe, que sentía la quemazón del alcohol en el esófago.

—¡Sí, ya te lo he dicho! Vimos la televisión un rato y nos acostamos pronto. ¿Por qué?

—¿Henrik no fue a ningún sitio?

—No.

Jeppe se levantó.

—Gracias por la copa. Te llamaré si hay novedades.

Ella lo miró perpleja, como si esperara que él se quedara. Finalmente, se levantó con aire dubitativo y trastabilló, como si el ron le hubiera hecho perder el equilibrio. O tal vez fueran las emociones lo que le impedía tenerse en pie.

—¿Ya te vas?

—Será lo mejor.

Jeppe llamó al ascensor y deseó que llegara antes que ella. Las puertas se abrieron con un leve timbrazo y Jeppe entró mientras pronunciaba un débil «adiós» dirigido a la silueta de Malin, de pie en la puerta de la cocina. Su trabajo era encontrar a su hijo, no darle consuelo.

La luz del ascensor le otorgaba a su reflejo en el espejo un aire macilento y fantasmagórico: la cara delgada, el pelo corto y moreno... Hubiera podido interpretar a Oscar Dreyer-Hoff de adulto en una adaptación cinematográfica.

Eso suponiendo que Oscar Dreyer-Hoff llegara a ser un adulto.

# 17

Los mechones de pelo se apilaban en el lavamanos y la porcelana blanca pronto quedó cubierta de una alfombra hirsuta. En el espejo, la maquinilla de afeitar recorría el mentón de Kasper Skytte con un zumbido. Infló una mejilla para pasar la maquinilla de arriba abajo, a los lados y en diagonal hasta dejarse solo unos milímetros de barba. Se obligó a mirar a los ojos a su reflejo, aunque le costaba cada vez que lo intentaba. Acicalarse le hacía sentirse mejor, aunque los kilos de más y las bolsas bajo los ojos no ayudaban. A pesar de todo, no era un hombre feo. Incluso la marca de nacimiento, que tanto había detestado en su juventud, le otorgaba cierto atractivo a ojos del sexo opuesto.

—¡Papá! ¿Te falta mucho? Me meo —dijo Iben mientras llamaba a la puerta con insistencia.

—Ya voy, cariño, ¡un momento!

Tenía clarísimo que Iben sabía algo. Era imposible que a Oscar no se le hubiera escapado nada. La cuestión era cuánto sabía y, llegado el caso, por quién tomaría partido su hija.

El teléfono llevaba todo el día sonando y había acabado por desconectarlo. También había venido alguien en persona y se había pasado un rato llamando a la puerta. La policía, seguramente. Sentía presión por todos lados. Kasper dio un trago al botellín que tenía en el borde del lavamanos. Aguardiente, sacado del minibar de un hotel. Estaba tibio y ya le sabía a la resaca del día siguiente. Había empezado a beber en cuanto volvió a casa de urgencias y era consciente de que iba a tener que parar pronto si quería conservar mínimamente sus facultades.

Kasper secó el lavamanos, abrió el grifo y limpió los restos de pelo. Envolvió la botella vacía de aguardiente en papel higiénico y la echó a la papelera. Debería sentirse aliviado, pero nada más lejos de la realidad. Hubiera deseado decir que era la mala conciencia, que lo reconcomía, pero habría sido mentira. Si bien sí sufría por la mala conciencia, lo que más temía era que lo descubrieran.

La policía. Tarde o temprano tendría que hablar con ellos, aunque le resultaba impensable. Tal vez podría llamar a primera hora de la mañana siguiente y contarles que después del susto del cadáver de la pinza se había tomado un somnífero y se había pasado el día durmiendo. ¿Qué le dirían?

—¡Ya estoy, cariño!

Iben salió de su habitación y se metió en el baño sin dirigirle la mirada. Él alargó la mano hacia su hija, pero ella lo esquivó y cerró la puerta del baño de golpe. Kasper oyó que echaba el cerrojo y se quedó mirando la puerta cerrada. Consideró por un momento llamar y tratar de hacer hablar a su hija, pero lo dejó correr. Solo conseguiría alejarla aún más.

¿Cuándo había empezado a tratarlo como a un apestado? ¿Fue cuando su alcoholismo empeoró o con el comienzo de la adolescencia? Porque le parecía que había pasado solo un instante desde la época en la que Iben se sentaba en su regazo, le pedía que le leyera antes de dormir y no se conformaba con menos de diez besos antes de apagar la luz.

Se puso una camiseta limpia y fue a su escritorio, en el salón. Por el camino se tropezó con la lámpara azul, que cayó al suelo, y la bombilla se rompió. Se dijo que necesitaba beber agua.

En la cocina, al inclinarse en el fregadero para beber del grifo, se dio cuenta de lo borracho que estaba en realidad. Los contornos de la habitación se veían borrosos y desdibujados y, de no haber sido por las náuseas que le trepaban por la garganta, le habría parecido hasta divertido.

Regresó a su ordenador mientras se felicitaba por su entereza, como hacía cada vez que conseguía controlar los efectos del alcohol. Decidió echar un vistazo a su cuenta bancaria como hacía a diario desde que recibiera la transferencia dos semanas antes y sonrió al ver el número en la pantalla.

Se sentía realmente aliviado. Si conseguía soportar la inquietud de aquellos días, todo iría bien.

Un tintineo anunció un nuevo correo electrónico. Abrió la bandeja de entrada y lo leyó con cuidado. Era una nota de prensa de su oficina y, con solo ver el titular, supo que era una de las noticias para las que él mismo había proporcionado información.

La planta incineradora protege el medio ambiente del equivalente a las emisiones de $NO_x$ de 50 000 vehículos. En el catalizador, el tóxico $NO_x$ se convierte en nitrógeno común. Eso significa que las emisiones diarias de $NO_x$ son una décima parte de las de la antigua planta incineradora, un progreso sensacional.

Kasper leyó la noticia en diagonal con el pulso acelerado. Todo iba bien, debería estar contento y orgulloso, invitar a sus compañeros a almorzar y descorchar champán mientras hablaban de futuros proyectos y viajes. Pero allí estaba, más solo que la una y cagado de miedo. Sabía que era peligroso comunicarse por escrito, pero era su propia piel la que estaba en juego y no pensaba hundirse solo si lo descubrían. Abrió la aplicación de mensajería y escribió: «¿Qué hago si encuentran algo?».

Y entonces pulsó «Enviar».


JEPPE SUBIÓ A la carrera hasta el quinto piso. En aquel viejo edificio de viviendas de la parte fea del barrio de Nyhavn no había ascensor. Al abrir la puerta de golpe chocó con la caja llena de discos de vinilo y novelas de bolsillo destinados al trastero. La caja llevaba seis meses en el recibidor, tal vez hubiera llegado el momento de tirarla.

Entró en su piso y respiró el aire estancado de un hogar en el que no vivía nadie. Ni siquiera se molestó en encender la luz; solo había venido a recoger algo de ropa para los próximos días. El piso era un ático con vistas al palacio de Charlottenborg y hacía unos seis meses que era su inquilino, pero no había llegado a instalarse del todo. Al principio, él y Sara intentaban repartir el tiempo entre ambas viviendas, pero con las niñas era complicado.

Así que Jeppe iba y venía entre la Central y el piso de Sara y llevaba su vida a cuestas en una bolsa de deporte. Se pasaba por su piso una o dos veces a la semana para poner la lavadora y vaciar el buzón, pero la nevera solo la llenaba en casa de Sara. Jeppe descolgó la ropa del tendedero y la dobló para guardar una mitad en el armario y la otra en la bolsa. Vivía con la misma libertad de un mochilero, y también con la misma precariedad.

Vio que el sofá cama estaba abierto, cosa que podía significar que Johannes había pasado por allí. Le había dado una llave para que tuviera un lugar donde pasar la noche cuando se acercaba al centro y no se atrevía a volver a su casa. Sara tenía razón: era una tontería mantener ese piso tan caro y grande, y quizá lo más razonable sería que buscaran algún sitio para vivir juntos. Ser el padrastro de dos niñas no podía ser tan terrible, y ya empezaba a hartarse de cargar con la bolsa de deporte.

Se echó la bolsa al hombro y bajó la escalera. Hacía una tarde despejada y agradable y decidió volver a Christianshavn dando un paseo. Caminar junto al agua siempre le hacía sentir bien, incluso en momentos como ese, en el que no dejaba de otear la superficie esperando ver una yola blanca en el muelle.

Al cruzar el puente, se detuvo a medio camino, dejó la bolsa de deporte en el suelo y contempló a lo lejos la silueta del fuerte de Trekroner y el mar abierto. Trató de tirar del hilo de la teoría de Anette: algo unía a Oscar con Malthe Sæther, tal vez una relación tóxica. Se vieron el viernes por la tarde, se pelearon y entonces Oscar mató a su profesor, lo arrojó a un contenedor de basura y desapareció en barco.

¿Y si alguien los había matado a los dos? Quizá el cuerpo de Oscar estuviera también en el vertedero, sepultado bajo toneladas de basura. En ese caso, nunca lo encontrarían.

Recogió la bolsa y prosiguió su camino. Al otro lado del puente dobló a la derecha y siguió andando por el canal. Le encantaba esa zona adoquinada del embarcadero, lleno de casas flotantes y barcos de madera bajo los viejos tilos. En el aire cálido de la tarde, la calle resplandecía como en las historias del pasado en las que Copenhague era una ciudad dorada, y no sucia y gris. Al llegar a Bodenhoffs Plads, se dirigió al barrio de Christiania y, en cuestión de pocos metros, el idílico paisaje burgués dio paso a una zona llena de perros grandes y olor a marihuana.

Cuando llegó al quiosco de la esquina, oyó risas en la oscuridad y música mortecina procedente de un teléfono móvil. Jeppe sonrió al pasar entre el grupito de adolescentes. No había signo más claro de la llegada de la primavera que ver a gente joven por la calle. Entonces se detuvo. En el grupito, entre sudaderas con capucha y latas de cerveza, estaba Amina, que a esa hora debería estar en la cama.

—¿Qué haces aquí? —dijo Jeppe mientras trataba de que su voz no sonara alarmada. No lo consiguió.

Una chica que llevaba una gorra y tendría entre quince y diecisiete años le lanzó una mirada de desconfianza.

—¿Y este quién es?

—El novio de mi madre —respondió Amina, que tenía los ojos clavados en el suelo y le rehuía la mirada.

La chica de la gorra se echó a reír.

—¡Tío, relájate! Esta noche se queda a dormir con mi hermana pequeña, están las dos aquí conmigo. Ya nos íbamos a casa. —Se levantó y tiró de Amina y de otra niña para que se levantaran—. Venga, chicas, nos vamos.

Jeppe las detuvo.

—¿Sabe tu madre que estáis aquí?

—No pasa nada, vivimos aquí al lado. Ya nos vamos. —Con un gesto, les indicó a Amina y a la otra niña que la siguieran, y cruzó la calle.

—Os acompaño.

Jeppe siguió a las tres niñas e hizo caso omiso a los silbidos del grupo de adolescentes a su espalda. Estaba furioso. ¿Se suponía que debía llevarse a Amina a casa a rastras sin importarle las consecuencias?

Unos cincuenta metros más adelante, la chica de la gorra se detuvo en un portal. Jeppe bloqueó la puerta con el pie.

—Subo con vosotras a saludar a tu madre.

La chica se encogió de hombros, pero se notaba que no le hacía ni pizca de gracia. En el primer piso les salió al encuentro una mujer sonriente teñida de rubio con un gato en brazos que ignoró a Jeppe.

—Qué bien que hayáis llegado, qué puntuales. A la cama.

Jeppe, tenso, se le acercó.

—Me han dicho que Amina se queda a dormir. —La mujer lo confirmó con un asentimiento—. Soy amigo de su madre. No sé qué reglas tienes en tu casa, pero Amina no tiene permiso para estar en la calle por la noche, y mucho menos con unos adolescentes que se dedican a beber cerveza.

La mujer se puso a rascar al gato en el pescuezo con nerviosismo.

—No me había dado cuenta de que se había hecho tan tarde. Pero, bueno, ahora ya están en casa, ¿no?

Se metió en el piso y, con una sonrisa de suficiencia, le cerró la puerta en las narices a Jeppe, que se quedó allí parado sin saber muy bien qué hacer hasta que, al final, bajó por la escalera y salió a la calle.

La euforia primaveral se había evaporado.

EL MUCHACHO YACE *sobre un suelo de hormigón en el hueco estrecho entre dos paredes. Es solo una oquedad, apenas hay espacio para ponerse de pie o tumbarse.*

*Allí no llega la luz del día ni crecen plantas ni viene nadie. Bueno, eso no es verdad. En la oscuridad, el sonido de arañazos en el hormigón ahoga el ruido de las olas y el viento. Un cuervo ha conseguido llegar hasta las profundidades. Avanza dando saltitos e inspecciona a su presa.*

*El cuervo es un ave inteligente. Es una de las pocas especies capaces de usar herramientas, como, por ejemplo, una ramita, para hurgar en busca de comida. Por lo general se alimenta de grano y de huevos de otras especies, pero no dice que no a la carroña; se podría decir que es un ave oportunista. Va siempre por detrás para asegurarse de que no queden cadáveres abandonados. El basurero de la naturaleza.*

*El cuervo se acerca con cautela y aguarda. Está acostumbrado a ir con cuidado, pero el chico ya no se mueve. El ave se acerca a su cara y lo observa mientras piensa si clavar el pico en la carne para arrancar un bocado.*

# MARTES, 16 DE ABRIL

# 18

EL MARTES POR la mañana reinaba un buen ambiente en el piso de Christianshavn. No había cola para entrar al baño y Meriem se comía feliz su desayuno. Jeppe trató de no dar muchas vueltas sobre si la paz se debía a que Amina no estaba en casa. Sara le sonrió y sintió un bienestar que se le extendió desde el corazón hasta las orejas.

—¿Has dormido bien?

—¡Ya te digo! —respondió Sara con una sonrisa que iluminaba la cocina mientras le servía café—. ¿Y tú?

—Bien. Tengo el cuerpo un poco acartonado, el colchón es demasiado blando, pero estoy de buen humor —dijo mientras sacaba la leche de la nevera y le daba un beso fugaz al pasar.

—¿Vas a ponerte hoy con el ordenador de Malthe Sæther? —preguntó al sentarse—. Clausen nos lo mandará a lo largo de la mañana.

La sonrisa de Sara flaqueó un poco. Tenían una regla que consistía en no hablar de trabajo delante de las niñas.

—Eso pensaba hacer.

—Gracias —dijo Jeppe, y trató de volver a sacarle una sonrisa, pero ella se resistió.

Jeppe empezó a beberse su café a sorbos y prefirió pasar revista a las tareas del día antes que a su relación de pareja.

Para encontrar a un asesino, primero hay que conocer a la víctima. En algún lugar de la vida de Malthe —en el colegio, en el coro, entre sus amigos— estaba la clave de su muerte, y no había más que encontrarla. El primer punto en la agenda del martes sería hablar con Lis Christensen, compañera del Instituto Zahles, después con el director del coro y, esperaba, también con Kasper Skytte. Pero antes tenía un asunto personal que resolver.

A las ocho menos diez estaba frente a la verja del instituto en medio de una corriente de chicos y chicas en patinete que llevaban sudaderas con capucha y mochilas a su espalda y que no levantaban la mirada de sus zapatillas y sus teléfonos. Padres y madres vestidos con vaqueros oscuros bajaban a sus retoños de la sillita portabebés de la bicicleta sin dejar de darles besos y les decían adiós con la mano antes de salir escopeteados al trabajo.

Amina llegó andando detrás de su amiga, como si quisiera esconderse. Jeppe se adentró en la multitud y la apartó a un lado antes de que consiguiera refugiarse en el patio.

—Buenos días, Amina, ¿podemos hablar un minuto? —Ella le rehuía la mirada—. Solo me gustaría saber qué hacías anoche en la calle tan tarde.

—¿Te has chivado a mi madre?

—No.

De forma instintiva, había tomado la decisión de guardarle el secreto a Amina a expensas de la confianza de Sara, y ya se arrepentía.

—Amina, estoy preocupado por ti. Eran las nueve y media de la noche y estabas sentada en la calle con jóvenes que bebían cerveza, sabes muy bien lo que le parecería a tu madre.

—Yo no bebí nada.

—¿Crees que no lo sé? Si hubieras tomado una sola gota te hubiera llevado a casa. —Jeppe se llevó la mano a la frente—. ¡Tienes once años! ¡Once! Hace nada jugabas al circo con tu hermana pequeña, por decirlo de alguna manera.

Ella levantó la cara y lo miró con los ojos entornados y una mueca de disgusto.

—¿Y tú quién te has creído que eres? Te presentas a escondidas por la noche cuando dormimos para cepillarte a mi madre, ¿y te crees con derecho a decidir por nosotras y jugar a papás y mamás?

—Amina, ¡no lo dirás en serio!

—¡No he dicho nada! ¡Déjame en paz, joder!

Amina se zafó de su mano y se metió en el colegio. Jeppe vio cómo desaparecía y giró sobre sus talones para marcharse también. Donde antes sentía un nudo de inquietud, solo quedaba un vacío.

Se metió en el metro y, por una vez, los empujones y el mal humor de los viajeros de primera hora no lo molestaron, sino todo lo contrario: su propio malestar creció estación tras estación. De todas las mocosas desagradecidas del mundo, ¿por qué le había tocado a Sara una hija que se negaba a darle a él una oportunidad?

Se bajó en Nørreport y subió por la escalera con ímpetu, como si quisiera pisotear su frustración.

En la calle Nørre Voldgade, unas elegantes letras doradas indicaban que había llegado al Instituto Zahles, uno de los centros de secundaria con más solera de Copenhague. Había quedado con Lis Christensen, la compañera de Malthe, a las ocho y cuarto en la puerta principal, y justo cuando llegó, una mujer mayor le salió al encuentro por las puertas de cristal. Llevaba un bonito corte de pelo y mostraba una expresión apesadumbrada en los ojos.

—¿Eres tú? —preguntó ella.

A una pregunta tan existencial como esa valía más responder siempre afirmativamente. Jeppe forzó una sonrisa y le tendió la mano.

—Jeppe Kørner, de la Policía de Copenhague.

—Yo soy Lis. ¿Te importa si nos quedamos aquí al aire libre? En ese parque de ahí hay bancos —dijo, señaló la entrada de un parque en el lado opuesto de la calle y echó a andar con dificultad, tal vez por culpa de la artritis o de algún problema de cadera.

Un manto de nubes cubría la ciudad y el viento presagiaba lluvia. En ausencia del sol, la temperatura bajaba muy rápido y la gente volvía a sacar abrigos y bufandas del armario. Jeppe supuso que la propuesta de su interlocutora de hablar al aire libre se debía más bien al deseo de ser discreta que al de respirar aire fresco. Lis Christensen recorría el caminito de grava de la entrada del parque con los hombros encogidos para hacer frente al frío, y él se puso a andar a su lado hasta que llegaron a un banco situado bajo un tejadillo de ramas verdes y desnudas que tenía vistas al estanque.

Se sentaron, y Lis se puso recta y entornó los ojos. Incluso en un día gris como aquel, la luz de Copenhague podía ser cegadora.

—¿Es verdad que han matado a Malthe? —preguntó de inmediato, como si no hubiera pensado en otra cosa desde que la informaron de la muerte del profesor.

—Sí, me temo que sí.

Ella asintió, casi como un gesto de cortesía, como si necesitara defenderse del horror al que se enfrentaba.

—Lo siento de veras. ¿Lo conocía mucho? —preguntó Jeppe.

—No éramos amigos, pero hablábamos mucho en el trabajo desde que él empezó en el instituto hace dos años. Era un joven encantador. —A pesar de que el frío hacía que su aliento se condensara en una nubecita al hablar, no parecía que le afectara la baja temperatura—. Sus inicios en la escuela no fueron fáciles, aunque yo hice lo que pude por ayudarlo. Malthe y yo tuvimos muchas charlas sobre educación y sobre cómo hacer frente a los problemas que surgen en clase.

—¿Qué problemas?

Ella le lanzó una mirada escéptica, como si la pregunta no fuera apropiada, y Jeppe tardó un poco en entender que se trataba de una expresión neutra.

—Malthe era un idealista. Es normal en la gente que acaba de salir de la universidad, llena de ambición y de ideas. Es una maravilla, pero la realidad de una clase es muy diferente —empezó con un suspiro mientras se alisaba la tela del pantalón con las manos—. Los jóvenes no vienen a clase deseosos de aprender. La escuela los aburre. Y, al contrario de cuando yo era joven, la disciplina no surte ningún efecto. Lo siento, pero es así.

—No tiene por qué disculparse —aseveró Jeppe, que le daba la razón—. ¿Malthe caía bien entre sus compañeros?

—Sí, desde luego. Era de trato fácil y estaba lleno de buenas ideas para las jornadas temáticas y para variar un poco las clases. Quizá a algunos compañeros les costara un poco asimilar tanta energía, pero no le caía mal a nadie. —Se quedó con la mirada perdida en el estanque, donde una garza sobrevolaba el agua muy cerca de la superficie para posarse en la orilla—. ¿Puedo contarte algo y que quede entre nosotros?

—Si concierne a la investigación, me temo que no —dijo Jeppe, y negó con la cabeza—. Pero haré lo posible para que no salga su nombre.

Ella lo miró con aire de duda, pero se recompuso enseguida. Era evidente que había tomado una decisión antes de su encuentro.

—Hará unos seis meses, Malthe se vio implicado en un incidente en la escuela. Un incidente con un alumno.

—¿Victor Dreyer-Hoff? —aventuró Jeppe.

—Estuvieron a punto de echarlo —dijo, y apartó la mirada con un suspiro, como si el suceso aún la afectara.

—¿Qué pasó?

—Dicen que Victor agredió a una chica en la fiesta de primavera. Yo no estaba presente y Malthe tampoco, pero el rumor llegó a la sala de profesores y al despacho del director, aunque la chica nunca dijo nada. Se negó a denunciarlo o a explicar lo que había pasado, y, como nadie había visto nada, la cosa no pasó de ahí.

—¿La agredió...?

Las manos de la profesora volaron del regazo a las mejillas, como si quisiera ocultar el rubor.

—Sí, ya sabes, sexualmente. No sé si es verdad, pero Malthe insistió en llegar al fondo de la cuestión, y habló con Victor y con la chica para esclarecer la verdad.

Dicho esto, se quedó callada. Jeppe no insistió hasta que le pareció que la mujer se sentía con fuerzas para continuar.

—¿Y qué hizo el instituto?

—¿Qué iba a hacer? —dijo ella con una risotada irónica—. ¡Nada de nada! Hubo discursitos y se impuso alguna medida, pero la dirección no tenía ningún interés en investigar el asunto y ordenaron a Malthe que lo dejara estar. Victor era popular, representante del alumnado y muy activo en el equipo de baloncesto y en la comisión de fiestas. Ah, y de buena familia. Y todo aquello daría mala imagen.

Jeppe se reclinó en el banco y trató de ordenar la información: una supuesta agresión, la desaparición de Oscar, el asesinato de Malthe.

—¿Habló alguna vez con Malthe sobre Oscar, el hermano de Victor?

Ella asintió con la mirada triste.

—Tenía un muy buen concepto de él. Dice mucho de Malthe que no dejara que sus problemas con Victor afectaran al trato con su hermano. Oscar es un buen chico, pero creo que hubiera sido mejor para Malthe que se hubiera mantenido alejado de él, sobre todo por Iben.

—¿Iben?

—Iben Skytte —dijo ella con los ojos empañados—. Es la mejor amiga de Oscar, eso complicaba mucho las cosas, pero a Malthe no le daba miedo.

Jeppe sacudió la cabeza sin entender nada.

—No la sigo. ¿Qué tiene que ver Iben con todo esto?

—Bueno… —La mujer titubeaba—. Es que se trataba de ella, la de la fiesta de primavera. La chica a la que supuestamente agredió Victor.

Hay un viejo y sabio refrán que dice que no se valora lo que se tiene hasta que se pierde. Anette estaba tan acostumbrada a despertarse con el olor a café y pan recién hecho que su ausencia ese martes por la mañana se le hizo más rara que comer arenques con chocolate. El dormitorio estaba vacío, Svend debía de haberse levantado con Gudrun, pero aún no se había puesto a preparar el desayuno. Anette se levantó, desorientada, y abrió la puerta de la habitación. No se oía ningún ruido. No sabía adónde habría ido Svend, pero se había llevado a la niña y a los perros.

Se arrastró hasta la ducha y puso el agua tan fría como pudo soportar, en un intento de despejarse. Había pasado la noche envuelta en una serie de sueños relacionados con piel desnuda y agua, y había despertado varias veces con el cuerpo temblando de excitación. ¿Había tenido un orgasmo dormida? ¿En serio? Se obligó a meter la cabeza bajo el chorro de agua fría. Volver a la realidad le costaría Dios y ayuda, pero el agua helada ayudaba. Cerró el grifo entre jadeos y se frotó con la toalla para entrar en calor y acabar de deshacerse de las últimas imágenes sucias y borrosas. Mientras se vestía, aguzó el oído. Una parte de ella esperaba poder irse al trabajo antes de que regresara su familia.

Mientras se llenaba un cuenco con muesli de pie junto la mesa de la cocina, la puerta principal se abrió y los perros entraron con las patas mojadas y un hambre voraz. Anette los saludó, sacó paños de cocina para secarlos y les puso comida y agua limpia en los cuencos. Cuando se disponía a echarse leche en el muesli, Svend apareció en la puerta.

—Se ha puesto a llover de repente. ¿La sujetas un momento?

Anette tomó a su hija en brazos y la besó en las mejillas mojadas de lluvia mientras la llevaba al baño para secarla y ponerle ropa limpia entre cosquillas.

Al terminar, encontró a Svend en la cocina con una taza de café instantáneo en la mano y el periódico abierto delante. Anette sentó a Gudrun en la trona y le ofreció pan de centeno mientras le cortaba una manzana en gajos y se ponía leche en el cuenco.

—Buenos días. ¿Dónde estabais?

—Hemos salido a por el periódico —respondió Svend con la nariz enterrada entre las páginas—. Está muerta de sueño, por eso no la he llevado a la guardería.

Anette encendió el hervidor de agua y puso café instantáneo en una taza.

—¿Hoy no has hecho pan?

En lugar de responder, su marido se encogió de hombros, como si fuera algo trivial. Y probablemente lo era, para cualquier otra persona que no fuera Svend. ¡Si ni siquiera le había dado un beso de buenos días!

Anette se sentó a la mesa con el muesli.

—¿Pasa algo?

Él desenterró la cabeza del periódico, despacio, con una mirada fría y distante.

—Es que estoy cansado. Gudrun ha vuelto a despertarse a las cinco.

Volvió a ponerse a leer, y Anette se metió una cucharada de muesli en la boca y la masticó hasta que se le hizo una bola intragable. ¿Y si estaba cansado de verdad? Sería lo más normal, a la mañana siguiente se encargaría ella de Gudrun.

—¿Y si nos vamos a París de fin de semana como hablamos? Tan pronto como termine el caso. Tú, yo y una botella de vino tinto en la cama del hotel. Seguro que tus padres se quedarían con la niña encantados.

Svend soltó una risita ahogada sin levantar la vista. Anette, con una inquietud que crecía por momentos, contempló a su marido un instante antes de dejar la cuchara.

—Aún no han encontrado al chico desaparecido.

Con eso consiguió que Svend bajara el periódico.

—¡Es terrible! Pobres padres. ¿Cuánto lleva sin dar señales?

—Desde el viernes por la tarde, tres días y una noche. Yo misma salí a buscarlo anoche al fuerte de Trekroner con el guardián —dijo ella, y al instante deseó haberse mordido la lengua. ¿Qué necesidad había de informar a Svend de la existencia del hombre que ocupaba sus fantasías nocturnas?

—¿El fuerte de Trekroner? Sería un sitio raro para esconderse, por allí pasa muchísima gente. Alguien que quisiera esconderse en la zona del puerto elegiría el fuerte de Middlegrunden o el de Prøvesten, por ejemplo —dijo Svend antes de devolver su atención al periódico.

—¿Prøvesten? ¿Eso es un fuerte?

—Sí, uno de los antiguos fuertes, pero menos conocido. Está en la isla de Benzinø, rodeado de fábricas, detrás de la incineradora de Amager, ¿sabes? Se puede ir en barco —explicó, y siguió leyendo con un bostezo.

Anette renunció definitivamente a su desayuno, recogió su plato y el de Gudrun y sacó la caja de piezas de construcción para que jugara en el salón.

—Me tengo que ir a trabajar. Pórtate bien con papi, ¿vale? —dijo antes de plantar un beso en la mejilla de su hija y dirigirse a la cocina para despedirse de Svend, que seguía enfrascado en la lectura y apenas reaccionó cuando ella le dio un abrazo.

—Me voy corriendo, cariño, Gudrun está jugando en el salón. He quedado con Kørner en Vesterbro dentro de media hora, luego te digo si llego a cenar. ¡Que tengáis un buen día!

Desde la puerta, Anette le lanzó un beso que él no recogió. Al sentarse en el coche, se dijo que su marido estaba cansado y que no había que darle más vueltas. Lo que sentía era mala conciencia por la jugarreta de su subconsciente.

¿Cuándo habían tenido relaciones por última vez? Hacía ya mucho. Tenía que ponerse en serio con lo de la escapada a París, necesitaban pasar tiempo en pareja.

Arrancó y miró el reloj en el móvil. A las diez habían quedado para hablar con el director del coro de Malthe, ¿y si trataba de convencer a Mads Teigen para que después la llevara en barco a Prøvesten? Sintió mariposas en el estómago solo de pensarlo y dio un golpe en el salpicadero para contenerlas. ¿Qué demonios tenía aquel hombre de ojos tristes y manos fuertes que la fascinaba tanto? ¡Como si fuera una adolescente! Sin pensarlo más, mandó un mensaje escueto y frío a Mads para preguntarle si estaría disponible a las doce para ayudarla con la investigación.

«Svend —se dijo—, mi marido, bueno y cariñoso, un hombre con quien puedo contar, que me hace reír y nunca tiene mal aliento. ¡Lo quiero!»

Pero la idea ya se había adueñado de su mente como un virus malicioso: ¿se les estaba agotando el amor?

# 19

El RUGIDO DE las hélices del buque *Ark Futura* despertaba a menudo a Mads Teigen a primera hora de la mañana. Hacían un ruido muy característico, más profundo que el de los otros barcos de mercancías que pasaban por el puerto. Normalmente conseguía volver a conciliar el sueño, pero esa noche había dormido mal, con muchas pesadillas, y acabó dando vueltas en la cama hasta que se hizo de día. El paisaje sonoro del fuerte le era familiar: los graznidos de las gaviotas, las hélices de los hidroaviones, la sirena del ferri de Oslo; la banda sonora de su vida.

Parecía un día como cualquier otro, sin nada que fuera a perturbar la rutina, y a él le parecía perfecto. Hacía tiempo que Mads había dejado de esperar algo más de la vida. Había que cortar el césped, controlar la población de visones, encargarse del mantenimiento del puerto... Una rutina sin sobresaltos.

Y, sin embargo...

El día anterior algo había perturbado esa rutina. Había abierto la puerta de su corazón para que la luz entrara en ese pozo sin fondo, un error que no se podía permitir. Se castigó por ello toda la noche, consciente de que solo podía hacer una cosa: cerrarse en banda y seguir adelante, como siempre había hecho.

Se levantó y repasó su lista mental de quehaceres mientras iba al baño y se vestía. Era martes y no esperaba a muchos visitantes en la isla. A excepción de los clubes de remo habituales, podría trabajar en paz. Después de que el café siseara al pasar por el filtro, se sirvió en una taza y se la tomó fuera, a la luz de la mañana, bajo la sombra de una gran haya y con la mirada perdida en el horizonte.

Era el día 266 de su calendario.

Mads empezó su ronda matutina por los cañones, donde una gansa incubaba sus huevos en lo alto del viejo almacén de munición. Sabía que los polluelos estaban a punto de salir del cascarón porque los huevos de aquella especie de ganso tardaban unos veinticinco días en eclosionar, pero si algún polluelo tardaba en salir, quedaría a merced de los picos hambrientos de los cuervos. El día anterior había tratado de salvar a un polluelo de ganso de otro nido que se había quedado bocarriba y no podía girarse, pero no lo consiguió. Lo había guardado en la nevera a la espera de disecarlo.

En el otro extremo de la isla se asomó a la barcaza hundida en la que se había instalado una colonia de focas. No estaban, y pensó que debían de haber acabado con los peces de la zona y se habrían ido a otro lugar. Echaría de menos sus cabezas perrunas y sus grandes ojos asomados a la superficie. Hacía seis o siete años, un hombre que pasaba junto a la barcaza con su kayak creía haber visto una foca tumbada en las rocas, pero al acercarse resultó tratarse de un cadáver, un camarero del fuerte de Middelgrund que se había enzarzado en una pelea con unos moteros, si mal no recordaba.

Focas y cadáveres, aves raras y navegantes... si uno tenía paciencia, veía pasar de todo por el fuerte de Trekroner.

Mads cruzó la parte superior del fuerte, pasó junto al faro y regresó al flanco sur. En la casamata había encontrado un punto resguardado del viento y del polvo de la ciudad desde donde se veía el fuerte de Middelgrund y, más allá, el parque eólico, Refshaleø y la planta incineradora de Amager. En ese lugar reinaba una energía muy especial que invitaba a la paz y al recogimiento. Mads había estudiado carpintería y siempre se había considerado un hombre pragmático de manos hábiles. Feliz al aire libre, pescador aficionado, cazador, un hombre práctico sin complicaciones. Hasta que su vida se hizo pedazos y acabó en el fuerte gracias a uno de sus viejos amigos cazadores.

A lo largo del último año había desarrollado un sexto sentido, aunque no sabía cómo llamarlo. Era una especie de conexión con el más allá. Cuando se ponía frente al mar, la conexión se hacía evidente, como una alarma de coche imposible de ignorar. La criatura muerta le hablaba con voz clara, sin reproches y sin miedo.

Cerró los ojos e inspiró el aire de mar. Sal, viento, lluvia, la arena que le pinchaba en las mejillas y algas como la zostera, que le susurraba acerca de la mortalidad de todos los seres vivos.

«No fue culpa mía», se dijo, aunque en lo más profundo de su ser sabía que era mentira.


Cuando Jeppe y Anette se encontraron ante la iglesia de Absalón, un grupo de colegiales hacía clase de Educación Física en la pista de baloncesto que habían instalado en la explanada de césped. El griterío alegre de los chicos se fundía con la mañana lluviosa como un *collage* de juventud y esperanza.

—¡Hola! —exclamó Anette cuando estaban a unos cinco metros de distancia—. ¿Es aquí? ¿Cantaba en el coro de la iglesia o qué?

—Es una iglesia desconsagrada que funciona como centro cívico donde se celebran actividades de todo tipo, desde *bridge* a cenas, clases de tango… Y ensayos de coro, por lo que parece.

—Qué moderno —replicó ella con una mirada al cielo—. ¿Vas a fumar antes de entrar?

—¿Para pegarte a mí y respirar el humo? —dijo Jeppe con una carcajada—. ¡Ni hablar, Werner, que llueve!

—Por cierto, ¿has conseguido hablar con Kasper Skytte?

Su compañero negó con la cabeza.

—No, sigue sin coger el teléfono. Ven, vamos a entrar.

Subió los peldaños que conducían a una gran puerta de madera y la abrió. La amplia nave de la iglesia estaba iluminada y las paredes estaban pintadas en tonos pastel. Unas largas mesas de diseño moderno ocupaban la planta en lugar de las hileras de bancos que hubo en su día.

—El director del coro me dijo que estaría en el bar —dijo Jeppe mientras avanzaba entre las mesas.

—Un bar en una iglesia. Eso en mi pueblo no lo tenemos.

—¿Y tú cómo lo sabes? ¿Cuándo fue la última vez que fuiste a la iglesia?

—Pues hace una eternidad. Y, ahora que lo dices, creo recordar que nos tomamos un chupito junto al altar.

—¿Llamas chupito a la sangre de Cristo? —rio Jeppe.

—Sabía a rayos. A lo mejor por eso no he vuelto.

En la estancia situada a un lado de donde antes estaba el altar encontraron un bar de lo más normal, con barra, estanterías para las botellas de alcohol y un fregadero industrial. Los platos del día estaban apuntados en una pizarra y el grifo de cerveza zumbaba. Podría haber sido el bar de cualquier hotel o pub de la ciudad. Una pila de cajas llenas de comida en el suelo indicaba que el bar estaba cerrado.

—¿Cómo se llama el director del coro?

—Sigurd Vejlø —respondió Jeppe tras comprobarlo en su cuaderno.

—¿Sigurd? —exclamó Anette—. El director del coro se llama Sigurd, vaya nombre.

Justo entonces se abrió una puerta trasera y entró un hombre joven que portaba una caja vacía.

—Ah, ya estáis aquí. ¿Lleváis mucho rato esperando? —dijo mientras dejaba la caja en el suelo y se secaba las manos en un paño.

—¿Eres Sigurd?

—El mismo.

—Somos Jeppe Kørner y Anette Werner, de la Policía de Copenhague. Hemos hablado por teléfono.

El joven les estrechó la mano.

—Vamos a sentarnos a una mesa. A las once empieza la clase de español, pero hasta entonces tenemos la iglesia para nosotros.

Dicho esto, se quitó el delantal y se dirigió a la nave principal seguido de Jeppe y Anette. El director del coro era alto —mediría cerca de dos metros— y muy delgado, con el pelo rubio platino corto y aretes de oro en ambas orejas. Un tatuaje colorido lleno de ángeles y demonios le asomaba bajo el cuello de la camisa y bajaba por todo el brazo hasta la muñeca.

Tomaron asiento y Anette empezó sin paños calientes:

—¿Eres director del coro y también camarero?

—Bueno, al principio era solo camarero —respondió Sigurd con una sonrisa—. Pero aquí se valoran todas las habilidades de los empleados, es un centro cívico de verdad. Ahora también organizo un concurso musical una vez al mes.

Jeppe sacó su cuaderno.

—Entonces, ¿cuándo empezó el A-choir? ¿Cuántos miembros tiene? —Jeppe empezó a tomar nota mientras seguía con las preguntas—:Háblanos del coro.

—Sí, claro, con mucho gusto —dijo él tras un leve titubeo—, pero ¿qué interés tenéis en nosotros, si me permitís preguntarlo?

—Por supuesto. Estamos aquí porque ha sucedido algo grave en relación con uno de los miembros del coro. Me temo que Malthe Sæther ha fallecido.

—¡No! —Sigurd se cubrió la boca con la mano y se quedó paralizado con la mirada perdida.

—¿Lo conocías bien? —preguntó Jeppe con toda la delicadeza de la que fue capaz. La reacción del joven había sido más violenta de lo que esperaba.

—No —murmuró—. Perdón, es que… me he quedado de piedra. Me caía muy bien —dijo Sigurd, tras lo cual se cubrió la cara con las manos e inspiró profundamente. Jeppe y Anette se miraron.

—¿Cuándo os conocisteis?

—Malthe empezó en el coro hará cosa de un año, o sea que casi desde el principio. ¿Qué le ha pasado?

Jeppe suspiró. No podía andarse con rodeos.

—Lo han asesinado. Aún no conocemos los detalles, pero murió la noche del viernes. —Sigurd apartó la mirada—. ¿Cuándo lo viste por última vez?

—El martes por la tarde, en el ensayo del coro. ¡Dios mío, es horrible! —dijo Sigurd mientras meneaba la cabeza—. Malthe era un tío estupendo. Tenor, con unos ojos azules preciosos… Todos lo apreciaban.

Jeppe se sacó un paquete de toallitas húmedas del bolsillo y se lo ofreció.

—¿Os veíais fuera del coro?

Él aceptó las toallitas y se sonó la nariz.

—No. A menudo se quedaba a tomar una cerveza después del ensayo, pero nada más. En verano volvíamos juntos a casa en bici, no vivíamos muy lejos el uno del otro.

—¿Dónde estabas el viernes por la noche?

—En casa —respondió sin dudar—. Estoy en una fase en la que disfruto de mi propia compañía. Como sano y me acuesto pronto. Eso hice el fin de semana.

—¿Vives con alguien? —continuó Jeppe, y se dio cuenta de que Sigurd entendía el motivo de la pregunta.

—No, vivo solo. No hay nadie que pueda confirmar que estuve en casa, lo siento.

—Pregunto por protocolo.

—Lo entiendo.

—¿Y no volviste a hablar con él después del martes? Ni por teléfono, ni un mensaje...

—No, nada —respondió Sigurd tras pensárselo un momento.

—¿Y el resto del coro? ¿Hay alguien que creas que pudo verse con él durante la semana?

—No creo. Malthe venía a cantar y a pasar un buen rato, nada más. La mayoría hacen lo mismo, esto no es club para encontrar pareja.

Jeppe sonrió.

—¿Hablabais en privado alguna vez?

—No, por lo general. Bueno, una noche, hace un par de semanas, lo vi muy hundido —dijo Sigurd mientras estrujaba la toallita hasta convertirla en una bola—. Hablamos de los retos a los que se enfrentan hoy en día las generaciones más jóvenes y en las nuevas posibilidades de acoso en las redes sociales. Malthe parecía muy afectado.

—¿Te dijo por qué?

—Como profesor, tenía que mantener la confidencialidad —respondió Sigurd mientras meneaba la cabeza—. Pero me dio la impresión de que uno de sus alumnos lo estaba viviendo en primera persona.


Esther no lograba tranquilizarse. Cumplió sus rituales matutinos —una larga ducha, muesli con pasas y un paseo por los lagos con *Dóxa*— y se sentó delante de su escritorio con la intención de trabajar en la biografía, pero se levantaba cada poco a por café y no lograba concentrarse. Se puso a mirar por la ventana y a contemplar la lluvia que salpicaba la superficie del agua de los lagos y se sentó de nuevo.

Los apuntes que había tomado acerca de las máscaras funerarias del Museo Thorvaldsen estaban esparcidos por la mesa y le recordaban el rato que había pasado con Jenny Kaliban. Esther trató de determinar qué era lo que le había llamado la atención de esa mujer.

Sí, era brusca hasta el punto de resultar desagradable, pero había algo más. ¿Sería su lenguaje corporal, su aura? Jenny Kaliban desprendía una energía tensa que Esther había clasificado de forma instintiva como egocéntrica.

Se concedió cinco minutos para saciar su curiosidad. ¡Cinco minutos y a escribir! Introdujo el nombre de Jenny en la barra de búsqueda de su navegador y encontró una hilera de enlaces a galerías, museos y escuelas de adultos, y una entrada escueta en Wikipedia que decía que había nacido con el nombre de Jenny Dreyer en Frederiksværk el seis de noviembre de 1968, de padres galeristas y profesores de bellas artes, y que debía su nombre de pila a la cantante de ópera sueca Jenny Lindt. Ingresó a una edad muy temprana en los círculos artísticos de su ciudad, que se reunían en una galería propiedad de los Dreyer.

En 1990 formó el colectivo artístico Kaliban junto con su hermana y empezó a organizar exposiciones y *happenings* en la zona. Un enlace al artículo de un periódico local de Halsnæs hablaba de la inauguración de una obra colectiva para la biblioteca, y en una fotografía se veía a Jenny junto a un caballete frente a una pared de ladrillo pintada de blanco. Parecía joven, rondaría los veinte años, miraba con aplomo a la cámara y estaba guapísima con un traje de chaqueta blanco. Al otro lado del caballete había otra joven, su hermana, que sonreía e iba vestida con un vestido veraniego floreado.

Esther hizo zoom en la pantalla para leer el pie de foto y empezó a revolverse en su silla con nerviosismo hasta que dio sin querer una patada a *Dóxa*, que dormía a sus pies.

La hermana se llamaba Malin Dreyer. ¿Era la madre de Oscar, el chico desaparecido?

Cerró la ventana del artículo y continuó leyendo acerca de Jenny. En 1995, la aceptaron en la Real Academia Danesa de Bellas

Artes de Copenhague. Exposición colectiva en la asociación Den Frie en 1999, enlace a una entrevista en la revista internacional de Arte *Apollo*, artista invitada en la Bienal de Venecia en 2005, miembro del movimiento de protesta artística que organizó un *happening* frente al palacio de Christiansborg en 2008, encargo de una obra para la plaza principal de Frederiksværk en 2009... Y a partir de ahí escaseaban las referencias.

Esther encontró un enlace que llevaba a un artículo de hacía tres años en la revista *Weekendavisen*, cuyo titular decía: «El Arken cancela a última hora», y que contaba que el museo Arken había decidido cancelar una exposición en solitario de Jenny Kaliban con pocos meses de antelación. El director del museo se negó a dar explicaciones sobre las causas concretas y la artista también guardó silencio, pero el periodista planteaba si no tendría que ver con el escándalo de la casa de subastas Nordhjem, propiedad de la hermana de Jennifer Kaliban.

¡Sí era la madre de Oscar Dreyer-Hoff!

Esther siguió buscando, pero no encontró nada más de interés acerca de Jenny. Todo parecía indicar que la suya era una carrera que se había estrellado antes siquiera de despegar.

«Igual que la mía», se dijo Esther mientras cerraba el navegador con un suspiro cargado de culpabilidad.


—¿TE IMPORTA SI te dejo aquí? —preguntó Anette mientras ponía el intermitente para detenerse frente a la Comisaría Central.

Jeppe miró a su compañera con sorpresa.

—Y tú ¿adónde vas?

—A reunirme con Mads Teigen, el guardián del fuerte de Trekroner.

—¿Otra vez?

Por un momento, Anette mostró una expresión indecisa nada habitual en ella.

—Va a acompañarme a buscar a Oscar en el fuerte de Prøvesten. Ya sé que es ir a ciegas, no hace falta que me lo digas, pero creo que puede que los de Protección Civil lo pasaran por alto. Los vi en acción en la isla de Ven y, la verdad, no me parecieron ninguna maravilla. Vinieron tres y dos eran voluntarios.

—Estarás de acuerdo conmigo en que estás más controladora que de costumbre —dijo Jeppe mientras ponía los ojos en blanco—. ¿Vigilas también si Svend guarda bien la ropa en los cajones?

Anette no se rio de la broma.

—Es que tengo una corazonada. Seguro que tú me entiendes.

Jeppe se apeó del coche mientras se protegía de la lluvia.

—¡Cuídate, Anette! No te olvides del impermeable.

Ella le dijo adiós con la mano y, en cuanto Jeppe hubo cerrado la puerta, dio un acelerón y dobló la esquina sin reducir la velocidad.

La visión del moderno edificio de la Central en un día lluvioso amortiguó de forma instantánea los niveles de serotonina de Jeppe y le entraron ganas de refugiarse en un lugar más cálido. De camino a la entrada, alzó la cabeza para contemplar la fachada del edificio y sintió el peso de los muros empapados de lluvia en lo más hondo de su alma. Aquella era su nueva realidad y no le quedaba más remedio que hacer las paces con ella si quería conservar su trabajo, que le encantaba. En otras palabras, estaba obligado, si bien no a enamorarse de la nueva Central de la Policía, sí al menos a aceptarla. Allí Anette y él contaban con un despacho propio y no tenían que hacinarse en una oficina abierta como muchos de sus compañeros.

Colgó la chaqueta en el respaldo de la silla para que se secara, sacó un café de la máquina y fue a ver a Thomas Larsen y a Sara Saidani a sus respectivas mesas.

—Larsen, Saidani, ¿todo bien?

—Sí, gracias, estoy con el ordenador de Malthe —le respondió Sara con una sonrisa no del todo profesional que a Jeppe le calentó un poco el alma—. Los peritos criminales lo han traído esta mañana. No tiene más huellas que las suyas y, por ahora, no he encontrado nada que llame la atención, parece todo normal.

Jeppe dio un sorbo de café, que tenía regusto a detergente.

—Esta mañana he hablado con Lis Christensen, una compañera de Malthe, que dice que hubo problemas entre él y algunos de sus alumnos, Victor Dreyer-Hoff entre otros.

Sara frunció el ceño.

—Pues Victor dice que vio a Malthe y a Oscar abrazados en la biblioteca hace dos semanas.

—¿Crees que tal vez se la tuviera jurada al profesor? —dijo Jeppe mientras dejaba el café en la mesa de Sara—. Lis también me dijo que corrieron rumores sobre un incidente en una fiesta escolar en la que Victor supuestamente agredió sexualmente a Iben Skytte. No supo decirme más, eran solo rumores, pero me parece relevante preguntarle a Iben sobre el tema.

—Me pondré en contacto con ella —dijo Sara.

—Antes de que os pongáis con eso —intervino Larsen—, he comprobado la coartada de Victor y parece sólida: sus amigos afirman que estuvieron juntos toda la noche del sábado. ¿Crees que esa tal Lis es un testigo fiable?

—¿Quién sabe? —dijo Jeppe mientras se sentaba a una mesa vecina y se echaba hacia atrás en la silla con las manos entrelazadas en la nuca—. Pero, según el director del coro de Malthe, parece que es cierto que estaba involucrado en ciertos problemas de su alumnado relacionados con acoso escolar, que corrobora lo que cuenta Lis.

—¿Adónde quieres llegar, Kørner? ¿Crees que Malthe trató de resolver un conflicto entre sus alumnos, se interpuso entre los hermanos de algún modo y por eso lo han matado? —dijo Larsen con escepticismo—. En cualquier caso, sería Oscar quien lo hizo, y no Victor, que pasó la noche del viernes de cervezas en El rincón eléctrico.

—Y luego Oscar desapareció con el barco familiar —añadió Sara.

—Es plausible —dijo Jeppe, consciente de que aquella era la teoría más lógica que tenían por el momento, aunque le causaba un rechazo instintivo. ¿Se debía solo a que no quería que aquel chico sensible en quien se veía reflejado fuera culpable de asesinato?

—¿Alguno de vosotros ha conseguido hablar con Kasper Skytte? —preguntó mientras se ponía en pie. Parece que se lo ha tragado la tierra desde que Werner y yo lo vimos ayer en la incineradora, y eso que quedamos en que nos llamaría.

Sara y Thomas negaron con la cabeza, así que Jeppe regresó a su despacho para llamar a Kasper, que por fin cogió el teléfono.

—¿Diga? —respondió con voz distante y adormilada.

—Buenos días, Kasper, soy Jeppe Kørner, de la policía. Llevamos desde ayer tratando de contactar con usted.

—Lo siento —dijo él mientras se aclaraba la garganta—. Ayer me encontraba tan mal al volver a casa del hospital que me tomé un somnífero y acabo de despertarme. Sería por la conmoción.

—Comprendo —dijo Jeppe, e hizo una pausa en la que oyó que Kasper Skytte tragaba saliva—. Nos gustaría hablar con usted sobre el hallazgo del cadáver lo antes posible. ¿Puedo pasarme por su casa?

Fue el turno de Kasper de guardar silencio, hasta que por fin farfulló:

—Por supuesto. ¿Puedo darme una ducha primero?

Jeppe miró el reloj. Pasaban unos minutos de la una. Podía darle a ese hombre un tiempo para que se despertara del todo.

—Iré a las tres. Hasta luego —se despidió Jeppe, y colgó.

Se había olvidado el café en la mesa de Sara, pero no le apetecía ir a por otro. Pensó en comprarse un bocadillo hasta que recordó que en la zona no había ningún lugar donde comprar comida para llevar excepto el chino malo de la esquina.

Se acercó a la ventana y contempló en el horizonte las nubes de humo que salían de la chimenea de una fábrica . Dejó que sus pensamientos flotaran con ellas hasta que una llamada de su teléfono resonó en el despacho.

—Kørner.

—Hola, Jeppe, soy Esther. ¿Molesto?

—No, tranquila —dijo mientras se arrellanaba en la silla de Anette.

—Quería preguntarte si has hablado con la tía de Oscar Dreyer-Hoff. Se llama Jenny Kaliban.

Jeppe suspiró. ¿Qué le rondaba por la cabeza a Esther?

—Aún no, ¿por qué?

—Bueno, es que la conocí ayer por casualidad en el Museo Thorvaldsen y me causó una impresión curiosa, así que busqué información sobre ella. ¿Estás al corriente del escándalo de la casa de subastas Nordhjem?

—Sí, Esther, estoy al corriente —. Notó que su voz se teñía de irritación e inspiró despacio—. Estamos investigando todos los aspectos de la vida del chico desaparecido —añadió. «Y de su profesor fallecido», añadió para sí.

—Bueno, es que… a la tía de este chico le cancelaron una exposición importante por el ruido mediático y las denuncias contra la casa de subastas, y no sería raro que eso causara un cisma en la familia, ¿no crees? El negocio de una destruye la carrera de la otra…

—Hmmm… —dijo Jeppe, evasivo.

—Tiene un taller en Østerbro… —dijo Esther con aire titubeante, y Jeppe supo que trataba de decidir hasta qué punto podía presionarlo. Miró el reloj. A decir verdad, podía hablar con la tía de Oscar para ver si sabía algo de Malthe Sæther en el rato que le quedaba antes de ir a ver a Kasper Skytte.

—¿Tienes la dirección?

Ella se la dio con voz inocente y añadió:

—No tiene móvil, por lo que pude ver. Perdona, no quiero meterme en tu trabajo, es solo por curiosidad.

Aquello consiguió arrancarle una sonrisa al inspector.

—Iré a hablar con ella. Por cierto, Esther, quería preguntarte una cosa un poco... íntima. —Las palabras se le escaparon antes de que pudiera evitarlo. ¿Por qué iba a pedirle consejo? Aunque se tenían confianza, apenas hablaban de asuntos privados—. Bueno, verás... Si descubrieras algo de una niña... una niña de once años, y supieras que su madre se pondría hecha una furia y la castigaría si se enterara... ¿se lo contarías a la madre?

Esther guardó silencio tanto rato que Jeppe estaba a punto de decirle que lo olvidara cuando ella por fin carraspeó.

—¿La confianza de la niña es importante para ti?

A Jeppe le sorprendió lo evidente que era su respuesta a esa pregunta.

—Sí. Creo que es importante que confíe en mí.

—Entonces, ya tienes tu respuesta. A menos que...

—¿A menos que qué?

—A menos que ese secreto suponga un peligro para ella.

# 20

UN MANTO DE nubes pesado y amenazante pendía sobre el puerto cuando Mads Teigen amarró su barco en el muelle del fuerte de Prøvesten. Sin hacer siquiera ademán de ayudarlo, Anette saltó al embarcadero de hormigón. El muelle estaba totalmente vacío, el suyo era el único barco y no se veía ni un alma. El fuerte era una construcción baja y alargada, y tras su silueta asomaban las chimeneas y las naves de la isla de Benzinø como fantasmas grises y solitarios. Cascotes, una antena, un contenedor de basura derribado; ofrecía una imagen a medio camino entre una isla del Atlántico Norte y una película de ciencia ficción. «Un buen sitio para desaparecer», pensaba Anette cuando descubrió que Mads se había puesto a su lado.

—¿Estás bien? —le preguntó él mientras le ponía la manaza en el hombro sin intención de retirarla. El contacto fue como una corriente eléctrica que recorrió el cuerpo de Anette, que no se atrevió a responder por miedo a revelar el efecto que surtía en ella y se retiró un poco para mirar hacia el horizonte.

—Estupendamente, un poco cansada, nada más. ¿Y tú?

—Yo estoy bien, hacía tiempo que no me sentía tan bien, la verdad —respondió él con una sonrisa.

Anette se la devolvió y se arrepintió de inmediato. ¿Por qué le costaba tanto relajarse?

—¿Vamos tirando o quieres tomar un café? —dijo él, y señaló con el pulgar hacia un termo que tenía en la cubierta—. ¿Has desayunado? Si tienes hambre, he traído cosas.

—Muy amable, pero ya he comido algo. Si te parece, vamos ya.

Él le hizo un gesto indicándole que fuera delante y Anette echó a andar sin dejar de notar los ojos de Mads clavados en la espalda y en el corazón, que latía desbocado. La fachada del fuerte se veía vieja y ruinosa por las inclemencias del tiempo. Anette tocó el marco de una ventana con el dedo y prácticamente perforó la madera. El sitio parecía abandonado.

—Por detrás es aún más fácil entrar —dijo Mads, que señalaba el otro extremo del edificio. Dieron la vuelta hasta llegar a una gran plaza cubierta de arena al otro lado del edificio. A un lado había una pequeña excavadora abandonada y un enorme depósito blanco pegado a los muros del edificio, como si se tratara de una especie invasiva que se había hecho más grande que su anfitrión.

—Caray, ¡parece un paisaje lunar!

Mads frunció el ceño.

—No creo que se pueda entrar en el fuerte, están todas las puertas tapiadas.

—Espera, tal vez sea más fácil desde allí…

Anette se acercó al otro extremo del edificio, desde donde se podía subir al tejado por una escalerilla. Subió los peldaños de dos en dos hasta una plataforma polvorienta llena de bloques de hormigón y almohadillas de césped blando mientras Mads subía detrás de ella.

—Traes linternas, ¿verdad? Creo que podemos entrar por aquí —dijo ella, y señaló una puerta metálica abierta que daba a una escalera que conducía al interior del fuerte. Mads le tendió una linterna y encendió la que tenía en la mano. Acto seguido Anette preguntó—: ¿Preparado? —Él asintió—. ¡Vamos!

Ella cruzó la puerta primero. La claridad del día iluminaba la parte superior de la escalera, pero tres o cuatro peldaños más abajo, las siluetas se convertían en un agujero negro. Anette sintió que se le encogía el corazón y se llamó al orden. Allí no había nada que temer.

Después de dar un último vistazo al cielo gris, encendió la linterna y se adentró en la oscuridad con Mads pisándole los talones.


EL HUMO DEL porro flotaba en una nube junto al techo bajo del taller y difuminaba las estanterías y los tarros llenos de pinceles. Jenny Kaliban tomó aire con calma y se reclinó hasta tocar la pared con la nuca. El bullicio del restaurante de al lado disminuyó lentamente. Cerró los ojos y disfrutó de aquel rumor distante de vida, como si no tuviera nada que ver con ella. Era una observadora, un rol que le iba a la perfección.

Unos golpes en la puerta perturbaron su paz. Jenny apagó el porro y se levantó con dificultad, sentía las piernas agarrotadas y pesadas. Se dio cuenta de que llevaba más rato sentada de lo que creía.

En la puerta encontró a un hombre a quien no había visto nunca, alto y flaco, con el pelo de un rubio ceniza y unos ojos que parecían ocultar siempre alguna tribulación. Le enseñó una tarjeta de identificación.

—Buenos días, no sé si esta es la dirección correcta… Busco a Jenny Kaliban —dijo con una mirada interrogativa a la que ella asintió con cierta reserva—. Me llamo Jeppe Kørner, soy de la Policía de Copenhague. ¿Puede dedicarme un momento?

Ella dudó. El olor a hachís flotaba en la entrada como una nube, y lo último que le apetecía era meter a un policía en su santuario. Su titubeo debió de ser excesivo, puesto que él empezó a explicarse:

—Se trata de Oscar Dreyer-Hoff, su sobrino. Como sabrá, está desaparecido desde el viernes.

—¿Lo han encontrado? —preguntó en un tono estridente que fue incapaz de controlar.

—No, lamentablemente, no hay novedades.

Jenny se recompuso, dio un paso atrás y le abrió la puerta.

—¡Pase!

El policía entró en el taller, se detuvo a un par de pasos de la puerta y miró en derredor. Jenny vio el desorden, el polvo, las ventanas sucias y la fealdad del espacio reflejados en sus ojos.

—Voy a ventilar un poco —dijo, y con una sonrisa inocente pasó junto a él para abrir las ventanas y dejar que entrara la luz y saliera el humo—. Va bien para la creatividad.

El asintió con un gesto afable y no dijo nada.

—¿Puedo sentarme? —preguntó mientras señalaba una butaca desgastada por el uso.

—Por supuesto. ¿Quiere tomar algo? ¿Café instantáneo?

—Nada, gracias —replicó mientras se sacaba un cuaderno del bolsillo y apoyaba un tobillo en la rodilla contraria para sostenerlo mientras lo hojeaba. Ofrecía un aspecto elegante, casi como un intelectual francés. Jenny se dijo que en cierto modo era muy guapo; tenía un aire sensible que se reflejaba en su forma de pasar las páginas. O quizá era solo que aún estaba un poco colocada. —Por su hermana, sé que usted tampoco tiene ni idea de dónde se ha metido Oscar. Supongo que eso no ha cambiado.

—Toda la familia está deshecha —respondió ella negando con la cabeza—. Es terrible.

—Lo entiendo perfectamente. Lo estamos buscando sin descanso —dijo él mientras sacaba la punta a su bolígrafo—. El motivo de mi visita es que esta mañana han hallado muerto a Malthe, el profesor de Oscar.

—¿Muerto? —Jenny sintió que el suelo se abría bajo sus pies.

—Asesinado, me temo. ¿Lo conocía?

Jenny expulsó el aire que llevaba muchos segundos conteniendo.

—No, no conozco a ningún profesor de Oscar.

—¿Le habló alguna vez de su profesor de Lengua? Malthe Sæther y él se llevaban muy bien, según parece.

—No recuerdo haber oído ese nombre antes —dijo ella con la mirada clavada en las manos. Se fijó en que el policía hojeaba su cuaderno, y eso que aún no había escrito nada.

—¿Son una familia muy unida?

Jenny trató de concentrarse en la pregunta, pero tenía la boca tan seca que le costaba hablar.

—Unida, lo que se dice unida, no, pero la familia es la familia. Mi hermana y su marido están muy ocupados, tampoco podemos vernos mucho. Pero siempre me he llevado bien con los niños. Oscar tiene un gran interés por el dibujo, Vic no muestra ninguna habilidad artística, pero Essie y Oscar tienen potencial y ganas de aprender.

Él le dedicó una sonrisa afable.

—La empresa de su hermana se vio metida en un apuro hace un par de años… —empezó el policía. Jenny no dijo nada. ¿Adónde quería llegar con eso? —. Me refiero a las denuncias por licitaciones cómplices y el consiguiente acoso de la prensa… ¿Afectó mucho a la familia?

—Por supuesto, fue como si nos hubiera atropellado un autobús. Mi hermana y mi cuñado aún lidian con las consecuencias.

El policía se fijó en el boceto colgado del caballete.

—¿Tuvo también consecuencias para usted?

Jenny sintió que la sangre de la cabeza corría a concentrarse en otro punto de su cuerpo. Recordó lo mucho que le había gritado a su hermana, cómo había golpeado a su cuñado en el pecho mientras les suplicaba que hicieran algo, que buscaran responsables, que hicieran callar a los periodistas, lo que fuera para frenar las fuerzas que trataban de acabar con su carrera.

Ella lo miró a los ojos.

—No, no las tuvo.

El policía la miró con curiosidad y, a continuación, volvió a hojear el cuaderno en blanco.

—¿Cuándo vio a su sobrino por última vez?

—Hace ya bastante tiempo —respondió tras una breve reflexión—. Ya tiene una cierta edad, se buscó otras aficiones. Hará un par de meses, tal vez seis, no lo recuerdo muy bien.

—¿Dónde se vieron?

—Debió de ser aquí. Oscar solía pasarse a dibujar, sobre todo cuando era más pequeño. También se quedaba a dormir en mi casa de vez en cuando.

—¿Aquí? —dijo el policía mientras señalaba a su alrededor con el bolígrafo y ponía cara de preferir morirse antes que dejar que un hijo suyo pasara la noche en un sitio como ese.

—¿Tiene algún problema con mi taller? ¿No le parece lo bastante elegante?

Él enarcó las cejas con aire de sorpresa a modo de respuesta. Jenny inspiró. ¡Tenía que controlarse!

—Ahora mismo está un poco desastroso, pero, por lo general, recojo cuando vienen invitados. Un poco de caos creativo favorece la inspiración. —El policía se la quedó mirando y Jenny tragó saliva antes de continuar—. Pero, como ya le he dicho, hace meses que vi a mi sobrino por última vez, y no me pareció muy feliz. —Ahí el hombre la miró con aire interrogativo—. Aunque, claro, un adolescente no se va a poner a hablar de sus cosas con el vejestorio de su tía.

—¿Le comentó si tenía problemas en el colegio?

—No.

—Y, sin embargo, a usted le pareció que algo iba mal —siguió él—. ¿Sospechó de algo en concreto?

Jenny le dio la espalda para ir al fregadero a ponerse un vaso de agua. ¿Qué pasaría si le contaba lo de Henrik?

Giró sobre sus talones.

—No, no tuve ninguna sospecha. De haberla tenido, hubiera hablado con mi hermana, claro está.

# 21

A LAS TRES y cuarto, los alumnos de primero del Instituto Zahles se levantaban de sus asientos, y Sara Saidani se encontraba en la puerta del club juvenil Thomas P. Hejle, a unos quinientos metros de allí, mientras una hilera de autobuses amarillos y sucios pasaban muy cerca de la acera y alimentaban la mala conciencia que Larsen había despertado en ella. Pues claro que para los niños era mejor crecer rodeados de verdor y paz, con un huerto y vecinos que siempre saludan. Decidió trasladarse de Helsingør a Copenhague por su carrera, sin tener en cuenta la crianza de las niñas. Amina había acusado especialmente el desbarajuste que siguió al regreso de Mido a Túnez, y no le había sido nada fácil desenvolverse sin su padre en un entorno nuevo.

Sara se obligó a pensar en otra cosa. Ser madre soltera significaba vivir con el corazón lleno de dudas, y si se doblegaba ante la presión de pensar que no lo hacía bien o no hacía lo suficiente, no conseguiría nada.

—¿Eres Sara?

Ella se dio la vuelta y se encontró con una cara joven y sin maquillar de ojos grises y nariz respingona que reconoció por el perfil de Facebook de Iben Skytte. La chica tenía todo el aspecto de una adolescente, una joven llena de preguntas, con acné y chapas en defensa del medioambiente en la ropa.

—Hola, Iben, gracias por venir. ¿Cómo estás?

La joven alzó las cejas con una expresión de sarcasmo, como si no fuera un buen momento para una pregunta superficial como esa.

—Hecha una mierda, ¿y tú? —replicó con una voz que rezumaba una ira tan controlada como evidente. Sara detectaba la agresividad en cada célula del cuerpo de la chica.

—Te lo pregunto porque me interesa de verdad, Iben. Tengo tiempo de sobra para escuchar la respuesta.

Por la cara de la muchacha, Sara comprendió que su respuesta, o tal vez su tono de voz, no habían sido adecuados, que le había hablado en un tono condescendiente sin quererlo.

—Si te interesa, yo también estoy en la mierda. Mi hija mayor casi ha dejado de hablarme, y ella y mi novio se llevan a matar.

Iben esbozó una media sonrisa, como si apreciara la sinceridad de Sara aunque tuviera presente que la confesión no era del todo desinteresada. Tendría que andarse con cuidado con esa chica; era muy lista.

—¿Juegas al ping-pong? —preguntó de repente.

La pregunta lanzada de sopetón hizo sonreír a Sara.

—Bueno, de vez en cuando.

—¡Vale, ven!

Iben condujo a Sara por debajo del letrero de neón rosa del club juvenil hasta una escalera que llevaba a una sala vacía equipada con cuatro mesas de ping-pong y pavimento antideslizante.

—Esta es la sala de ping-pong, vengo a jugar varias veces a la semana —explicó mientras le tendía a la policía una pala que acababa de coger de una estantería—. ¡Quítate la chaqueta y echemos una partida! ¡Sacas tú!

Sara sintió que la embargaba la misma sensación que cuando se peleaba con Amina: la certeza de que ella ya no tomaba las decisiones. La adolescente que tenía delante haciendo rebotar una pelota con una pala la manipulaba y la hacía sentir

insegura de un modo que ningún adulto con el corazón encalle-
cido era capaz de conseguir. «Quizá crecer con un solo progenitor te vuelve así», se dijo Sara mientras dejaba la chaqueta a un
lado y se acercaba a la mesa.

—Me parece bien, si hablamos mientras jugamos. He venido
a hacerte unas preguntas importantes.

Iben le lanzó una pelota por encima de la red.

—Mientras juguemos, podemos hablar —dijo, e indicó a Sara
con un gesto que sacara.

Sara notó que las palmas de las manos empezaban a sudarle
y apretó los dientes. Levantó la pala y lanzó la pelota sobre la
mesa con tanta fuerza que salió rebotando por el suelo hasta un
rincón.

Iben le lanzó otra pelota y Sara consiguió sacar bien.

—Dicen que el ping-pong es el único deporte de pelota que
activa los dos hemisferios cerebrales porque requiere pensamiento estratégico, motricidad fina y memoria a largo plazo al
mismo tiempo —dijo la chica mientras disparaba una pelota que
rebotó en la esquina del lado de Sara—. Porque hasta el último
segundo no sabes dónde colocará la pelota tu oponente —añadió
con una risotada.

Sara recogió la pelota del suelo y la puso sobre la mesa con
una mirada muy seria.

—Por tu colegio corrieron rumores de algo que pasó en una
fiesta el año pasado con el hermano de Oscar. ¿Te suena?

La expresión de la chica no cambió ni un ápice.

—¡Saca! —le ordenó con la pala preparada. Sara se mordió
el labio para reprimir una palabrota y puso de nuevo la pelota
en juego. Se intercambiaron la pelota un rato hasta que Iben la
detuvo.

—No eres mala, solo te falta práctica.

—Iben, ¿es cierto lo que dicen?

La chica examinó su pala con aire desdichado y la dejó con un suspiro.

—No quiero hablar del tema. Lo que pasó en la fiesta es entre Vic y yo no le concierne a nadie más.

—Ojalá tuvieras razón, pero han matado a Malthe y Oscar sigue desaparecido —dijo Sara, y miró a la adolescente a los ojos—. ¿Qué pasó?

A Iben le llameaban los ojos.

—No tiene nada que ver con todo esto.

—¿Oscar os vio a Victor y a ti en la fiesta? ¿Puede que esté un poco enamorado de ti?

—Oscar y yo solo somos amigos, y esto no tiene nada que ver con la muerte de Malthe.

Sara estaba convencida de que la cara inexpresiva de Iben ocultaba algo.

—Oscar hizo una presentación sobre el plástico en los océanos hace un par de semanas, ¿te acuerdas?

—Pues claro. Fue durante la jornada de Ciencias, la presentación de Oscar fue la charla inicial del cierre. Yo le hice un cartel. Oscar es bastante tímido, para él fue todo un logro conseguir hablar delante de todos. También asistieron algunos padres.

—¿Hubo algún debate o turno de preguntas después de la presentación de Oscar? ¿Alguien que lo criticara?

—Puede ser —dijo Iben sin dejar de manosear su pala.

—¿Recuerdas quién habló? ¿Qué dijeron?

Ella negó con la cabeza y Sara tuvo que reprimir el impulso de zarandearla.

—¿Oscar también asistía a reuniones de la asociación de la que tú eres miembro?

—Puede que me acompañara alguna vez —dijo la chica con un encogimiento de hombros y un atisbo de duda en los ojos.

Sara esbozó una sonrisa.

—¿Y cómo surgió tu interés por la crisis climática?

Iben se encogió nuevamente de hombros y arrojó la pala sobre la mesa. Había vuelto a encerrarse tras su coraza inaccesible.

—Ya no quiero jugar más. ¿Sabrás salir sola?

—¿Qué es lo que cree la policía que le ha pasado a Oscar?

Kasper Skytte parecía esforzarse en que su pregunta sonara lo más trivial posible mientras vertía té en dos tazas que reposaban en la encimera. Una de ellas estaba demasiado cerca del borde de la superficie, pero él no daba muestras de haberse dado cuenta. El vapor del agua caliente se elevaba en volutas a su alrededor y enmascaraba el olor del alcohol con notas de jazmín y manzanilla.

Jeppe miró el reloj. Pasaban unos minutos de las tres, hacía ya dos horas que había sacado a Kasper Skytte de la cama y, sin embargo, parecía aún amodorrado y lento de reflejos. Debía de haber bebido mucho para llegar a ese estado.

En la cocina de la casa de los Skytte había muy poca luz natural. La lámpara estaba encendida, pero reinaba un ambiente sombrío de tarde invernal.

—Quiero decir, ¿piensan que mató a su profesor? —dijo mientras dejaba las tazas de té en la mesita y los dos tomaban asiento.

—Ahora mismo no descartamos ninguna posibilidad —respondió Jeppe mientras alcanzaba su taza y le daba la vuelta para evitar las grietas del borde. Una película de restos de té cubría el interior de la taza, y Jeppe tuvo que tragarse su aprensión. No siempre era práctico ser tan sensible.

Abrió su cuaderno por una página en blanco y sacó la punta al bolígrafo.

—Ayer, a las ocho y diez, Michael pulsó el botón de emergencia en el vertedero de la planta incineradora. Cuénteme lo que sucedió hasta entonces.

—«Hombre al agua», lo llamamos. Es la primera vez que se pulsa el botón, ni siquiera se hace en simulacros —dijo Kasper mientras daba un sorbo a su taza con aire inocente—. Llegué al trabajo a las siete y media, me cambié y fui a la sala de control de la pinza con Michael a comprobar unos códigos erróneos en el programa de separación de residuos. Pero no llevaba allí mucho rato cuando vi... —Tragó saliva y carraspeó—. Cuando vi que una pierna asomaba de la pinza... y entonces Michael pulsó el botón.

—¿Se sorprendió?

Kasper lo miró con incredulidad.

—¿Qué coño quiere decir eso? ¿Cree que esperaba encontrar una pierna humana en mi lugar de trabajo? Pues claro que me sorprendí, ¡me llevé un susto de muerte!

El inspector asintió mientras tomaba algunas notas.

—Sí, claro, si hasta tuvieron que llevarlo a urgencias.

—¿Por qué habla como si me pasara algo raro? ¡Estaba conmocionado! Volví a casa, me tomé un somnífero y me pasé veinticuatro horas dormido de lo afectado que estaba. —Dicho esto, Kasper se levantó a por un paquete de azúcar del armario de la cocina y se echó dos cucharadas en la infusión.

—¿Sabía a quién pertenecía el cadáver?

—No.

Jeppe pasó página y el susurro del papel rasgó el silencio.

—Hemos averiguado que se trata de Malthe Sæther, el profesor de Lengua de su hija. ¿Lo conocía bien?

—Para nada. Habré intercambiado tres frases con él en el último año en alguna reunión de padres. Iben ya es mayor, no me meto en sus cosas del instituto.

Jeppe tomó nota y vio que Kasper trataba de leer lo que escribía, como si estuviera nervioso.

—Ya sé que todo esto suena muy extraño: el cadáver de un profesor de mi hija aparece en el vertedero...

—Y lo encuentra usted —puntualizó Jeppe.

—¡Por casualidad! Todo lo que va a la basura en Copenhague acaba en la incineradora, esto no tiene nada que ver conmigo.

—¿En qué consiste su trabajo exactamente?

Kasper enarcó las cejas, sorprendido.

—Soy ingeniero de procesos, trabajo en un equipo con dos ingenieros más y nos dedicamos a la investigación. No sabía que a la policía le interesaran esas cosas.

—¿Suele trabajar en la cabina de la pinza?

—No, solo si pasa algo con el sistema. Normalmente, mis compañeros y yo trabajamos en una oficina del quinto piso.

—¿Y qué hacen, a grandes rasgos?

—Bueno, nos dedicamos sobre todo a reducir las emisiones de gases de escape, $CO_2$ y $NO_x$, para ser exactos. El valor límite de la planta es del cincuenta por ciento respecto al resto de incineradoras del país, y emitimos solo un quince por ciento de ese límite, un ahorro equivalente a las emisiones de cincuenta mil coches. Como sabrá, esos gases pueden causar cáncer y lluvia ácida —explicó con orgullo—. Somos una de las incineradoras más limpias del mundo.

—Eso es genial.

—Gracias.

Jeppe lo contempló con detenimiento, se fijó en las mejillas arreboladas, en la acumulación de saliva en las comisuras de la boca, en el olor a alcohol. Kasper Skytte parecía un hombre sometido a mucha presión.

—¿Iben hablaba mucho con Malthe Sæther?

El brusco cambio de tema lo confundió a todas luces, y se secó la frente con la manga.

—No, que yo sepa, aunque Iben no me cuenta mucho, hay que sonsacárselo todo. Así son los adolescentes.

—¿Sabe lo que pasó entre ella y Victor Dreyer-Hoff en la fiesta del instituto?

—No entiendo —dijo Kasper y, al levantarse, se apoyó con pesadez en la mesa, con los ojos acuosos y la frente cubierta de sudor.

—¿Se encuentra bien? —dijo Jeppe, que alargó un brazo para sostenerlo, pero antes de que llegara a tocarlo, el hombre salió apresuradamente de la cocina. Oyó un portazo seguido del gruñido característico de una arcada. Kasper Skytte estaba vomitando.


LA ESCALERA DABA a un pasillo largo y estrecho, y las linternas dejaban entrever paredes grises, un techo abovedado y una bifurcación algo más adelante. Anette giró a la derecha y siguió entre los muros de hormigón, que hacían resonar sus pasos, hasta que llegó a una nueva división en el camino. Dio media vuelta, pero a su espalda no encontró más que oscuridad. ¿Dónde se había metido Mads?

Irritada, giró sobre sus talones, regresó a la primera bifurcación y torció a la izquierda. Tras dar veinte pasos apresurados, un resplandor a lo lejos reveló que Mads estaba en una estancia en el lado izquierdo del pasillo. Cuando Anette llegó, lo encontró alumbrando las paredes con gran concentración. La luz de la linterna se le reflejaba en la cara y le dibujaba sombras profundas bajo los ojos.

Anette controló la respiración y entró en la estancia, que tenía forma elíptica, como un submarino, y varios montones de sillas de plástico arrinconadas y cubiertas de escamas de yeso que se desprendían de las paredes cuarteadas.

—¿Y esto qué es? Parecen los planos del edificio, o algo así… —dijo Anette cuando iluminó con la linterna una serie de imágenes colgadas de la pared. Se acercó a Mads y percibió el calor de su cuerpo.

—A saber —dijo él, y se giró hacia ella de modo que le quedó media cara iluminada y la otra media a oscuras—. ¿Tienes suficiente?

Anette miró el teléfono y vio que no tenía cobertura. Había algo en ese lugar que le ponía la carne de gallina, pero se obligó a enderezar la espalda.

—¡No, vamos a seguir!

Continuaron por el pasillo de techo bajo hasta otra escalera por la que siguieron adentrándose en las profundidades del universo laberíntico del fuerte. En el piso inferior, las paredes abovedadas eran de color blanco, y del techo colgaban lámparas cuyas bombillas estaban encendidas.

—¿Cómo puede ser que funcione la luz? —preguntó ella mientras señalaba el techo, extrañada.

—Habrá un generador.

—Pero… ¿lámparas? ¿En un fuerte? —Anette tenía la sensación cada vez más intensa de haber cruzado el límite entre sueño y realidad.

A lo largo de la pared había una hilera de lavabos, suficientes como para que un grupo excursionista al completo pudiera cepillarse los dientes a la vez. Anette giró uno de los grifos y salió un débil hilo de agua que oscureció el hormigón gris.

—Hay agua corriente.

—Ya lo hemos visto todo —dijo Mads Teigen, y un fulgor incandescente en la oscuridad reveló que acababa de encenderse un cigarrillo.

—Espera, aquí debe de haber conductos para equilibrar la presión igual que en el fuerte de Middelgrund, ¿no? Mi marido me dijo que los construyeron para evitar que los fuertes se derrumbaran durante un ataque aéreo.

—No está aquí, Anette, y yo no aguanto más. Venga, nos vamos a casa —dijo Mads, que salió sin esperarla.

Ella se quedó donde estaba. ¡Maldita sea! No había llegado hasta allí para darse por vencida en el último momento.

Siguió avanzando por la oscuridad entre las paredes húmedas para adentrarse en el fuerte mientras el aire se hacía más frío y húmedo, más inhóspito y polvoriento a cada paso que daba. En el nivel más profundo encontró una apertura en la pared que antes había pasado por alto: era un hueco cubierto con una reja con la altura de una persona. Al iluminarlo, no consiguió ver el fondo; la luz desaparecía en una negrura infinita.

Abrió la reja y se agachó para entrar en un pasillo tan angosto que rozaba ambas paredes con los hombros, y que se estrechaba aún más a medida que avanzaba, poniendo a prueba su claustrofobia. Anette empezó a contar sus pasos y, al llegar a veinticinco, encontró el final. El pasillo estaba vacío. Agobiada, volvió rápidamente sobre sus pasos hasta el corredor principal. Al llegar, tomó una bocanada de aire, como un buceador que acabara de salir a la superficie.

Tras un instante, siguió por el pasillo hasta que encontró otra abertura cuya reja estaba abierta. Oyó un chasquido bajo sus pies y resistió el impulso de apuntarlos con la linterna para ver lo que pisaba. Si se trataba de algo desagradable, no sería capaz de contenerse, y por nada del mundo quería que Mads se diera cuenta de lo nerviosa que estaba.

«¡Venga, Anette, tú puedes!»

Inspiró hondo mientras el haz de la linterna rebotaba sobre el yeso cuarteado de las paredes, que parecían cerrarse sobre ella. Reconoció los signos del pánico y trató de sobreponerse mientras se recordaba que nadie se moría porque le sudaran las manos y le costara respirar un poco.

Tal vez fuera ese soliloquio lo que hizo que no lo viera hasta que lo tuvo delante. El susto le cerró la garganta y tuvo que apoyarse en la pared para no caerse. Le costaba respirar.

Oscar Dreyer-Hoff yacía en el suelo de hormigón de un pasadizo del fuerte de Prøvesten, con los ojos abiertos clavados en el techo.

# 22

El helicóptero Merlin EH101 de las Fuerzas Armadas cruzó Copenhague en vuelo bajo hasta aterrizar en el tejado del Rigshospitalet. Un pesado manto de nubes colgaba sobre la ciudad y la lluvia caía con fuerza sobre las calles que la tormenta había oscurecido antes de hora. El helicóptero contaba con una unidad de cuidados intensivos. Dos enfermeras y una médica no dejaron de intentar reanimar al paciente en todo el trayecto desde el fuerte. A su lado, la inspectora Anette Werner los observaba envuelta en una manta.

Cuando el helicóptero aterrizó, tardaron menos de cinco minutos en meter la camilla donde yacía Oscar Dreyer-Hoff en la unidad de críticos, donde un equipo de dieciséis médicos, cirujanos y enfermeros especializados estaban preparados para continuar con los intentos de reanimación. Sin embargo, según el monitor cardíaco, el paciente estaba más muerto que vivo. Su temperatura corporal era de 24,7 grados, lo que significaba que sufría de hipotermia de tercer grado, la actividad respiratoria era mínima y tenía las pupilas no reactivas.

El equipo de urgencias empezó con la reanimación cardiopulmonar de inmediato mientras hacían que el cuerpo de Oscar entrara lentamente en calor y le administraban una solución intravenosa isotónica. En casos de hipotermia grave, era muy importante no calentar al paciente demasiado rápido, pues se corría el riesgo de enviar sangre fría hasta el corazón, que podía detenerse. Conectaron a Oscar a una máquina de soporte vital por la que su sangre empezó a circular para que recuperara muy despacio la temperatura habitual.

Una administrativa acompañó a Anette a una sala de visitas para familiares y le puso una taza de chocolate caliente en las manos. Allí la encontró Jeppe cuando atravesó a la carrera las puertas rojas de la unidad de críticos ocho minutos más tarde, con un aspecto tan desolado que corrió a abrazarla sin pensarlo. Anette apoyó la frente en su hombro y, por primera vez en sus diez años como compañeros, dejó que la consolara. Transcurridos unos minutos, ella se apartó y se secó las mejillas.

—¡Qué típico de ti aprovecharte de la situación para meterme mano!

Jeppe sonrió y se sentó a su lado en el sofá.

—¿Estás bien?

—Sí, sí, no sé qué me ha dado. Menudo susto al verlo allí, pero, en fin, así es la vida.

—Tómate el chocolate, te irá bien.

Anette obedeció sin rechistar.

—Está vivo, pero por los pelos. Los médicos aún no pueden decir gran cosa —dijo ella mientras sacudía la cabeza—. ¿Cómo diantres llegó hasta allí? Espero que salga adelante.

—¿Han encontrado el barco?

—Hace cinco minutos, al final del puerto de la isla de Benzinø, con un agujero en la quilla que probablemente se hizo con un mazo que encontraron dentro. —Anette sonrió con una tristeza infinita.

Jeppe le dio un codazo cariñoso en el costado.

—¡Oye, tienes que estar contenta! Has conseguido lo que Protección Civil ha sido incapaz de hacer. ¡Lo has encontrado, y vivo! ¡Te mereces una ola!

Anette le dio unas palmaditas de broma en la espalda, aunque parecía igual de desanimada que antes. Entonces se abrió la puerta y la administrativa dejó pasar a Henrik y Malin Dreyer-Hoff. Malin evitaba la mirada de Jeppe a toda costa, aunque, en vista de lo sucedido en sus últimos encuentros, no era de extrañar. Henrik se puso delante de Anette. Sus fornidos hombros cubiertos con un traje llenaban la salita como una columna de energía masculina.

—¿Lo ha encontrado usted? —le preguntó con un hilo de voz.

—Sí.

Henrik Dreyer-Hoff se agachó para levantar a Anette en volandas en un fuerte abrazo mientras ella se revolvía y protestaba ante aquella cercanía inesperada.

—¡Gracias!

—No hay de qué —respondió Anette, aún atenazada entre sus brazos, mientras le daba unas palmaditas torpes en el hombro. Era evidente que ya había tenido abrazos suficientes para una temporada.

Jeppe agachó la cabeza para esconder una sonrisa. No sabía si se debía a que habían encontrado a Oscar o a la sensibilidad inesperada de su compañera, pero se sintió embargado por una alegría irracional mientras aquel chico se debatía entre la vida y la muerte, y Anette, entre el suelo y el techo. Había esperanza.


CUANDO POR FIN se abrió la puerta del piso, Kasper Skytte esperaba sentado a oscuras en el salón. El cuero de la butaca conservaba el calor de su cuerpo, y la botella de whisky, la temperatura ambiente. En la cocina, un plato de guiso vegano permanecía intacto en la mesa. Oyó que Iben se quitaba las botas y el abrigo, entonces ella entró en el salón y lo miró con aire titubeante.

—¿Qué haces aquí a oscuras?

—Cuando me he sentado aún había luz. ¿Por qué llegas a estas horas? —Notaba la boca seca y tuvo que pasarse la lengua por los labios antes de continuar—. ¿Desde cuándo somos una familia que ni come junta ni habla?

Iben se miró los pies.

—Me voy a mi habitación a hacer los deberes.

—¡Tú te quedas aquí! —bramó Kasper. Al oír que su hija tragaba saliva por el susto, se contuvo—. Anda, ven y siéntate. Tenemos que hablar.

Ella encendió la luz y se sentó en el sofá, tan lejos como pudo de su padre.

—¡Estás borracho! —exclamó. Estaba pálida y tenía los ojos hundidos.

—¿Y qué pasa?

—Eres patético. Estoy harta —dijo ella en un tono calmado y neutro, aunque sus palabras rezumaban desprecio.

Llevaba una hora esperándola y pensando sin cesar en las preguntas que quería hacerle, pero al tenerla delante con un mohín de disgusto y la frente tensa, las frases se le escapaban y se convertían en niebla.

—¿Qué pasó entre el hermano de Oscar y tú?

—¿Por qué lo preguntas?

—¿Que por qué pregunto? ¡Responde, joder!

Iben se echó el pelo hacia atrás con las dos manos y se lo puso detrás de las orejas, un gesto que hacía desde niña y que provocó que a Kasper se le hiciera un nudo en la garganta.

—No entiendo por qué tengo que aguantar un interrogatorio solo porque a ti de repente te ha dado por interesarte por mi vida.

—¿Cómo que «de repente»? ¿Cuándo he dejado de interesarme por tu vida?

Iben entrecerró los ojos.

—Cada puta tarde que te pones delante del ordenador a «trabajar», por ejemplo. ¿Crees que no sé lo que haces?

—¿De qué hablas? —chilló Kasper, que sintió que el pánico se traslucía en su voz y trató de controlarlo—. Iben, ¡cuéntame lo que pasó con Victor! ¡Puedo ayudarte!

La expresión de los ojos de Iben lo dejó sin aire. Kasper se llenó el vaso con manos temblorosas.

—Sí, papá, bebe un poco más, verás qué bien —dijo ella mientras se ponía de pie.

—No te levantes, tesoro, vamos a hablar. Tú lo eres todo para mí —dijo él, consciente de que la última frase daría paso a las lágrimas y aumentaría el aspecto lamentable que ofrecía. También sabía que podía hacer poco para remediarlo.

—Qué fácil de decir, ¿verdad? «Tú lo eres todo para mí» —remedó Iben y, de golpe volvió a parecer la niña que hacía tiempo había dejado de ser—. Pero es mentira, papá, mi vida no te interesa una mierda, no te importa quién soy ni cómo estoy, lo único que te preocupa es que no me interponga en tu puta carrera y que haga como que no me doy cuenta de en qué te gastas todo nuestro dinero.

—¡No puede ser! —Se mesó la cara con las dos manos y carraspeó—. Siéntate, tesoro, aún no es tarde.

—Sí que es tarde. Tengo quince años, ya no hay más que hablar. ¿Qué quieres que te diga? —dijo con una voz cortante como esquirlas de cristal y cuchillos afilados—. ¿Que si no tengo madre es por tu culpa?

—Fue una decisión mutua que te quedaras.

—¿Mutua? —gritó Iben—. A mí nadie me preguntó lo que quería. ¿Piensas que tenía ganas de vivir con…?

La chica se detuvo y lo miró. El labio inferior le temblaba de ira. Kasper sintió un atisbo de miedo.

—¿Crees que no sé lo que has hecho?

Y con eso, el atisbo se convirtió en una bomba atómica de miedo que lo golpeó.

—Lo hice por ti. ¡Por nosotros!

Iben frunció la cara sin poder contener el llanto en un arrebato tan violento como inesperado y empezó a sacudir la cabeza mientras las lágrimas le corrían por las mejillas.

—¿Cómo pudiste, papá? ¿No lo entiendes? ¡Lo has arruinado todo!

# 23

«So LOCK ALL the gates and bolt the chamber door, because nobody leaves or enters anymore...»

Esther bajó el volumen del himno de Al Jarreau, que tenía más de cuarenta años y que siempre se ponía cuando echaba de menos a su padre, y aguzó el oído. Se levantó, abrió la puerta del distribuidor y se topó con Gregers, que llevaba una cajita de cartón en la mano y tenía una expresión avergonzada.

—Perdona que llame tan tarde, pero como he oído que aún no dormías...

—Tan tarde no es, ¿tenía la música muy alta?

Gregers hizo un gesto torpe con las manos.

—Solo quería... darte las gracias por ayudarme con lo del médico —dijo mientras le ofrecía la cajita que llevaba—. Son bombones, aunque, a estos precios, se diría que son de oro.

Esther abrió la puerta del todo y aceptó la cajita.

—Gracias, Gregers, pero no hacía falta. ¿Nos comemos uno?

—Claro, antes de que se pongan malos.

—¿Nos sentamos en la cocina? —preguntó Esther con una sonrisa.

—También podemos sentarnos en la salita.

—Entra, acabo de abrir una botella de tinto, ¿te apetece una copa?

El anciano gruñó como única señal de asentimiento y fue directo a sentarse en el sillón orejero con un suspiro de satisfacción.

Esther fue a la cocina a por otra copa de vino mientras se decía que su compañero de piso era un gruñón, pero que aquel era un gesto muy bonito. Vio en el reloj del horno que iban a dar las nueve y se extrañó, porque Gregers nunca se dedicaba a socializar a esas horas: algo debía de pasarle.

Volvió a la salita con el vino y los bombones en una bandeja y encontró a su compañero de piso de pie mirando por la ventana.

—Vamos a sentarnos, ¿no? —dijo ella mientras dejaba la bandeja en la mesita y se le acercaba—. ¿Estás bien, Gregers?

Él le sonrió sorprendido, como si acabara de advertir su presencia.

—Ah, eres tú. Pensaba en la vida y en la muerte.

—Todos lo hacemos de vez en cuando —replicó Esther, cuyos pensamientos últimamente giraban sin cesar alrededor de la muerte y sus ritos, aunque, por lo general, no era un tema que compartiera con él—. ¿Pensabas algo en concreto?

—Creo que me va a llegar pronto.

Al principio no lo entendió, pero la mirada de Gregers no dejaba lugar a dudas.

—Pero ¿qué dices, Gregers? No te vas a morir.

—Ay, mi dulce Esther, tengo ochenta y cinco años, no me queda mucho futuro por delante, pero no es solo la edad. Tengo la sensación de que va a tocarme pronto.

Ella se sentó y llenó las dos copas de vino. Gregers la había asustado. La muerte solo resultaba fascinante vista de lejos, no cuando llamaba a la puerta. Pero si él necesitaba hablar del tema, no podía fallarle.

—Ven, siéntate, amigo mío. Cuéntame qué te pasa por la cabeza.

Gregers se sentó y agarró una de las copas, que contempló antes de dejarla de nuevo sobre la mesa como si no comprendiera qué era.

—Ya no sé dónde acaban mis pensamientos y empieza la realidad. Tengo sueños que parecen tan reales que me da miedo. Ahora estamos aquí sentados en tu salita, ¿verdad? —Esther asintió—. ¿Hay alguien más aparte de nosotros dos?

—No, Gregers.

—¿Inger no está aquí?

Esther tuvo que estrujarse los sesos para recordar que Inger era la exmujer de Gregers, con quien hacía más de veinte años que no hablaba.

—No, Inger no está aquí.

—Me ha dicho que era por la tarde y estábamos en la casita de verano. Teníamos una casita preciosa en Nykøbing Sjælland cuando los niños eran pequeños. Muy sencilla, pero nos encantaba ir. Lo peor del divorcio casi fue tener que venderla. Bueno, pues Inger me ha dicho que era por la tarde y que hacía sol. Habíamos bebido cerveza y licor durante la comida y yo me he tumbado en la hamaca.

Esther lo interrumpió con delicadeza:

—¿Eso es algo que pasó de verdad?

Él respondió con un gesto de irritación.

—Pasa lo siguiente, déjame que te cuente: estoy tumbado en la hamaca, un poco achispado. Los niños juegan en el jardín, el perro está vivo y ha entrado en la casa lleno de arena. Siento el sol en la cara, oigo que alguien ríe. Tal vez soy yo. —Hizo una pausa y echó mano del vino. Hablaba con la voz embargada por la emoción—. Ella se acerca a la hamaca y me agarra de la mano. Me da un beso y yo cierro los ojos… —continuó Gregers, tras lo cual dio un sorbo de vino y cerró los ojos—. Y entonces dejo este mundo.

JEPPE SALIÓ DEL hospital y se dirigió a la estación dando un paseo por los lagos. «Las tardes de abril son frescas y de un azul rutilante», se dijo mientras sentía un escalofrío tan intenso que una pareja de patos que descansaba en la orilla se metió despavorida en el agua. En un mes, los lagos se llenarían de patitos y los castaños, de flores.

Habían encontrado a Oscar y la primavera estaba en camino.

Encontró la estación cerrada a causa de un intento de suicidio en las vías del tren de cercanías en dirección oeste. Como el servicio de metro funcionaba de forma irregular, Jeppe acabó dirigiéndose a Christianshavn a pie, pero al llegar a la calle de Sara, el frío ya le había calado los huesos.

La forma en que Sara le abrió la puerta le hizo saber a Jeppe que aún lo esperaba más frío, aunque quizá lo sabía desde la mañana.

—Amina ha llegado a casa apestando a cerveza —le dijo plantada en la puerta y con la bolsa de deporte de Jeppe a los pies.

—¿Se encuentra bien?

—Ahora duerme. Pero cuando he intentado averiguar quién le había dado alcohol, me ha preguntado si tú te habías chivado. —Jeppe cogió carrerilla para hablar, pero Sara se le adelantó—: ¿Es verdad que anoche te la encontraste por la calle a las tantas? —Él asintió—. ¿Y ni la trajiste a casa ni me dijiste nada? Una niña de once años bebiendo en la calle, ¿y a ti no te pareció que debía saberlo?

—Anoche no había bebido…

—¡Te la encontraste en la calle a las nueve y media de la noche y no se te ocurrió traerla a casa! ¿Qué se te pasó por la cabeza?

En los ojos de Sara no había enfado, sino dureza. Jeppe agachó la mirada; supo que no era el momento de empezar a dar explicaciones sobre su intento de tender puentes con Amina.

Ella dejó la bolsa de deporte en el descansillo y le cerró la puerta en las narices. Jeppe la recogió, giró sobre sus talones y se fue por donde había venido. A toda relación le llegaba su fin, y a veces se acababa el tiempo antes que el amor. Era entonces cuando más dolía.

# MIÉRCOLES, 17 DE ABRIL

*Si te tumbas sobre un brazo durante mucho tiempo, este se te queda dormido. Vuelves a sentirlo tras un hormigueo doloroso mientras la sangre regresa lentamente y pugna por vencer la parálisis. La vida siempre duele al ponerse en marcha.*

*En posición horizontal, el chico escuchaba su propia respiración. ¿Qué era el aliento sino aire, un signo de vida? Notó que sus dedos palpaban una tela. ¡Tela! Debía de estar en una cama. O en un ataúd.*

*Abrió los ojos y volvió a cerrarlos enseguida, aunque consiguió vislumbrar un tubo de plástico enredado en su brazo. Respiración, tela, tubo… Tenía que estar en un hospital. Estaba vivo. Sintió desilusión y alivio al mismo tiempo, aunque no entendía la relación entre ambas emociones. Trató de moverse, pero era incapaz, el cuerpo le vibraba como si le hubieran triturado los huesos y los músculos hasta convertirlos en un puré que se escaparía de su cuerpo si alguien le hacía un agujero.*

*La luz era cegadora. En el fuerte se acostumbró tanto a la oscuridad que había olvidado lo imperiosa que podía llegar a ser la luz. Lo asaltaron colores fuertes, siluetas de metal y de plástico limpias y terroríficas.*

*Tenía algo en la nariz que lo molestaba. Intentó quitárselo, pero alguien le agarró la mano.*

*—¡Está despierto!*

*El grito le taladró los oídos. ¿Es que no pensaban dejarlo morir en paz?*

# 24

EL MIÉRCOLES POR la mañana, en la Comisaría Central de la Policía, Jeppe pasó la mano por la superficie de su escritorio de aglomerado y luego se inspeccionó la palma. Ni una mota de polvo. De una forma inexplicable, aquello le hizo añorar aún más la vieja Central. Mejor dicho: más que desear volver a su antiguo lugar de trabajo, lo que quería era alejarse de aquel edificio de oficinas sin alma. ¡Muy lejos! Había pasado la noche en su piso por primera vez en meses, aunque no había dormido mucho. Lo llamaban mal de amores, pero lo que él sentía era una curiosa ausencia de emociones. Sumido en esas reflexiones y con ojos legañosos, dio un sorbo a su café de la máquina.

Anette estaba sentada al otro lado de la mesa, y apoyado en la puerta estaba Thomas Larsen, que había añadido a su americana de color marrón chocolate habitual un pañuelo de bolsillo cuyo intricado estampado verde no hacía sino acrecentar el malestar de Jeppe.

—El último contacto con Malthe Sæther del que tenemos conocimiento sigue siendo la llamada de teléfono con su novia, Josephine, el viernes a las cinco de la tarde —empezó—, momento en el que, según ella, Malthe estaba en casa y le contó que uno de sus alumnos tenía problemas y necesitaba su ayuda. Tal vez sea el mismo alumno que, según el director del coro, era víctima de acoso *online*. Ah, y añado: el director del coro no tiene coartada para la hora de la muerte.

—Pero tampoco tiene un motivo —intervino Anette, que siguió con la explicación—. Bueno, después de hablar con su novia, nadie sabe adónde fue Malthe. Lo que sí que sabemos es que lo mataron entre las diez de la noche del viernes y las dos de la madrugada del sábado y que lo arrojaron a un contenedor de basura, con el que llegó a la incineradora, donde fue hallado el lunes por la mañana. No tenía el móvil encima, pero, según el registro facilitado por la compañía telefónica, no hizo ni recibió llamadas ni mensajes después de hablar con su chica. El último contacto registrado de su teléfono es a las siete y ocho minutos de la tarde del viernes y lo captó una antena de Bartholinsgade, lo cual puede indicar que se dirigía al noreste. Quizá deberíamos localizar a aquellos de sus alumnos que vivan al noreste de Vendersgade.

—Sabemos que iba a encontrarse con alguien por un tema que guardaba relación con uno de sus alumnos —dijo Jeppe—, pero eso no significa que fuera a reunirse con el alumno en cuestión, podría ser un familiar.

Larsen levantó el dedo índice en una pose que le hacía parecer un predicador.

—Lo más probable es que Malthe Sæther se encontrara con Oscar, que por alguna razón se lo cargó y lo echó a un contenedor para después largarse al fuerte de Prøvesten. La coincidencia con su desaparición no tiene pinta de ser casual.

—¡Amén! —exclamó Anette.

—Pero ¿por qué? —protestó Jeppe—. Y no me vengáis con «porque está mal de la cabeza». Todos tenemos claro que para matar hace falta un motivo.

—Quizá tenían una relación sentimental o algún vínculo que mantenían en secreto —dijo Anette sacudiendo las manos—. Hay muchas posibilidades, tendremos que armarnos de paciencia y preguntarle a Oscar cuando se encuentre mejor.

¡Paciencia! Jeppe sentía que ya no le quedaba ni pizca, ni para sospechosos en coma, ni profesores que usaban maquillaje, ni adolescentes distantes.

Se levantó para acercarse a la ventana.

—¡Pero bueno!¿Es que nadie tiene nada útil que aportar?

Oyó que la silla de Anette chirriaba.

—Perdona, pero ¿de qué vas? ¿Es o no es cierto que encontré yo solita al sospechoso en un puto fuerte? ¿Qué resultados has obtenido tú en las últimas veinticuatro horas?

—Esto no va de comprobar quién la tiene más larga, Anette, ¡cálmate!

—¡Cálmate tú!

—Yo he descubierto algo que parece un poco raro —dijo Larsen tras un carraspeo—. No sé si tendrá que ver con la muerte de Malthe, pero hay una coincidencia curiosa entre el lugar donde fue hallado y Henrik Dreyer-Hoff.

—¡Suéltalo ya!

Larsen entornó los ojos y esbozó una mueca que dejaba muy claro que no le gustaba el tono de Jeppe.

—Henrik es un empresario emprendedor que ocupa cargos en varios consejos de administración, *lobbies* y cosas así. ¿Os acordáis de que os dije que cuando hace seis años abrió la casa de subastas con Malin él venía de un sector totalmente distinto? —Larsen hizo una pausa dramática.

—¿Quieres que juguemos a las adivinanzas? —dijo Jeppe resoplando.

—Vale, vale, haya paz. Yo creí que venía de una compañía eléctrica, pero resulta que Henrik trabajó como jefe de ventas en la empresa alemana Mirnhof & Schalcke, un proveedor global de instrumentos de medida para la tecnología de procesos industriales de instalaciones como centrales eléctricas, por ejemplo. No solo formaba parte del equipo de desarrollo de esa empresa, sino que también era consejero personal de Margit

Smith, la directora de la Asociación Danesa de Residuos, una organización de interés público.

Jeppe se frotó la barbilla y recordó que su maquinilla de afeitar seguía en casa de Sara.

—Larsen, al grano, por favor. ¿De qué nos sirve todo eso?

—Margit Smith ya no dirige esa organización, hace seis meses que la dejó para dirigir la planta incineradora de Amager.

—¿Y eso qué significa?

—Significa que Henrik tiene relación, puede que muy estrecha, con la directora de la planta incineradora en la que apareció el cadáver de Malthe Sæther.

Jeppe se puso derecho.

—Malin dice que ella y Henrik pasaron toda la noche del viernes en casa con su hija. Tiene coartada para la hora de la muerte.

Larsen protestó:

—Cuando Saidani y yo fuimos a ver a los abuelos, Essie nos dijo que su padre estuvo en el trabajo el viernes por la noche.

—Ah, ¿sí? —dijo Jeppe mientras se ponía en pie—. Werner, ¿nos vamos a dar una vuelta con el coche? Mejor le preguntamos a Henrik en persona dónde estaba esa noche.

Entonces llamaron a la puerta y la comisaria se asomó con una mano alzada, una muestra de cortesía para disculparse por la interrupción. Su cuello lleno de arrugas le hacía parecer la caricatura de un pavo.

—Recuerdos de Saidani, ha llamado para decir que hoy no vendrá, una de las niñas está enferma. Dice que mandará por correo cualquier cosa interesante que encuentre en el portátil de Malthe Sæther a lo largo del día.

—Gracias, comisaria —dijo Jeppe en un tono neutro, aunque se le acababa de encoger el corazón—. ¿Podemos pedirle a Mosbæk que se prepare para ir al hospital en cuanto Oscar Dreyer-Hoff despierte? Al tratarse de un posible caso de secuestro o intento de suicidio, necesitamos preparar también asistencia psicológica.

—Yo me encargo.

Jeppe esperaba que se fuera, pero la comisaria no se movió del sitio.

—Kørner, ayer por la tarde, sobre las cinco y media, alguien cayó a las vías del tren en la estación de Nørreport.

—Sí, lo sé, justo cerraron la estación cuando yo iba a tomar el tren. ¿Por qué lo dices?

—Porque parece que tú conocías a esa persona, hablaste con ella ayer por la mañana. Se trata de una mujer mayor que daba clases en el Instituto Zahles. Se llama Lis Christensen.


EL LUGAR EN el que Mads Teigen se sentía más a gusto era el taller. Había vuelto a desvelarse a una hora muy temprana, pero, para variar, se había levantado para sentarse entre las aves de su mesa de trabajo. Una gaviota con las alas extendidas, dos eíderes que se miraban cara a cara y una lechuza, toda una rareza en esa zona, con los ojos muy abiertos en su nívea cara. Era tan bonita que su belleza lo consolaba.

A diferencia de, por ejemplo, el embalsamamiento, la taxidermia conlleva una cierta visión estética que pretende conseguir la imagen más llena de vida de los muertos, una combinación única de arte y ciencia. Taxidermistas como Carl Akeley, con su manada de elefantes africanos expuesta en el Museo de Historia Natural de Nueva York, habían despertado el interés por esa técnica que permitía experimentar de cerca la belleza de los animales, tan reales que casi parecían moverse.

Por desgracia, había una parte inevitable del trabajo, la relacionada con la sangre y las vísceras, que provocaba repulsión en la mayoría de gente. Por eso hacía mucho tiempo que Mads había dejado de hablar de su pasión, porque no quería volver a contemplar el proceso de asco disimulado, seguido de cortesía y preguntas absurdas, que acababa siempre en rechazo. Si hubiera podido, le habría gustado contarle a la gente que eran los pájaros quienes lo mantenían a él con vida. Les habría hecho entender a los demás que su habilidad para insuflarles vida de nuevo era lo que hacía soportable la muerte.

Se arremangó. Habían encontrado al chico más muerto que vivo y no se sabía si saldría adelante. ¿Hasta cuándo era posible resucitar un cuerpo? Tuvo que recordarse que para cuando el cuerpo se descomponía, ya era tarde.

Mads se obligó a pensar en la inspectora de policía, Anette, y al instante una calidez se le extendió desde el abdomen y alcanzó todo su cuerpo, hasta que le temblaron las piernas y la cabeza le dio vueltas. Hacía tiempo que no se sentía así, que, en su celibato autoimpuesto, no se permitía pensar con el cuerpo porque formaba parte de su castigo, pero decidió dejar que la lujuria corriera por sus venas mientras trabajaba.

Sobre la mesa yacía una preciosa corneja cenicienta que esperaba que la devolviera a la vida. No se trataba de disecar —Mads odiaba esa palabra— sino de conseguir una ilusión de vida, un pájaro en pleno vuelo.

Puso la corneja bocarriba y le abrió el vientre con el bisturí. A continuación, desprendió el plumaje hasta el pico y le dio la vuelta al ave para, con una mirada tierna, empezar a soltar los huesos de la carne. Una vez limpios y secos, sostuvo la delicada estructura blanca y reluciente entre las manos. A continuación sacó una bola de espuma del tamaño adecuado para reconstruir el cuerpo del ave y acarició el suave plumaje.

Al darle la vuelta al pájaro y recortar un pedazo fino de alambre, casi creyó sentir la piel de Anette bajo los dedos y, solo de pensarlo, se mareó. Quería agarrarla de los brazos y besarla en el cuello, en el vientre, en los pechos, hasta que ella se entregara a él y se agarrara de su cuello mientras él la penetraba y mirarla a los ojos mientras ella llegaba al clímax.

Mads introdujo un alambre entre los huesos de cada ala, y luego envolvió otro pedazo de alambre con algodón para dar forma al cuello. Con un picahielos, hizo un agujero en el cráneo para poder sostener el alambre del cuello, que cubrió con el plumaje. Una vez el conjunto volvió a parecer un cuerpo, tuvo que dejar el pájaro a un lado para tocarse. Anette, bella y sudorosa, jadeaba bajo su cuerpo; luego él la imitó, eyaculó y se echó encima de ella, sin aliento. Sus pensamientos parpadeaban mientras los restos se convertían en una sustancia vergonzosa entre sus dedos.

Se levantó de la mesa de trabajo, se quitó una pluma que se le había quedado pegada a la barbilla y abrió el grifo del fregadero. Tenía el cuerpo vacío y la cabeza llena de reproches. Se había quedado sin ganas de trabajar.

ANETTE PULSÓ EL botón superior del ascensor y lanzó una mirada a su compañero, a quien veía cansado, aunque tal vez fuera culpa de la luz del fluorescente. ¡Por Dios, qué pesado se había puesto! Sin embargo, tenía que admitir que parte de su propia irritación probablemente se debiera a los sucesos vividos en las últimas veinticuatro horas.

—¿Por qué iba a suicidarse la compañera de Malthe Sæther? —dijo Jeppe, que parecía tenso—. ¿Me lo explicas? Una señora la mar de simpática sale del trabajo, va a la estación y se tira a las vías del tren, así, de sopetón. Hablé con ella ayer y no me pareció una suicida. Dime, ¿qué sentido tiene esto?

—Tal vez fue un accidente —dijo Anette.

—Andaba con dificultad, ¿quizá tropezó y se cayó? Nueve horas después de que yo hablara con ella sobre Malthe, va y se muere. Otra coincidencia desafortunada.

Las puertas del ascensor se abrieron y la luz de la vivienda de la familia Dreyer-Hoff les dio la bienvenida. Henrik los esperaba con los brazos abiertos, y aunque Anette trató de estrecharle la mano, tuvo que soportar otro sentido abrazo del padre agradecido, que le apoyó la cabeza en el hombro con los ojos cerrados y una actitud de excesiva intimidad. Transcurridos unos segundos, le dio unas palmaditas en la espalda con un gesto muy masculino y se separó de ella sin soltarle los hombros.

—Espero que sus jefes sepan valorarla como merece. Yo creo que tendrían que darle una medalla.

—Gracias, pero solo hacía mi trabajo —dijo Anette, algo avergonzada—. Nos alegramos mucho de que Oscar esté a salvo.

Tras sujetarla un instante más, por fin la soltó.

—¿Puedo ofrecerles café? Fuimos a buscar a los niños y hoy no van a la escuela, íbamos a desayunar.

En la cocina, Victor y Essie estaban sentados en la isla frente a sendos platos de huevos revueltos y tostadas. Había salido el sol y se reflejaba en el agua, de modo que el piso se había llenado de destellos luminosos que bailoteaban por las paredes y las caras. Anette les dedicó una sonrisa.

—¿Cómo estáis, contentos de volver a casa?

—Bueno —contestó Victor con un encogimiento de hombros mientras que Essie asentía con timidez. Henrik agarró a su hijo del cuello con un ademán afectuoso.

—Vic, ¿por qué no os lleváis el desayuno al salón y os ponéis una película mientras yo hablo con la policía?

—Vale, papá.

Los niños se levantaron, agarraron sus platos y se fueron al sofá rosa del otro extremo del piso mientras Henrik se apoyaba en la isla de la cocina.

—Me gustaría saber si Oscar es sospechoso de estar implicado en el asesinato de su profesor —preguntó Henrik en un tono desenfadado, como si fuera un tema trivial y, al parecer, sin acordarse de su ofrecimiento de café.

Jeppe tomó asiento en un taburete y puso las manos abiertas sobre la mesa, como un jugador de póker sin nada que ocultar.

—¿Por qué lo pregunta?

—Ustedes lo encontraron medio muerto de hambre y sed en una isla desierta. Oscar es una víctima, no un asesino.

—¿Qué quiere decir?

—Ya saben lo que quiero decir —dijo Henrik, que se cruzó de brazos—. Quienquiera que matara a ese pobre profesor no tiene nada que ver con mi hijo.

Anette se dio cuenta de que Henrik estaba haciendo un esfuerzo enorme por no alterarse, y un matiz cortante se asomó a su tono relajado.

—Oscar es un chico muy sensible de quince años a quien todo le parece difícil: el colegio, hacerse mayor, el mundo en general… Creo que se fue con el barco porque quería escapar de todo, una tontería adolescente muy teatral, y si no fuera por su compañera, podría haber tenido consecuencias fatales —concluyó con un gesto de reconocimiento para Anette.

—¿Le ha dicho Oscar que es eso lo que pasó? ¿Está consciente?

—Mi mujer me ha dicho que ha despertado y está relativamente lúcido, pero aún no ha hablado de lo que sucedió, lo hemos deducido nosotros.

—Entonces, ¿Oscar no ha dicho si lo secuestraron?

—No.

—Tenemos muchas ganas de tomarle declaración. Iremos a hablar con él enseguida— afirmó Jeppe mientras se sentaba derecho. Anette estaba lo bastante familiarizada con su lenguaje corporal como para saber que se disponía a cambiar de tema—. ¿Dónde estaba el viernes por la noche?

—Aquí, en casa, ya me lo preguntaron.

—¿No se pasó ni un momento por la oficina?

—No.

Respondió de inmediato, pero a Anette no se le escapó un relampagueo en su mirada.

—Muy bien —dijo Jeppe mientras volvía a acodarse sobre la encimera—. Tengo entendido que trabajaba en otro sector antes de fundar Nordhjem, en una empresa de suministros industriales, ¿es correcto?

La pregunta pilló a Henrik totalmente por sorpresa.

—Bueno, hace ya mucho tiempo, seis años más o menos, pero es correcto.

—¿Qué puesto ocupaba?

—Jefe de ventas.

Anette vio que Jeppe asentía como siempre que se disponía a atacar a su presa por el flanco, con la cabeza algo ladeada y la vista clavada en un punto del suelo.

—¿Y es verdad… —continuó—… que por aquel entonces era también consejero personal de Margit Smith, que hace seis meses se convirtió en directora ejecutiva de la planta incineradora de Amager?

Henrik asintió con desconfianza.

—Tengo una buena red de contactos en el mundo empresarial, en la política… conozco a Margit, pero… perdón, evidentemente quiero colaborar, pero es que no entiendo adónde quiere llegar con todo esto.

Jeppe se encogió de hombros de una forma casi imperceptible y Anette supo que estaba buscando una grieta en la fachada y que era un momento excelente para dejarlos solos.

—Perdón, voy un momento al baño.

Recorrió el largo pasillo casi de puntillas para no hacer ruido y encontró a Essie sola en el sofá con el plato en el regazo y los ojos clavados en la pantalla. Carraspeó para llamar su atención. Del susto, la niña se sobresaltó y se llevó las manos al pecho.

—Perdona, no quería asustarte, es que estoy buscando el baño. ¿Dónde está Victor?

La niña dejó el plato en la mesita y contempló con disgusto una manchita de mantequilla en la tapicería rosa del sofá.

—En su habitación, dice que no quiere ver la tele.

—No te preocupes, eso se va con agua. ¡Mira! —dijo Anette mientras mojaba un dedo en un vaso de agua y frotaba la mancha mientras rezaba por no estar cargándose un sofá que debió de costar cientos de miles de coronas—. ¿Qué estás viendo?

—*Riverdale* —murmuró Essie. Su lenguaje corporal daba a entender que se sentía muy incómoda ante la presencia de un adulto desconocido. Anette titubeó, consciente de que no le estaba permitido interrogar a solas a una niña de diez años.

—Essie, le dijiste a mi compañero que tal vez tu padre se fuera a trabajar el viernes por la noche, ¿te acuerdas?

—Papá estaba en casa.

—Ya, pero es que a mi compañero le dijiste que se fue al trabajo.

—Me equivoqué —dijo con la mirada clavada en su plato.

—Vale —respondió la inspectora con una sonrisa.

—¿Qué está pasando aquí?

El plato de Essie cayó al suelo y se hizo añicos. Con un resoplido exasperado, Henrik se interpuso entre Anette y la niña y empezó a recoger huevo revuelto del suelo.

—Tenía que ir al baño.

Henrik se levantó con el plato roto en las manos y los ojos echando chispas.

—Creo que ya han hecho suficientes preguntas por hoy, ¿no les parece?

# 25

—AQUÍ TIENES, JENNY. Espero que no lo tomes con azúcar, porque no nos queda. No sé dónde lo metemos.

Jenny Kaliban miró a la trabajadora social, sentada al otro lado de la mesa, y luego el café de la máquina en un vaso de plástico que le había puesto delante. Junto a la taza había un sobrecito de leche en polvo y una cucharilla de plástico. La trabajadora social tenía su misma edad, pero el cabello canoso le caía en rizos desangelados alrededor de una cara cansada. Sin embargo, las uñas recién esmaltadas de rojo relucían como una isla de esperanza en un mar moribundo. «Se diría que nació para trabajar en la oficina de empleo», pensó Jenny con malicia. O tal vez fuera el entorno lo que la había convertido en lo que era.

«¿Qué hago aquí?», se preguntó Jenny. ¿Cómo era posible que ella, que vivía por la estética, hubiera acabado teniendo que humillarse año tras año en ese espacio sin alma con una mano delante y otra detrás?

Sintió que la ira burbujeaba en su interior, y supo que con quien estaba furiosa era consigo misma. Era todo culpa suya. Sin querer, había roto con su familia, que ni siquiera le permitía ir al hospital para ver a su sobrino. Pero no era ella la única culpable, ellos le fallaron primero. ¡Y la sociedad también! Los artistas siempre habían dependido de la caridad de las clases altas, pero su generación se dedicaba a humillar a los artistas, que se veían obligados a hacer cosas indignas para salir del paso y, además, tenían que soportar las faltas de respeto mal disimuladas de la sociedad.

—Aún trabajas en el museo, por lo que veo aquí, aunque no pagan mucho —murmuró la trabajadora social mientras tecleaba en su ordenador y la miraba por encima de las gafas de pasta.

—No, no me da para vivir, igual que con el subsidio que me dais.

—No soy yo quien decide tu subsidio —le espetó sin dejar de teclear.

—Pero sí decides si merezco recibir un complemento, ¿no es para eso para lo que vengo, a bajarme los pantalones y airear mis miserias?

La mujer seguía tecleando con un rictus severo. Jenny sabía que nunca conseguiría que la entendiera, pero no podía dejar de intentarlo, no podía quedarse callada ante tanta ignorancia.

—El siglo XXI pregona la muerte de la estética. ¡A la mierda la religión, la ciencia y la espiritualidad! El alma humana siempre ha tendido hacia la belleza, tanto en el arte como en el lenguaje y la música. Si la perdemos, perderemos nuestra razón de ser, ebrios de ropa de rebajas y tetas operadas. La gente prefiere ver programas de talentos en televisión que escuchar el cuarteto de cuerda de Prokofiev. *La beauté sauvera le monde!* ¡Ojalá!

—Lo que veo aquí, Jenny, es que has agotado tu derecho a un ingreso suplementario, que solo se concede durante treinta semanas dentro de un período de ciento cuatro.

—¿Cómo? ¿Que ya no me daréis más dinero?

La trabajadora social echó la cabeza hacia atrás para observarla a través de los cristales sucios de sus gafas.

—Recuperarás el derecho al ingreso si en los informes de los próximos seis meses consta que trabajas más de ciento cuarenta y seis horas mensuales.

Jenny notaba el pulso, que le latía con fuerza en el cuello.

—¿Y de qué voy a vivir?

—De tu trabajo.

—No puedo vivir de la limosna que me pagan en el Thorvaldsen, ¡con ese dinero no me llega para el alquiler y para comer!

La trabajadora social apoyó los codos sobre la mesa, como si se dispusiera a contarle un secreto:

—Pues tendrás que trabajar más o reducir tus gastos. No es culpa del Estado que no sepas administrarte.

Jenny contempló sus manos encallecidas, las uñas cortas y sucias por el trajín diario con lienzos y pinturas.

—¿No pueden darme el subsidio en efectivo?

—Mientras puedas trabajar, no —le respondió la mujer mientras se quitaba las gafas—. ¡Quizá ya va siendo hora de que te busques un trabajo de verdad!

Jenny sintió que todas las puertas se cerraban de golpe a su alrededor, notó en la boca del estómago la sensación de pánico crónico cuyo mordisco hacía que la bilis le subiera hasta la garganta.

—Disfrutas con esto, ¿a que sí? Obligar a una artista agotada a ponerse a trabajar de limpiadora. Pero te olvidas de lo que los artistas hacemos por la sociedad. ¿Qué será del mundo sin personas como yo?

—¡Gracias y hasta la próxima! —la despachó la trabajadora social antes de volverse hacia su pantalla y ponerse a teclear.

Jenny se levantó con tanto ímpetu que derribó la silla. Enderezó la espalda y, con toda la dignidad que pudo reunir, le espetó:

—¡Tienes las manos manchadas de sangre!


CUANDO JEPPE Y Anette llegaron a la entrada de la unidad de cuidados intensivos del Rigshospitalet, una enfermera les salió al encuentro y los dirigió a paso rápido al despacho de la médica de Oscar, a quien encontraron zampándose un bocadillo sin despegar la vista del ordenador.

—Buen provecho, perdón por interrumpir, pero somos de la policía, ¿podemos hacerle unas preguntas muy rápidas? —preguntó Jeppe sin pasar del umbral.

—Un segundo, enseguida estoy con ustedes —dijo la médica y, tras dar un último mordisco al bocadillo, arrojó el resto en la papelera y les indicó que pasaran mientras acababa de masticar.

—¿Cuándo trasladaron a Oscar desde urgencias?

—Hace una hora —informó la doctora tras comprobarlo en la pantalla—. Ha estado estable toda la noche y respira sin ayuda, así que nos lo pasan a nosotros. Está en buenas manos, aquí estará vigilado veinticuatro horas y, además, su madre está con él.

—¿Está consciente?

—Duerme mucho, con vigilias cortas, es normal, con todos los analgésicos que se le han administrado.

—Pero ¿saldrá adelante? —preguntó Anette.

La mujer meneó la cabeza en aire evasivo.

—Con su edad y condición física, el pronóstico es bueno, pero la hipotermia y la deshidratación lo ponen en riesgo de fallo orgánico múltiple durante varios días. Por lo que hemos visto, tiene el hígado afectado, para empezar.

—Imagino que los de la Científica se habrán puesto en contacto con ustedes para examinar al paciente —dijo Jeppe.

—Vienen esta tarde.

—Perfecto. ¿Presentaba señales de violencia o agresión? Marcas en la piel, fracturas, algo que les llamara la atención…

—No. Arañazos superficiales en los brazos y hematomas, pero nada fuera de lo que cabría esperar en alguien que se ha pasado cuatro días en una isla desierta. Aunque…

—Diga.

—Le lavamos el estómago porque sospechábamos que podía estar bajo los efectos de una sobredosis de paracetamol, pero han pasado tantos días que tardaremos en tener los resultados. El laboratorio tendrá que analizar el contenido del estómago para que podamos estar seguros, pero tiene toda la pinta.

—¿Sobredosis de analgésicos? —preguntó Jeppe sorprendido.

—Puede indicar un intento de suicidio —dijo el médico—. Pero también puede que le administraran las pastillas a la fuerza, eso tendrá que aclarárnoslo Oscar.

—¿Podemos pasar a verlo? Un psicólogo de la policía vendrá con nosotros para asistir a la entrevista.

—Aún está muy débil, pero podemos ir y ver qué pasa.

Los condujo a una habitación en el otro extremo del corredor, llamó a la puerta suavemente y entró. Jeppe y Anette esperaron un momento para que tuviera tiempo de prevenir a Malin antes de entrar. Al salir, la doctora les dirigió una mirada de advertencia:

—¡Cuidadlo bien!

En la cama había un chico flaco con una vía en el dorso de la mano y la cara vuelta hacia la pared. La madre estaba sentada bajo el póster de una morsa colocado de cualquier manera y no apartaba los ojos de su hijo.

—Hola, Malin, ¿duerme?

Ella negó levemente con la cabeza.

—¿Y tú? —preguntó Jeppe con una sonrisa—. ¿Has dormido aquí en el hospital?

—En el sofá de la sala de familiares.

La confianza es una cosa extraña, uno de los cimientos de las relaciones humanas de los que menos se sabe. Sabemos que exige sinceridad, fiabilidad y transparencia y que, en el fondo, es una cualidad binaria: o hay confianza o no la hay. Y en esa habitación de hospital se hizo evidente enseguida que la confianza de Malin Dreyer-Hoff en Jeppe se había esfumado. En algún momento de su relación, él había dado un paso en falso, ella se había cerrado en banda y le recordaba con su mirada estoica la fragilidad de las relaciones humanas. Hasta la morsa parecía mirarlo con reproche.

La puerta se abrió y Mosbæk se acercó a la cama. El psicólogo llevaba su sempiterna bolsa de cuero llena hasta los topes y la correa se le clavaba en la barriga cubierta con una camisa de cuadros. A la luz intensa de la habitación, su barba rojiza refulgía, y olía a bosque y a huerto.

—Hola, Mosbæk, me alegro de verte. Estos son Oscar y su madre, Malin.

—¿Qué hay? —replicó Mosbæk mientras soltaba su bolsa para saludar a Malin con un gesto cálido mientras arrastraba una silla hasta la cama y obligaba, amable pero implacablemente, a los policías a apartarse.

—¿Os ponéis en esa esquina para dejar un poco tranquilo a Oscar?

Jeppe le hizo un gesto a su compañera y se cambiaron de sitio para dejar al psicólogo solo junto a la cama.

—Mejor así. ¡Tan amontonados no se puede ni hablar ni pensar! —entonces centró su atención en el chico—. Me llamo Mosbæk, soy psicólogo de la Policía. Antes tenía nombre de pila, pero hasta mi mujer ha dejado de usarlo, así que tú también puedes llamarme Mosbæk. —Oscar, que seguía mirando la pared, no reaccionó y Mosbæk siguió—: He venido para asegurarme de que estás bien y para averiguar lo que te pasó.

Entonces, el muchacho giró la cabeza con cautela.

Jeppe sonrió a Anette. Una de las grandes ventajas de Mosbæk era su habilidad para ganarse a la gente y conseguir que se relajara.

—¿Te ves con fuerzas para hablar conmigo?

—No recuerdo mucho de lo que me pasó —dijo Oscar con aire dubitativo—. Es como si mi cerebro no funcionara bien.

Mosbæk sacó un cuadernillo de su bolsa y le dedicó una sonrisa inocente.

—Estas notas son solo para mí, es que no me suelo acordar ni de lo que he desayunado. Cuéntame lo que sí recuerdas, para empezar.

El muchacho se incorporó sobre los codos y alargó la mano en busca del vaso de agua de la mesilla. Mosbæk lo ayudó a alcanzarlo.

—Bueno, me acuerdo de mi familia, de dónde vivimos, del instituto y esas cosas, no es que se me haya ido todo. Pero al pensar en los últimos días... está todo mezclado. Recuerdo llegar al fuerte en el barco.

—¿Ibas solo? —intervino Anette.

—Creo que sí.

—¿Y qué hiciste antes de salir? ¿Estuviste con alguien? —interrumpió Anette.

—No pasa nada, Oscar, nos lo vamos a tomar con calma —aseguró Mosbæk con una mirada de advertencia a Anette—. ¿Cómo te encuentras?

Sentada en el borde de la silla, Malin miraba a su hijo con los ojos muy abiertos. Quizá ella no le había preguntado algo tan sencillo y esencial. Tal vez nadie lo había hecho.

—No lo sé —dijo el chico, y se echó hacia atrás, como si estuviera conteniendo algo.

Jeppe oyó que Mosbæk respiraba por la nariz y supo que el psicólogo le sonreía al chico.

—No pasa nada. Los médicos encontraron restos de paracetamol en tu estómago, ¿recuerdas si lo tomaste?

—No —susurró Oscar.

—¿Por qué te fuiste con el barco?

—Porque no podía más, a lo mejor...

—¿Tenías problemas con alguien? ¿Con Malthe Sæther, tal vez? —preguntó Mosbæk con afabilidad.

—¿Malthe? ¿Mi profesor de Lengua? —Oscar se rascó la nariz con perplejidad.

Mosbæk se giró hacia Jeppe y Anette para preguntarles con la mirada si podía contarle a Oscar lo que había sucedido, pero Malin se les adelantó:

—Cariño, a Malthe lo encontraron muerto. Asesinado. Por eso te hace tantas preguntas la policía —dijo sin hacer amago de levantarse de la silla.

Oscar resopló y Mosbæk le tomó la mano.

—Es mucho que encajar de golpe, lo entiendo. ¿Estás bien? —Oscar no parecía estar nada bien, parecía un ciervo segundos antes de ser atropellado—. Vamos a hacer un descanso —concluyó Mosbæk mientras le daba unas palmaditas.

—¿Y el mensaje? ¿Lo escribiste tú como carta de despedida? —Jeppe siguió hablando a pesar de que Mosbæk lo fulminó con la mirada—. Malthe iba a ayudar a uno de sus alumnos el viernes por la tarde. ¿Eras tú? ¿O Iben?

—¿Iben está bien? ¿Puedo verla? —preguntó Oscar, que se había echado a llorar.

Entonces Malin se levantó.

—La verás cuando te encuentres mejor, cariño —dijo, y el muchacho se cubrió la cara con las manos—. Os acompaño afuera —anunció la madre a los demás.

En la puerta, Jeppe se detuvo.

—Ayer hablé con Jenny, tu hermana. Me dijo que Oscar llevaba una época pasándolo mal y…

A Malin se le endureció la mirada.

—¿Y ella qué sabrá, si no se ven nunca?

—¿Por qué no?

La mujer se había quedado con la mano en el pomo, preparada para cerrarle la puerta en las narices.

—Mi hermana es… una persona intensa, le gusta generar drama a su alrededor y echar la culpa a los demás. Pide dinero prestado que nunca devuelve, y tampoco se lleva muy bien con Henrik. Quiero a mi hermana, pero… somos muy diferentes.

—Por lo que ella me contó, entendí que teníais una relación muy cercana. Y con los niños también.

—Puede ser —respondió ella mientras giraba la cabeza para mirar a su hijo.

—Malin, ¿qué le pasó a Oscar para que quisiera marcharse con el barco y suicidarse?

—Crees que soy una mala madre, ¿verdad? —La cara de Malin se tiñó de un rubor elocuente. La pregunta pilló a Jeppe tan desprevenido que no supo qué responder—. Te presentas con tus principios y teorías a mirar a mi familia por encima del hombro y a juzgar nuestra manera de criar a nuestros hijos, ¿no es verdad? —Jeppe trató de detenerla con un gesto, pero ya no había quién la parara—: Crees que sabes cómo tratar a un niño como Oscar y lo que de verdad necesita. —Empezó a cerrar la puerta y Jeppe tuvo que dar un paso atrás mientras ella exclamaba—: Pero te equivocas. ¡No tienes ni puta idea de lo que es tener hijos!

# 26

La pantalla se puso en reposo de repente, y Esther tuvo que hacer clic con el ratón sobre el dibujo verde e introducir su clave de usuario. Pasar la mañana ante un ordenador de la Biblioteca Central no era precisamente lo que más le apetecía, pero los artículos científicos de Margrethe Dybris estaban en la base de datos de la biblioteca, a la que no se podía acceder por internet, así que tuvo que ir en persona a imprimirlos.

La sala común parecía una estación de tren de lo ruidosa que era. La llenaba el bullicio de estudiantes y jubilados que entraban y salían sin cesar por las puertas giratorias y tomaban la escalera mecánica del hall luminoso de techos altos que era el corazón del edificio.

Esther meneó con irritación el maldito ratón, que solo funcionaba la mitad de las veces, aunque una parte de ella sentía un cierto alivio por tener una excusa para salir de casa y alejarse de Gregers, con quien últimamente cada vez era más difícil estar. Y no solo porque estuviera especialmente inquisitivo, sino también —no le quedaba más remedio que admitirlo— porque le resultaba incómodo estar en presencia de su miedo a morir. Se avergonzaba de sentirse así, y aún más de un creciente temor: ¿quién cuidaría de Gregers si se volvía dependiente?

Abrió y cerró la carpeta del escritorio y por fin localizó los tres artículos que Margrethe había escrito sobre los ritos funerarios y las tradiciones alrededor de la muerte del pueblo toraya.

Los leyó en diagonal y los envió a la impresora, setenta y dos páginas en total. La impresión le saldría cara, pero necesitaba los artículos.

Mientras esperaba que la impresora terminara, abrió el navegador para escribir «rituales funerarios» en la barra de búsqueda y seleccionó «imágenes». Ya puestos, empezaría a pensar en la cubierta, la parte más fácil de escribir de un libro.

Pasó de largo las fotografías de procesiones funerarias e iglesias, demasiado aburridas y vagas para una imagen de portada, y entonces cambió el término de búsqueda y escribió «reliquias funerarias». ¡Mucho mejor! Encontró fotografías que mostraban desde cámaras funerarias egipcias hasta máscaras funerarias romanas que se usaban para adornar las carrozas fúnebres. Se detuvo a examinar una máscara de color gris muy parecida a la que Jenny le había mostrado en el museo, y clicó en el enlace que la acompañaba, que la llevó a una página llena de nuevas imágenes de reliquias funerarias. Una de ellas, tan pequeña que costaba verla con claridad, mostraba una muñeca descolorida con los ojos cerrados, pero el rostro era claramente femenino y la expresión, soñadora. La muñeca yacía sobre terciopelo negro, que le daba profundidad y contraste a la imagen. ¡Algo así podría funcionar!

Trató de ampliar la imagen, pero le salió una pantalla de ingreso a una página llamada ninthcircle.com. Si conseguía localizar la imagen, ¿podría comprar los derechos? La pregunta era cómo llegar hasta ella, porque clicara donde clicara, no conseguía escapar a la pantalla de ingreso.

Un timbrazo en el ordenador le hizo saber que la impresora había terminado. Esther cerró la sesión, recogió sus cosas y fue a la sala de impresoras.

Ninth Circle. ¿Quién podría ayudarla a ponerse en contacto con ellos?

—¿CÓMO DE MAJARA está? Dice que no recuerda nada, ¿podemos contar con que dice la verdad? —preguntó Jeppe mientras daba una patada a un terrón en el césped del jardín interior del hospital. El invierno había causado estragos en la hierba, o tal vez fueran las hordas de niños que iban y venían de la zona de juegos del extremo del jardín, lo que no la dejaba crecer. Miró a Mosbæk y a Anette, que se dedicaban a inspeccionar los pocos bancos del jardín en busca de un lugar para sentarse, y se preguntó si haría mal en encenderse un cigarrillo.

—¿Majara? ¿En serio? —Mosbæk se metió las manos en los bolsillos como para dar a entender que renunciaba a sentarse—. Creo que la última vez que oí ese diagnóstico fue en 1955.

—¿Y cómo calificas tú a un chaval que coge un barco para matarse? ¿Estresado?

Mosbæk, acostumbrado a la retranca de Jeppe, sonrió a Anette. En realidad, los investigadores, después de sus reservas iniciales, habían llegado a respetar muchísimo a aquel psicólogo asociado a la policía.

—Es posible que esté sufriendo una especie de reacción defensiva prolongada.

—¿Cómo? —dijo Anette mientras se ponía una mano detrás de la oreja para fingir que no había oído bien—. ¿Se supone que tengo que saber lo que significa?

Mosbæk negó con la cabeza sin dejar de sonreír.

—Síndrome de estrés postraumático, o la conmoción posterior a una experiencia traumática con la consiguiente pérdida de memoria. Eso o fingir que no recuerda lo que pasó porque tiene algo que ocultar. Necesito pasar más tiempo con él para estar seguro.

Un niño con la cabeza sembrada de tirabuzones rubios, una tirita en la frente y el trasero abultado por el pañal, corrió hacia los tres y se quedó mirando con perplejidad las piernas de aquellos adultos desconocidos hasta cerciorarse de que ninguno de ellos era su madre. En ese momento regresó trastabillando a la zona de juegos. Jeppe observó cómo se acercaba a una mujer con los brazos alzados para que ella lo levantara en volandas y lo pusiera a salvo, con la confianza que todos depositamos en nuestros padres desde que nacemos. Con esa imagen, se volvió hacia los demás.

—¿La experiencia traumática es la muerte de Malthe?

—Es posible que el chico esté conmocionado por la muerte de su profesor, pero también por lo que le ha pasado a él —opinó Mosbæk mientras se acariciaba la larga barba con la mano hasta darle forma de punta—. Pero es difícil saberlo si él no habla. ¿Sabéis si su relación iba más allá de la de alumno-profesor?

—Había cierta intimidad entre ellos —dijo Jeppe con un encogimiento de hombros—. Pero no sabemos hasta qué punto.

—Que no se acuerde de nada le viene fenomenal, la verdad —intervino Anette—. Pero no me imagino qué otro motivo aparte del suicidio puede tener un chaval para navegar hasta una isla abandonada, hundir el barco y tragarse dos cajas de paracetamol.

—Puede que alguien le obligara a hacerlo —sugirió Mosbæk, enarbolando el dedo índice—. ¿Vuestra hipótesis es que mató al profesor y puso pies en polvorosa?

—Sí —respondió Anette mientras Jeppe negaba con la cabeza. Mosbæk miró de uno a otro.

—Sigue todo igual que siempre, por lo que veo. ¡No olvidéis la navaja de Ockham, queridos amigos!

Anette suspiró.

—¿Ahora me toca preguntarte a qué te refieres para que nos deslumbres con tu sabiduría?

—Por supuesto —repuso Mosbæk con una sonrisa—. La navaja de Ockham es un principio epistemológico que significa que la teoría basada en el menor número de hipótesis es la más válida, y hay que cortar al máximo lo superfluo para llegar hasta la teoría más sencilla.

Jeppe contempló el pedacito de cielo sobre sus cabezas, encajado entre las moles grises del complejo hospitalario. Las nubes blancas parecieron detenerse en una instantánea, con el bullicio de los niños y los graznidos de las gaviotas como sonido de fondo.

Un graznido como el chirrido de las vías del tren.

—Lo siento, Mosbæk, pero la navaja se ha topado con un nudo —dijo Jeppe mientras miraba a Anette—. Un nudo llamado Lis Christensen.

—¿En serio? —preguntó ella, y puso los ojos en blanco.

—No tenemos más remedio que investigarlo.

Mosbæk levantó las manos con exasperación.

—¿Alguien tendría la amabilidad de contarme quién es esa tal Lis?

Jeppe se sacó el tabaco del bolsillo.

—A Lis la atropelló un tren el martes a las cinco de la tarde, mientras Oscar estaba en el fuerte. Si resulta que la empujaron, Oscar no pudo haberlo hecho de ninguna manera.

—¿Pretendes que entienda algo con esa explicación? —dijo el psicólogo cruzándose de brazos—. Si enciendes un cigarrillo, voy a darte una colleja.

—Perdona, Mosbæk, es que todo esto es demasiado complicado como para explicarlo bien —dijo el inspector, que volvió a guardarse el tabaco—. ¿Vas a hablar con Oscar de nuevo?

El hombre asintió con un suspiro.

—Aunque dudo que hoy recuerde nada más. Está muy frágil y no parece que su madre sea el mejor apoyo en estos momentos, por más que ella se esfuerce.

—¡Eres un blando, Mosbæk! —le soltó Anette mientras le daba palmaditas en la espalda.

—Mira quién habla —replicó él con una carcajada—. Que quiera sonsacarle información no significa que no pueda preocuparme por su bienestar.

—Gracias —dijo Jeppe—. Llamaré a la Central para averiguar quién se encarga del atropello del tren. Quizá Lis Christensen tenga algún familiar que quiera hablar con nosotros.

Mientras hacía la llamada, Jeppe contempló a su compañera, que había adelgazado aún más los últimos días. Los pómulos se le asomaban a la cara como una visita inesperada y le daban un aspecto delicado y vulnerable, un aire casi romántico nada típico de Anette Werner.

«Si no la conociera —se dijo Jeppe—, creería que está enamorada.»

Las últimas mediciones muestran que las emisiones de $CO_2$ han aumentado otra vez este año. A pesar del Acuerdo de París, que debía velar por su reducción o, como mínimo, por su estancamiento, hay muchos signos de que las emisiones de $CO_2$ globales de este año van a romper todos los récords. Si no reducimos de forma significativa las emisiones de gases de efecto invernadero en los próximos...

Kasper Skytte apagó el boletín de noticias de la radio y devolvió su atención a la maleta abierta que tenía encima de la cama. Un par de zapatos de recambio, pantalones, camisetas y ropa interior limpia para cinco días, el ordenador, las fotografías familiares más importantes, la tarjeta del banco suizo. ¿Qué equipaje debía llevar alguien que no sabía si iba volver a casa cuando solo podía coger lo que cabía en una maleta de mano para no tener que esperar junto a la cinta de equipajes y poder salir corriendo en cualquier momento? La respuesta era no mucho y, en todo caso, mucho menos de lo que le gustaría.

Vació el vaso de vino de Oporto y volvió a llenarlo. Se lo había regalado un compañero. Llevaba cuatro días sin conectarse a la intranet del trabajo y bebiendo más que nunca, y la cuestión era si una adicción sustituía a la otra, pero de eso ya se preocuparía cuando estuvieran a salvo.

Kasper repasó su lista mental de tareas con la mirada puesta en la maleta. Desde el momento en el que la huida se convirtió en una realidad, se sentía especialmente despejado. Le parecía mucho más seguro fugarse que quedarse a ver lo que pasaba.

El único problema era Iben.

Huir sin ella era inconcebible. Solo tenía quince años, no podría arreglárselas sola y, además, la quería. Pero ¿cómo iba a conseguir que se fuera con él?

Cerró la maleta y comprobó que no la había llenado tanto como para no poder cerrar la cremallera. Al dejarla en el suelo, oyó las llaves en la puerta. Eran apenas las dos, eso significaba que se había saltado la última clase. Por el sonido de pasos seguido de un susurro distante supo que se había metido en su habitación y que probablemente creyera que estaba sola, puesto que él no solía llegar tan temprano. Kasper esperó y oyó que ella abría cajones y movía cosas de sitio mientras farfullaba para sí con agitación.

Muy sigiloso, Kasper prestó atención a los sonidos de su hija, como había hecho muchas veces cuando era niña y él se paraba a escuchar cómo jugaba. Se había esforzado muchísimo para estar a la altura como padre soltero, para ser todo lo que ella necesitaba. Y, durante un tiempo, lo consiguió, la adoración de su hija había sido total y su amor, infinito y puro. Pero de aquello ya no quedaba nada.

La oyó maldecir en voz baja y pensó que habría que grabar las voces de los hijos, inmortalizar sus sonidos más que su imagen. Se levantó con cuidado y se dirigió a la habitación de Iben. Desde la puerta abierta contempló a su hija, que ya no era su angelito de mejillas redondas, sino una adolescente esbelta y angulosa y con una testarudez que él era incapaz de comprender. Quizá hasta tuviera novio y todo.

Iben no lo vio, ocupada como estaba en llenar su bolsa de deporte grande con pilas de camisetas y vaqueros que sacaba de la cómoda y embutía en la bolsa de cualquier manera. Kasper no pudo evitar esbozar una media sonrisa ante lo irónico de la situación, cuando él llevaba rato ensayando cómo le pediría que metiera en una bolsa lo que creyera más importante lo antes posible en cuanto llegara del instituto. Aunque sospechaba que, si ella hacía las maletas, no era para fugarse con él.

—¿Adónde vas?

Al oír su voz, la chica dio un respingo y se llevó la mano al pecho.

—¡Papá! Joder, ¡qué susto! No sabía que estabas en casa.

—Estás haciendo la maleta, ¿adónde vas? —le preguntó con una sonrisa. Ella se miró los calcetines, era evidente que estaba furiosa—. Déjame que lo adivine: ¿a unas colonias de las que yo no sabía nada? —Era consciente de que era una tontería ponerse sarcástico, pero no pudo evitarlo—. ¿A una excursión con Greenpeace que se te olvidó comentarme?

—Papá, ¡para ya!

—¿O te vas por ahí con tu novio? Soy consciente de que ya te toca hacer esas cosas.

Ella se le acercó para cerrarle la puerta en las narices, pero él no se movió y la mantuvo abierta. Iben se cruzó de brazos.

—¿Ahora te preocupa adónde voy? Antes no te importaba una mierda.

Kasper estuvo a punto de echarse a reír ante lo desesperado de la situación sin dejar de pensar en lo curioso que era que en los momentos más graves de la vida la risa fuera la respuesta del cerebro. Seguro que tenía algo que ver con la supervivencia.

Kasper inspiró profundamente, tomó la cara de su hija entre las manos y, muy serio, le dijo:

—Mi niña, por una vez escucha lo que te digo: en menos de una hora saldremos en coche en dirección a Zúrich, donde tengo que hacer algo importante mañana. De allí volaremos a Johannesburgo. Coge algo de ropa y llévate los libros del instituto, porque tardaremos algún tiempo en volver. No puedes decirle a nadie adónde vamos, ¡bajo ningún concepto! Te lo explicaré todo más tarde.

Ella se soltó.

—¿De qué cojones hablas? ¿En serio crees que me voy a ir a Sudáfrica contigo? ¡Y una mierda! —le dio la espalda y siguió metiendo ropa en la bolsa de deporte.

En dos pasos, Kasper la agarró, y los hombros enjutos de la joven saltaron del susto.

—¡Suéltame, joder, me haces daño!

La zarandeó. En todos los años de llanto nocturno y ataques de histeria, Kasper no le había puesto jamás la mano encima a su hija, ni una sola vez. Pero sus dedos se clavaban en la carne mientras la sacudía con todas sus fuerzas.

No le quedaba más remedio, Iben tendría que hacer lo que le decía, costara lo que costara.

# 27

RESULTÓ QUE LA recientemente fallecida profesora de Matemáticas del instituto Zahles Lis Christensen llevaba treinta y ocho años casada con Robert Christensen, fabricante de letreros, y que ambos vivían en una casa adosada en Albertslund, en la parte oeste de Copenhague. En la Central le confirmaron que tras la autopsia, la muerte se seguía considerando accidental, y le facilitaron el contacto de los allegados. Cuando Jeppe llamó a Robert, este estaba rodeado de hijos y nietos, pero aceptó recibir una visita de la policía.

Jeppe y Anette llamaron a la puerta azul entre el griterío infantil que procedía de los caminitos que separaban las casas. «La viva imagen del idilio de las afueras», se dijo Jeppe mientras evocaba la vida que él mismo hubiera podido tener.

Cuando Robert les abrió la puerta, no salieron voces infantiles del interior. Era un hombre alto de pelo ralo, gafas de montura metálica y unas manos enormes. Llevaba una camisa de franela de cuadros azules muy arrugada, como si hubiera dormido con ella puesta.

—Mandé a los chicos a casa, de todas formas ya casi es hora de cenar —les dijo, y señaló un parque cercano—. Nuestros dos hijos y sus familias viven aquí, en el barrio. Cinco nietos en total. Es maravilloso que vivan tan cerca, sobre todo… —Entonces se detuvo y les indicó que pasaran.

La casa era una construcción de dos pisos de los años ochenta, cuadrada y funcional. Su modernidad se contrarrestaba con muebles anticuados, estanterías llenas de libros y fotografías familiares en las paredes. Jeppe echó un vistazo a las estanterías y descubrió los lomos coloridos de varias novelas de misterio que parecían muy gastadas por las relecturas.

—Siéntense.

Robert se sentó en un sofá marrón y les señaló que podían elegir entre la mecedora de madera de haya y una butaca marrón a juego con el sofá.

—Gracias por recibirnos habiéndolo avisado con tan poca antelación. Sentimos mucho lo de su mujer —dijo Jeppe mientras tomaba asiento.

—Gracias —contestó el hombre, muy digno—, es un momento difícil.

—Por supuesto. Me alegro de que tenga cerca a la familia. —Robert asintió de nuevo—. Hemos venido en relación con el asesinato de Malthe, el compañero de Lis. De hecho, hablé con Lis ayer por la mañana.

—Sí, me contó que iban a hablar, pero no pudo volver a casa para contarme cómo había ido. —Robert carraspeó—. Iba a jubilarse en verano y nos moríamos de ganas. Más tiempo para viajar, para los amigos… y para los nietos.

—Qué duro.

—Muy duro, para todos. No nos hacemos a la idea de que ya no esté aquí —dijo, y la voz le tembló al pronunciar la última palabra.

Jeppe le dejó tiempo para recomponerse.

—Sabemos que ya ha hablado con nuestros compañeros, que nos han confirmado que la muerte de Lis se considera accidental.

—Después de que la operaran de la cadera, a Lis le costaba andar. Le quedó una pierna más larga que la otra y, para cuando se dieron cuenta, ya se le había torcido la columna. Se negaba a andar con bastón, aunque yo siempre le decía que era una tontería que corriera el riesgo de caerse y romperse una pierna.

Anette se metió un chicle en la boca con discreción y empezó a mascar con un sonido que desconcentró a Jeppe. Tras lanzarle una mirada que ella ignoró, volvió a centrarse en Robert.

—Por lo que me contó su mujer, ella y Malthe Sæther tenían buena relación.

—Sí, así es. Es terrible lo de Malthe, aún no me lo creo. Lis estaba destrozada. —Robert esbozó una sonrisa triste—. Es una persona tremendamente sensible, no solo con su familia, sino también con sus estudiantes y compañeros.

—Pero no se veían fuera del trabajo, ¿verdad?

—No, Lis siempre mantenía las distancias. Cuando éramos más jóvenes, salíamos mucho con otros profesores, pero dejamos de hacerlo hace muchos años. Demasiadas riñas y parloteo, ¿saben?

El sonido de la masticación insistente de Anette era como un taladro en los tímpanos de Jeppe, que tuvo que contenerse para no ordenarle que lo escupiera allí mismo. Había personas que resultaban irritantes por las cosas que hacían de forma consciente, y otras, por las que hacían de forma inconsciente, y a estas últimas no quedaba más remedio que aprender a soportarlas.

—Lis me contó que Malthe acudía a ella cuando tenía problemas en el trabajo.

—Varios de los profesores más jóvenes lo hacían. Mi mujer fue confidente de muchos compañeros a lo largo de su carrera —dijo Robert con orgullo—. Aunque algunos de sus compañeros de más edad no lo veían bien, supongo que por envidia.

—¿Cuál era el problema con el que Malthe necesitaba ayuda? —Al ver que el hombre titubeaba, añadió—: Entiendo que se trata de conversaciones privadas, pero a Malthe lo han asesinado y tal vez sea importante.

—Contarlo me parece casi una traición —dijo el anciano, y se quitó las gafas para dejarlas en el regazo y masajearse la cara, ensimismado durante unos instantes, para después volver a ponérselas—. Malthe tenía ciertos roces con la dirección porque se tomaba demasiado en serio las escaramuzas de los alumnos. Los adolescentes sienten a lo grande, es lo que toca, pero los adultos no deben involucrarse en sus melodramas, eso es lo que Lis trató que Malthe entendiera. Hay que apoyarlos, pero a veces lo mejor es dejar que ellos mismos resuelvan sus asuntos.

—¿Sabes si esos problemas concernían a Victor Dreyer-Hoff?

—Bueno —Robert gesticuló con desdén—, ese tema ocupaba parte de sus conversaciones, desde luego, pero últimamente a Malthe le rondaba otra cosa por la cabeza, algo más serio. El jueves mismo, él y Lis se quedaron hablando después de clase porque Malthe afirmaba que un familiar había agredido sexualmente a un alumno y no sabía cómo abordar la situación.

Jeppe sintió que el estómago le daba un vuelco.

—¿Le contó Lis de qué alumno se trataba?

—No, era siempre muy discreta. Tampoco sé qué le aconsejó a Malthe, pero seguro que le recomendó que actuara con mucha prudencia, porque en ese tipo de casos hay que andarse con cuidado. Pero noté que la historia le afectaba.

Y ya no vivía para contarlo. El jueves, Malthe pidió consejo a Lis, el viernes lo asesinaron y el martes ella cayó a las vías del tren en la estación de Nørreport.

—No lo molestamos más —dijo Jeppe mientras se levantaba—. Muchas gracias por recibirnos, sentimos muchísimo el fallecimiento de su mujer.

—Nos íbamos a ir a Malta de vacaciones, a ver La Valletta y los palacios de la Orden de San Juan —replicó él con la cabeza muy alta.

Los acompañó a la entrada y les estrechó la mano antes de cerrar la puerta azul. Jeppe y Anette volvieron al coche en silencio, y hasta que no llegaron a la autopista en dirección a la ciudad, Anette no lo rompió:

—Madre mía, qué bajón. ¡Pobre hombre! Se me encoge el corazón solo de verlo. ¿Adónde vamos?

—A la Central. Larsen me ha pedido que fuera. ¿Te vienes o te vas a casa?

Anette aceleró para adelantar a un Volvo.

—A casa, si te parece bien. A lo mejor me paso por el piso de Malthe Sæther un momento, me gustaría echar un vistazo.

—¿Te niegas a creer que los demás hacemos bien nuestro trabajo? —dijo Jeppe con una sonrisa socarrona—. ¿Vas a acabar pronto con ese chicle?

—¡No y no! Te dejo adivinar qué respuesta corresponde a cada pregunta.

Jeppe miró por la ventana del coche. Un alumno, una agresión sexual, Malte y Lis hablando de la mejor forma de abordar la cuestión.

—¿Crees de verdad que la muerte de Lis fue accidental? ¿Un desafortunado incidente que coincide por casualidad con el asesinato de Malthe?

Anette adelantó a un camión sin poner el intermitente, y el minibús que la seguía le mostró su indignación haciendo sonar el claxon repetidas veces.

—Ya sabes que para mí no se trata de lo que crea o deje de creer, Kørner. Pero no, no creo que muriera por accidente, creo que la mataron.


EL PASEO DE la tarde consistió en un recorrido de cien metros, ida y vuelta, junto a la orilla de los lagos. *Dóxa* estaba cansada y apática y Esther no vio motivos para forzarla. Renunció a hacerla subir a rastras por las escaleras y tomó en brazos a la perra, que jadeó con languidez todo el camino hasta el piso de la tercera planta. A Esther le crujían las rodillas, y si no se detuvo en un descansillo, fue por orgullo. La perra gimió y ella la mandó callar con un siseo, consciente de que era una vieja que cargaba con otra vieja.

Aunque, a decir verdad, últimamente se sentía de todo menos vieja. El libro sobre Margrethe Dybris iba tomando forma en su cabeza: un capítulo sobre su juventud en Copenhague, sus viajes a Ghana, Haití e Indonesia, los hombres y su decisión de no casarse para centrarse en su investigación… Las ideas se arremolinaban en su cabeza como los mosquitos en un camping nudista.

Ya en el piso, *Dóxa* correteó esperanzada en dirección a la cocina en busca de su cuenco.

—Un momento, tesoro —le dijo Esther en tono apacible mientras se quitaba la chaqueta y los zapatos en el recibidor—, tengo que hacer una llamada.

Esther marcó el número y Sara Saidani respondió enseguida.

—Hola, Sara, soy Esther de Laurenti. Nos conocemos a través de…

—Jeppe —la interrumpió Sara—. Hola, Esther, qué sorpresa —la saludó con una voz que a Esther le pareció algo fría, pero no antipática.

—No quiero entretenerte. Verás, estoy escribiendo la biografía de una antropóloga danesa y necesito una fotografía para la portada. No es que sepa seguro que se va a publicar, pero al principio tener claras algunas cosas me va bien para el proceso creativo, y también facilita que pueda presentar el libro a una editorial. —Por el silencio al otro lado de la línea, Esther dedujo que se iba por las ramas y retomó el hilo rápidamente—: Bueno, el caso es que he encontrado una fotografía en internet y me gustaría comprar los derechos, pero no sé cómo se hace. Y Jeppe siempre dice que eso de internet a ti se te da tan bien…

De repente, Esther cayó en que tal vez llamar a la novia de Jeppe para pedirle un favor no fuera muy apropiado, pero antes de que pudiera disculparse y colgar, Sara respondió:

—Me gustaría ayudarte, pero creo que por teléfono no llegaremos muy lejos. Hoy trabajo desde casa porque mi hija mayor está enferma, ¿podrías pasarte después de cenar, sobre las nueve? Así lo miramos juntas.

Esther, que no tenía por costumbre salir de casa a esas horas, aceptó agradecida y colgó con un cosquilleo de emoción al pensar en que dentro de poco ya podría ponerse en contacto con alguna editorial para presentar su libro.

*Dóxa* gimió y Esther por fin fue a la cocina, que estaba sumida en la luz vespertina. Al abrir la nevera, vio una sombra junto a la mesa y el corazón le dio un vuelco. Se abalanzó sobre el interruptor para encender la luz, desesperada por ver bien, y encontró a Gregers sentado a la mesa y cegado por la claridad repentina.

—¡Gregers, por Dios, qué susto me has dado! —le gritó Esther, excitada por la adrenalina—. ¿Qué haces ahí a oscuras?

—¡Usted perdone! —replicó él—. Estaba aquí sentado y tranquilo hasta que has llegado y te has puesto a gritar.

Esther sacó el pienso y lo puso en el cuenco de *Dóxa* mezclado con un poco de paté y luego lo dejó en el suelo. Con la perra feliz comiendo a dos carrillos, Esther se calmó y se sentó junto su compañero de piso, momento en el que descubrió que llevaba puestas la chaqueta y la boina.

—¿De dónde vienes? ¿Pasa algo?

Gregers, que tenía delante una hoja de papel, se miró con aire de sorpresa, como si hubiera olvidado que iba vestido para salir.

—¿Qué es eso? —preguntó Esther, y señaló el papel.

—Estaba escribiendo lo que me dijo la doctora —dijo Gregers, que miraba la hoja con confusión.

—¿Me dejas ver?

Esther ojeó los apuntes de la conversación con la médica sobre los resultados de la analítica, anotados con la letra irregular de Gregers. Algunas palabras resaltaban sobre el papel como si estuvieran escritas con tinta roja.

Más pruebas

Grupo de riesgo

Elevadas sospechas

Medio de contraste

—Bueno, pero esto solo quiere decir que quieren mirarte de arriba abajo para asegurarse de que no tienes nada grave.

Se hizo el silencio en la cocina hasta que Gregers se quitó la boina y la dejó sobre la mesa como un músico callejero a la espera de que le llovieran las monedas.

—Es que… —le temblaba la voz—… tengo miedo de morirme.

Esther sintió una intensa vergüenza al enfrentarse al miedo a morir de Gregers mientras ella jugueteaba con la muerte como si fuera una curiosidad, una mera fuente de emoción e interés.

Le agarró fuerte la mano.

—Todos tenemos miedo a morir, pero nadie ha dicho que tú estés más cerca de morirte ahora que hace un mes. Ni que lo esté yo, ya que hablamos del tema —dijo Esther con una convicción que andaba lejos de sentir y que le sonó hueca.

Su amigo clavó la mirada en la boina.

—Es que lo de morir… Siempre creí que me encontraría bien hasta que alguien me apagara así, ¡zas! Pero ahora ya no estoy tan seguro, esto es como tirarse por un tobogán muy largo… —Gregers cerró los ojos—… hacia la oscuridad.

El tráfico de hora punta empezaba a decaer cuando Anette estacionó en doble fila delante de un aparcamiento de bicicletas que estaba completo frente al portal de Malthe Sæther. Había escrito a Svend para preguntarle si quería que comprara algo para la cena, pero él aún no había respondido. ¿Acaso le había leído la mente, llena de pensamientos infieles? Llevaban tanto tiempo juntos, se conocían tan bien, que ese tipo de cosas debían de notarse, incluso de olerse. Sin embargo, Anette tenía la extraña sensación de que cada vez se conocían menos, que la vida cotidiana había abierto una brecha entre ellos que se hacía cada vez más profunda. Veinticinco años juntos, novios desde el instituto… ¿Aún remaban en la misma dirección?

Cerró el coche de un portazo y se dirigió al portal del profesor de Oscar. Abrió la puerta principal con unas llaves de las que colgaba un letrerito de la Policía Científica y subió al primer piso, donde pasó bajo el precinto policial. Los peritos ya se habían llevado los dispositivos electrónicos, habían recogido huellas, cabellos, cepillos de dientes, hasta Jeppe había peinado el piso, y nada daba a entender que Anette fuera a descubrir algo nuevo. Pero si la inspectora Werner hubiera sido el tipo de persona que se detiene ante la duda, no habría encontrado a Oscar.

Saidani ya había terminado de repasar los correos, la agenda y el historial de búsqueda de Malthe y les había comunicado que no había encontrado nada fuera de lo normal. Pero Anette se decía que todo el mundo tenía secretos. Alguna cosa había arrastrado a aquel joven profesor desde su apacible rutina hasta un montón de basura en una incineradora, y tal vez la respuesta se encontrara en el piso.

El espacio ya daba la impresión de estar deshabitado y el silencio entre las paredes era tangible, como si hubiera llegado para quedarse. Anette se dio cuenta de que había empezado a tararear para compensar tanta quietud mientras iba de habitación en habitación sin encontrar nada fuera de lugar. Irritada, se dedicó a revolver en los cajones en busca de alguna anomalía, convencida de que tenía que haber alguna carta inquietante o fotografías secretas, ¡o un consolador anal, cuando menos! Hojeó los libros de las estanterías, abrió el canapé de la cama y revolvió en el armario del baño. ¡Nada! Hasta las gomas elásticas estaban bien guardadas en la cocina.

Sabían que había renunciado a su encuentro semanal con su novia para ayudar a un alumno. Habló con Josephine por teléfono, cerró el piso con llave y bajó por la escalera. ¿Y entonces qué?

Anette cerró la puerta. ¿Adónde había ido? ¿Había quedado con alguien o se encontró con su asesino por casualidad? A muy poca gente le hacía gracia que la pillaran desprevenida.

Al salir, se detuvo en el portal y se quedó mirando el aparcamiento de bicicletas frente al cual había dejado el coche. A Malthe le gustaba ir en bici. A dondequiera que se hubiera dirigido la noche del viernes, era improbable que hubiese ido a pie, ¿no? Y como sabían que no tenía coche, debían suponer que había ido en bici o en transporte público.

—¿Vienes del piso de Malthe?

Anette se giró hacia la voz y vio a una mujer vestida con un poncho de lana que fumaba sentada en las escaleras del sótano que quedaban junto al portal. Los colores chillones de estilo rastafari del poncho hacían que, por contraste, su piel escandinava pareciera del color del cartón mojado.

—¿Lo conoces?

—Sí. Yo no vivo en este edificio, pero tengo una tienda, nos conocemos de vista. Qué horror, me cuesta creer lo que le pasó —exclamó la mujer con el cigarrillo en precario equilibrio en la comisura de la boca—. ¿Tú también eres de la policía? Esto ha sido un hervidero todo el fin de semana.

Anette asintió.

—Investigadora del Departamento de Homicidios.

—¡Qué me dices! No sabía que a las mujeres les permitieran entrar —dijo, y guiñó un ojo para dar a entender que bromeaba.

—Oye, ¿no habrás visto la bicicleta de Malthe, por casualidad? Era una bici de carretera verde, de las caras.

—Creo que la dejaba en el sótano, no en la calle —replicó mientras apagaba la colilla en un tarro de cristal que tenía en la escalera—. La última vez que lo vi fue el viernes por la tarde, e iba en su bicicleta.

—¿El viernes por la tarde? ¿El viernes pasado, quieres decir? —preguntó Anette, y dio un paso hacia ella—. ¿A qué hora exactamente?

—Cuando cerré la tienda —explicó mientras señalaba el escaparate del local del sótano, una colección ecléctica e inmensa de artesanía africana—, un poco antes de las siete. Bajó a por la bici mientras yo entraba con los jarrones.

—¿Podrías enseñarme el sótano para ver si está la bici?

La mujer se encogió de hombros y sacó un manojo de llaves con el que abrió una puertecita junto a la entrada de su tienda por la que pasaron al jardín trasero. Al fondo había un sótano de techo bajo lleno de bicicletas.

—No está —anunció.

—Vale, muchas gracias. Cuando lo viste el viernes, ¿te dijo algo?

—Hablamos un par de minutos. No mucho, él estaba menos hablador que de costumbre —respondió mientras rebuscaba bajo el poncho hasta sacar un paquete de cigarrillos arrugado. Curiosamente, al verlo Anette no sintió ningún deseo de fumar—. Recuerdo que le pregunté si no iba poco abrigado, llevaba solo una sudadera de esas con capucha y yo me congelaba solo de verlo, pero me dijo que no le hacía falta, que iba un momento a Østerbro.

Anette sintió que se le ponía la carne de gallina.

# 28

La luz primaveral se apagaba con el atardecer, y la sustituía el resplandor de los fluorescentes en las pocas oficinas del barrio industrial en las que aún quedaba gente a esas horas. Jeppe contempló la transformación mientras manoseaba el marco de la ventana. ¿A quién se le había ocurrido diseñar ventanas que no se abrían para trenes, autobuses y edificios de oficinas como aquel? Aquella ventana le ofrecía vistas de un mundo que no podía alcanzar, de un aire que no podía respirar. Notó el soplido del aire acondicionado en el cuello y sintió un espasmo de claustrofobia seguido por una intensa hostilidad hacia su nuevo lugar de trabajo.

Le sonó el móvil y respondió a la llamada sin apartar los ojos de la central eléctrica que veía a través de la ventana.

—¡Eh, Kørner! —lo saludó Anette a voz en grito. Hablaba muy fuerte en general, especialmente cuando estaba excitada—. Acabo de pasarme por el piso de Malthe Sæther. El viernes sobre las siete de la tarde se dirigía a Østerbro en bicicleta, la mujer de la tienda de su edificio se lo encontró cuando se marchaba.

—Vale, eso se corresponde con la información de la antena telefónica. ¿Encontraste algo en el piso, tal vez una motosierra manchada de sangre que a los demás se nos pasó por alto?

—¿Me dejas vivir un poco? ¡Buenas noches!

—Igualmente, Werner. ¡Recuerdos a Svend y a la niña! —Jeppe colgó y se giró hacia Thomas Larsen, que estaba sentado a su espalda delante de un escritorio doble con los ojos clavados en su portátil—. Una testigo afirma que Malthe Sæther se dirigía a Østerbro el viernes por la noche. La familia Dreyer-Hoff vive allí. ¿Significa eso que iba a encontrarse con Oscar?

—O quizá Malthe fuera a ver a otro miembro de la familia —sugirió Larsen sin apartar la vista de la pantalla.

—¿A quién?

—Un momento, que termino la compra —dijo Larsen, tras lo cual se sacó la tarjeta de crédito de la cartera para introducir el número—. Le prometí a Mette que compraría un portabebés en la tienda eco, hoy hacen un veinticinco por ciento de descuento.

Jeppe se sentó frente a Larsen, puso las manos sobre la mesa y lo miró fijamente mientras él se guardaba la cartera. ¿Un portabebés? Otro compañero que se asomaba al tedioso abismo de la crianza.

—Eso explicaría algunas cosas, ¿no crees? Especialmente si el padre está implicado en el asesinato —sugirió Larsen mientras se apartaba el pelo de los ojos—. Su coartada tiene más agujeros que un colador, podría ser él.

—Pero ¿por qué? —murmuró Jeppe mientras se masajeaba el entrecejo. Había empezado a oír un pitido en el oído derecho—. Supongamos que tienes razón: Henrik le dice a su mujer que tiene algo que hacer en el trabajo, pero en lugar de ir a la oficina va a encontrarse con Malthe Sæther.

—¡Tal vez se encontraron en la oficina! —exclamó Larsen—. También está en Østerbro.

—Vale, pongamos que sí. Henrik se lo carga y lo deja en un contenedor. ¿Por qué?

Larsen parecía excitado como un chiquillo que acababa de romper una piñata.

—¡Creo que lo mató por una estafa!

—¿Una estafa?

—Tengo una teoría —dijo Larsen mientras asentía con convicción—, bueno, más bien una idea. Igual suena un poco complicado, pero en realidad es muy sencillo. ¿Preparado? —Jeppe asintió y él continuó—: He repasado las cuentas de Nordhjem de los últimos tres años. En resumen: la familia Dreyer-Hoff está en la ruina. Después del escándalo, la empresa se acogió a un concurso de acreedores mientras Henrik trataba de conseguir dinero de todas las formas posibles para salvarlos del naufragio. De formas como, por ejemplo, esta —explicó, y sacó de su cartera gravada con sus iniciales una hoja de papel que puso delante de Jeppe.

La hoja parecía una especie de pedido, con tres líneas dedicadas a productos que parecían tecnología punta y un precio de siete cifras en la columna de la derecha.

—¿Esto son más cosas para el bebé? Veo que no reparáis en gastos.

—Encontré un pago importante a una de las filiales de Nordhjem que no cuadraba con mis cuentas —dijo, haciendo caso omiso del comentario de Jeppe—, así que empecé a husmear. Eso que tienes ahí es la factura por la compra de unos precipitadores electrostáticos para la separación de partículas, encargados por la planta incineradora de Amager al proveedor alemán Mirnhof & Schalcke.

—¿De qué me suena ese nombre?

—Henrik antes trabajaba allí, él facilitó el contacto entre la empresa y la planta y se llevó una comisión, cosa que no parece tener nada de raro… a excepción de que, por lo que parece, la venta nunca se realizó.

—¿Cómo lo sabes?

—Tuve que currármelo un poco y hacer un par de llamadas a su Departamento de Contabilidad. ¡En alemán! Mirnhof & Schalcke no tiene constancia de este pedido, es como si no existiera en su sistema, pero a Henrik se le pagó la comisión igualmente. —El teléfono de Larsen parpadeó y él tecleó una respuesta rápidamente antes de continuar—: Perdona, es Mette, que pregunta si me he acordado del portabebés. ¿Qué te parece?

—¿El portabebés?

—¡Anda ya, Kørner!

El inspector apoyó la cabeza entre las manos.

—¿Y todo esto qué diantres tiene que ver con Malthe Sæther?

Larsen frunció los labios mientras reflexionaba.

—¿Quizá lo sabía y le hacía chantaje? Malthe descubre la estafa, amenaza a Henrik con delatarlo si no le paga y Henrik lo mata.

—¡No cuadra para nada! Según todo el mundo, Malthe era un joven idealista —dijo Jeppe, tras lo cual se levantó y se volvió a la ventana que no se abría y no le dejaba respirar aire fresco.

—No conseguiremos que Henrik nos aclare todo esto. ¿Quién de la planta incineradora encargaría este equipamiento?

Larsen reflexionó con un gruñido.

—La incineradora ya ha cerrado por hoy, tendremos que esperar a mañana para llamar y preguntarles. Pero la secretaria de la Asociación Danesa de Residuos me resultó de mucha ayuda, voy a intentar llamarla.

—¿Ahora? —preguntó Jeppe tras ver que iban a dar las ocho.

—Me dio su número de móvil.

Larsen llamó y se identificó por su nombre de pila y, a juzgar por su tono de voz, Jeppe enseguida se hizo una idea de por qué la secretaria le había dado su número personal. Cuando quería, su compañero podía ser encantador. Tras una breve conversación, le dio las gracias y concluyó la llamada con una despedida alegre.

—Vaya, ¡qué interesante! Por lo que me ha dicho, los pedidos de material técnico en las centrales de residuos suelen venir directamente de los ingenieros de sistemas.

Jeppe se dio media vuelta.

—¿Kasper Skytte?

—Eso parece. Skytte y su equipo.

Se miraron a los ojos y Jeppe arrancó su chaqueta del respaldo de la silla.

—Mañana a primera hora haremos una visita a Skytte en la incineradora para preguntarle por este pedido. Tengo que irme, ¿lo dejamos aquí por hoy y nos vamos a casa?

Cuando cerró la puerta del despacho, Jeppe se dio cuenta de que su casa ya no estaba en el mismo sitio de antes.


SENTÍA UN NUDO en el estómago que parecía propagársele por todo el cuerpo. En el pasado había vivido situaciones que la habían puesto muy nerviosa, pero solo muy raras veces y siempre por un motivo de peso. El examen final de Física en el instituto, la espera de los resultados de las pruebas médicas de su padre, la primera ecografía del embarazo… Pero en ese momento estaba sentada en el coche y no se atrevía a entrar en su casa con su marido y su hija.

Anette apoyó la frente en el volante. No había cometido una infidelidad, se aferraba a esa certeza, ¡no tenía por qué tener tan mala conciencia! La gente hacía viajes de trabajo y echaba canas al aire a diestro y siniestro, y luego estaba ella, a punto de vomitar por haber fantaseado con otro hombre. ¡Qué patético!

Se bajó del coche y sacó las llaves de casa. ¿Se sentiría mejor si se lo contaba a Svend? Solían hablar de todo, tal vez él lo entendería. Al fin y al cabo, lo único que pasaba era que sentía cierta atracción por una persona que resultaba ser del sexo opuesto, y Anette siempre había sido una persona curiosa con ganas de vivir. «Es una de las razones por las que me quiere», se dijo mientras abría la puerta principal.

Lo primero que notó fue el olor a frito. Sonaba música de *bossa nova* y oía a Svend cantar en la cocina. Anette colgó la chaqueta del gancho de la entrada y entró con aire titubeante. Esperaba encontrar la casa a oscuras y a Svend dormido en la cama de la niña.

Abrió la puerta de la cocina. Svend le daba la espalda y se afanaba en cortar hierbas aromáticas. El fogón estaba atestado de cazuelas y sartenes llenas de cosas que olían a gloria, y sobre la mesa refulgía un asado bien dorado. Svend tenía una copa de vino al lado y llevaba su delantal preferido. Sus nalgas desnudas parecían indicar que era lo único que se había puesto.

Anette se quedó en la puerta. A veces, antes de tener a la niña, hacían una compra a lo loco —ventresca, codornices, trufa de verano…— y dedicaban un fin de semana entero a cocinar y a hacer el amor. Mientras contemplaba el trasero desnudo de su marido con un escepticismo nada habitual en ella, Anette pensó en todas las cosas que habían dejado de hacer. Ella había adelgazado y se había puesto en forma, mientras que Svend había engordado. Las tiras del delantal se le clavaban en la carne de la espalda.

—Hola, mi amor, no te he oído entrar. —Svend dejó el cuchillo y se secó las manos en el delantal mientras se le acercaba para abrazarla y agarrarle la barbilla en un gesto cariñoso—. Oye, sé que últimamente no he estado de muy buen humor. Es por el cansancio —se disculpó mientras le cubría la cara de besos—. Pero empiezo a encontrarme mejor, creo que me ayuda que haya más luz. ¡Y el sexo! —exclamó mientras la estrechaba contra su cuerpo.

—¡Pero, bueno, menuda bienvenida! —dijo Anette con una sonrisa, y se apartó un poco—. A mí también me apetece una copa de vino. —Fue hacia el armario y sacó una copa limpia—. Huele fenomenal, ¿qué vamos a cenar?

—Mollejas y solomillo acompañados de los primeros espárragos de la temporada y un poco de marido desnudo —explicó

Svend, que se levantó el delantal para mostrarle qué era exactamente lo que le ofrecía.

—¡Hoy estás que te sales! ¿Puedo darme una ducha antes de cenar?

—¡Solo si te das prisa!

Svend devolvió su atención a los fogones y Anette corrió al baño a desnudarse. Abrió la ducha y se puso bajo el chorro de agua, no del todo fría pero sí lo suficiente para que fuera como un bofetón. Svend por fin se había vuelto a enamorar de ella, por fin volvía a quererla a su lado. ¿Por qué tenía la sensación de que era demasiado tarde?

Al salir de la bañera, mientras se secaba, su teléfono, en precario equilibrio junto al lavamanos, vibró con un mensaje. Era de Mads Teigen.

«Pienso en ti.»

Anette arrojó el teléfono al alféizar de la ventana. Se envolvió en la toalla y se miró al espejo mientras aplastaba con determinación todas y cada una de las mariposas que habían alzado el vuelo en su barriga. Se apresuró en volver a la cocina con Svend, que apagó el fuego en cuando la vio aparecer.

Anette aceptó el beso de su marido con los ojos cerrados y la imagen de Mads Teigen grabada en la retina.


A SARA SAIDANI le caía bien Esther de Laurenti. Quizá fuera por su forma de entrar y colgar la chaqueta del respaldo de una silla como si estuviera en su casa, o por la forma cálida y natural de darle un abrazo, aunque solo se habían visto unas pocas veces.

—¿Las niñas ya duermen? Amina y Meriem se llaman, ¿verdad?

Sara asintió, conmovida porque recordara los nombres de sus hijas. Sabía lo mucho que Jeppe la apreciaba y entendía por qué. Era una mujer muy agradable, no como los pensamientos de Sara sobre Jeppe, que se esforzó por evitar mientras hacía pasar a Esther al salón.

—¿Un té?

—Sí, gracias.

Sara puso agua a hervir y metió las bolsitas de té en las tazas mientras Esther se acomodaba en el salón. A decir verdad, en un día como ese hubiera agradecido algo más potente que una infusión endulzada con miel. Las conversaciones que había tenido ese día con Amina, resacosa y avergonzada, habían despertado en Sara un rechazo absoluto por el alcohol y, a la vez, un ansia por dejarse arrastrar por sus efluvios cada vez que la golpeaba la certeza de que ella era la adulta, la responsable de tomar decisiones sensatas sobre cambios de colegio y castigos por el bien de sus hijas, incluso si sentía que ni siquiera podía mantener su propia vida en orden.

Esther se sentó en el sofá con las piernas encogidas como una niña.

—¿Por dónde anda Jeppe?

—Me he olvidado la miel, ahora vuelvo —dijo Sara, y le dio la espalda para volver a la cocina y traer el tarro. Lo último que le apetecía era ponerse a hablar de su vida amorosa con una casi desconocida, pero, por desgracia, Esther pareció no darse cuenta—. ¿Quieres? —preguntó mientras le ofrecía la miel.

—No, gracias —dijo Esther, y dejó la taza en el suelo—. Es muy bonito verlo tan contento.

Sara se sentó a su lado con el portátil en el regazo.

—A ver, ¿qué pasa con la foto de la que me hablaste?

—Sí, verás, como te dije, estoy escribiendo una biografía que trata de una antropóloga maravillosa que se pasó treinta años viajando por todo el mundo para investigar ritos fúnebres.

—Qué interesante —exclamó Sara con más convicción de la que en realidad sentía.

—Sí, ¿verdad? —dijo Esther, entusiasmada.

—Entonces, ¿necesitas una imagen concreta? —preguntó la policía. En su fuero interno oía el tictac del despertador que iba a sonar a las seis y cuarto de la mañana, así que no pensaba pasarse toda la noche de charla con Esther.

—¡Eso es! Buscaba una imagen para la cubierta y me topé con la de esta página. Es una muñeca —explicó Esther mientras estiraba las piernas para poner los pies en el suelo y lanzaba un suspiro por el esfuerzo—. Ninthcircle.com, pero, como ya te dije, me pide una contraseña.

—A ver si puedo abrirla —dijo Sara, que tecleó la dirección en la barra de búsqueda del navegador—. Vaya, es una página de WordPress normal y corriente, cualquiera puede hacerla en su casa.

—¿Crees que puedes acceder?

—Sin ser miembro, parece que no. Qué raro, no tienen ningún formulario de contacto —comentó Sara mientras aumentaba el logo que se veía en una esquina de la pantalla—. La página está protegida con un software llamado Bulletproof Security Pro, es raro ponerle tanta seguridad a una página casera.

—Vaya —dijo Esther con desilusión.

—Lo intentaré, aunque desde aquí no puedo hacer nada. ¿Cuál es la imagen que te gustaría comprar? —preguntó Sara mientras ignoraba la petición imperiosa de la página de introducir la contraseña y hacía clic en la galería de imágenes. Apareció una fotografía en blanco y negro de una muñeca, pero medía solo dos centímetros y parecía imposible aumentarla—. ¿Es esta de aquí?

—Creo que no —dijo Esther, que se había tenido que acercar a la pantalla para verla bien—. ¿Hay más?

Sara pasó a la siguiente imagen y las dos se acercaron a verla.

—Puede que sea esta —comentó Esther.

—¿Era una muñeca desnuda? —preguntó Sara mientras seguía clicando.

—Creo que no era tan pequeña como esta, es que la vi en la biblioteca —se excusó Esther.

—Bueno, puedo franquear la seguridad y entrar en la página, pero voy a necesitar algo de tiempo —concluyó Sara mientras pasaba a la siguiente imagen—. ¿Es esta? Ah, no, esto no es una muñeca.

Las arrugas de Esther se hicieron más pronunciadas cuando entornó los ojos para inspeccionar la imagen.

—Pero ¿esto qué es?

Sara también arrugó el entrecejo.

—Parece un pájaro disecado.


JEPPE ECHÓ AGUA hirviendo a su tazón de fideos instantáneos mientras en su cabeza resonaba el estribillo del himno a los corazones rotos de Marilyn Monroe y Jane Russell:

*So take this down in black and white.*
*When love goes wrong, nothing goes right.*

«Apunta esto negro sobre blanco. Cuando el amor va mal, nada va bien.» Había personas autosuficientes capaces de comer bien, plancharse las camisas y cambiar las sábanas tanto si estaban en pareja como solteras, sin importar lo contentas o tristes que estuvieran. Había otros que comían fideos asiáticos cargados de glutamato monosódico de pie, en la encimera que llevaban más de un año prometiendo que repararían y sabían desde el principio que aquello acabaría mal, como si prever el fracaso del amor fuera un consuelo.

Ser el novio de Sara no era fácil, y no solo por las niñas. Era una mujer inaccesible, crítica, perfeccionista, a veces incluso prejuiciosa. Pero también era espontánea y divertida y guapa e inteligente, y ¿quién demonios se enamoraba de lo fácil? La gente quería cosas difíciles y complejas que merecieran el esfuerzo; así era ella.

Jeppe apartó los fideos y consideró por enésima vez ese día si había alguna forma de resolver el conflicto. No podía poner pies en polvorosa y darlo todo por perdido cada vez que la vida le enseñaba los dientes, pero, por más vueltas que le diera, acababa siempre en el mismo lugar: entre la leona y su cachorro.

¿Se habría puesto Malthe en el mismo lugar, entre Henrik Dreyer-Hoff y su retoño? ¿Acaso se había enfrentado al padre de Oscar por algo que lo había puesto tan furioso que Malthe había acabado muerto y desnudo entre un montón de basura?

Jeppe sacó el portátil de la bolsa y se conectó a la red de la Policía para leer el informe de la muerte de Lis Christensen. El martes, 16 de abril, el tren con destino Farum había llegado puntual a la estación subterránea de Nørreport, pero antes de detenerse en el andén, un cuerpo cayó sobre las vías, momento en el cual el maquinista frenó e hizo sonar la alarma. Al parecer, no había visto cómo se había producido el incidente porque en ese preciso instante una taza de café había estado a punto de caérsele encima y solo llegó a percibir una sombra delante del tren, por lo que era incapaz de decir si había otra persona cerca de la víctima. Había más pasajeros esperando el tren, pero en otros puntos del andén y, además, la mayoría iba con la nariz pegada al teléfono.

—¡Ah! Estás aquí, pensaba que no había nadie.

La voz profunda de Johannes rompió el silencio como un abrazo inesperado y reconfortante.

—Si hubiera sabido que ibas a estar, te hubiera llamado antes. ¿Cómo es que no te quedas en casa de Sara? —preguntó mientras dejaba las llaves sobre la mesa de la cocina. Jeppe se encogió de hombros y Johannes se dio por satisfecho—. He ido al cine y me daba pereza volver hasta Snekkersten. ¿Puedo dormir en el sofá o prefieres estar solo?

—Me alegro de que hayas venido.

—Genial —dijo su amigo, y se quitó la chaqueta para colgarla del respaldo de una silla—. Voy a acostarme enseguida, mañana madrugo.

—¿Y eso?

—Un casting para una película.

—Empezaba a creer que ya pasabas de todo —dijo Jeppe con una sonrisa.

—La vida sigue y todo tiene un límite, incluso el tiempo que puedo pasarme barriendo los añicos de un corazón roto. Voy a lavarme los dientes.

¿Había sido Johannes siempre tan cínico o era cosa de la edad? Jeppe era incapaz de acordarse, como tampoco recordaba si a él la melancolía le pesaba menos en el pasado.

—Johannes —lo llamó—, ¿te acuerdas de cuando íbamos a la escuela de arte dramático? Tendríamos unos diecisiete años, había una chica en nuestra clase…

—Te refieres a Lisa, ¿verdad? Lisa la de las piernas largas —dijo el otro, que salió del baño en camiseta y calzoncillos.

—¡Exacto! Estaba enamoradísimo de ella.

Johannes trajo unas sábanas y un edredón y se tumbó en el sofá tapado hasta la barbilla.

—Me acuerdo muy bien, todo el mundo lo sabía, incluida Lisa.

—¿Cómo? No se lo conté a nadie, ni siquiera a ti.

—Eres un libro abierto, Jeppe, desde siempre. Si te soy sincero, todos nos reíamos un poco de ti a tus espaldas. Es que eras tan… tímido. Eras monísimo.

¿Monísimo? Cada vez que veía a esa chica con la que apenas se atrevía a hablar sentía que se le iba a romper el corazón.

—De vez en cuando me da la sensación de que no he ganado en sabiduría con los años.

—Pues no, ni tú ni nadie —replicó Johannes mientras se

ponía de lado y le daba la espalda—. Pero, por lo menos, tú te atreves a amar. No todo el mundo es tan valiente.

—¿Eso te parece una virtud?

—Sí —afirmó su amigo con voz adormilada—. O se puede o no se puede. Y tú puedes, eso es un don. Buenas noches.

Jeppe le sonrió a la espalda de su amigo.

—¡Que descanses!

Apagó la luz y fue al baño, donde se lavó los dientes con un cepillo nuevo y tieso, tras lo cual se tumbó en un colchón que aún no se había amoldado a su cuerpo. Sabía, por instinto, que todos los pensamientos que hubiera tenido a lo largo de su vida se dedicarían a bailotear por su mente durante toda la noche.

Desde la cama veía los tejados de la ciudad, sombras difusas en el cielo nocturno. Cerró los ojos e intentó dormir.

*When love goes wrong, nothing goes right.*

# JUEVES,
# 18 DE ABRIL

Le quita el candado a la bicicleta y recorre con ella el muelle. Es muy pronto y el aire muerde de tan frío; la niña se arrepiente de no haberse abrigado más. Lleva la mochila a la espalda, pero no va al instituto. Si todo va bien, nadie se dará cuenta de que ha hecho pellas. Más tarde irán todos juntos al hospital. «Nuestra familia se mantiene unida pase lo que pase», dice siempre su padre.

El desayuno le ha sentado mal y tiene el estómago revuelto. Cereales con azúcar. Cuando están solos, normalmente los toma con leche, pero desearía no haber comido.

El viento la despeina, se ha dejado el casco en casa y la sensación del aire en la cabeza es maravillosa. Se ha puesto su blusa favorita y las deportivas nuevas, y va cantando mientras las ruedas traquetean sobre los adoquines del puerto y el sol se eleva sobre la ciudad. Canta una canción de la radio para tranquilizarse; es en inglés, pero le da igual.

Al llegar a la gran intersección, se baja de la bici y cruza a pie. Mira a la izquierda, luego a la derecha y de nuevo a la izquierda. En esa zona hay mucho tráfico, aunque a esa hora todavía no es muy intenso y casi no tiene miedo.

La gente siempre la cree muy delicada solo porque es la pequeña, la benjamina, la niña, qué rica. Pero se equivocan, es mucho más fuerte de lo que nadie cree. En lo más profundo de su ser, sabe que es invulnerable, lo bastante valiente como para hablar en voz alta, lo bastante valiente como para enfrentarse a un asesino.

# 29

EL MIRLO CANTABA y los primeros trinos del año resonaban sobre los tejados cuando Gudrun se despertó. Anette se apresuró a cogerla en brazos antes de que despertara también a Svend. La sentó en la trona con un cuenco de yogur y se puso a hacer café mientras se decía que madrugar y estar a solas con Gudrun en la cocina era muy agradable. La niña siempre estaba muy contenta al levantarse, y a Anette le hacía mucha gracia encender la radio y oírla parlotear al ritmo de una canción que ni siquiera conocía.

Anette se tomó dos tazas de café, una detrás de otra, pero no consiguió comer nada, y eso que solía despertarse hambrienta como un oso después de la hibernación. Echaba de menos su apetito voraz.

Su hija empezó a protestar, así que la sacó de la trona y fue a por el carrito. Sería buena idea dar un paseo y que descansara un poco antes de ir a la guardería. Anette se puso el forro polar y decidió que dejaría el móvil, lleno de mensajes sin leer, en el recibidor para pasar tiempo con su hija sin distracciones, pero antes de cerrar la puerta se lo echó al bolsillo. Dondequiera que se hubiera largado su apetito, se había llevado también su disciplina.

Apenas habían recorrido cien metros cuando Gudrun ya dormía profundamente. Anette siguió empujando el carrito, ansiosa por respirar aire fresco.

Svend había sido un amor la noche anterior, cálido y apasionado, cariñoso y atento, y tan agradecido por volver a tener relaciones sexuales con su mujer que a Anette le ardían las mejillas de vergüenza. ¡Ojalá pudiera hacer desaparecer a Mads de su mente con una goma de borrar gigante!

Mads.

Anette se detuvo y se sentó en un banco. Aún tenía el paquete de cigarrillos arrugado en el bolsillo. Se encendió uno y la primera calada casi le hizo perder el sentido.

Mads era sensible y tierno —pero Svend también lo era—, fuerte y masculino, casi podría decirse que obstinado. ¿Tal vez fuera eso lo que le parecía tan excitante, el que no pareciera necesitar a nadie, ni siquiera a ella? Tal vez, a sus cuarenta y seis años, hubiera caído bajo el embrujo del síndrome del vaquero solitario, un tipo de hombre que a ella nunca le había atraído, aunque era consciente del efecto que tenía en otras mujeres. Había algo en él que le daba mareos.

Sacó el teléfono y escribió una respuesta que borró veinticinco veces mientras el estómago le daba vuelcos y le temblaban las manos. Tecleó de nuevo y pulsó el botón de «Enviar» antes de que pudiera evitarlo.

«¿Nos vemos?»

Se guardó el teléfono en el bolsillo e inspiró hondo con el corazón desbocado. Aguzó el oído para escuchar al mirlo, contempló a su hija, que seguía durmiendo, y decidió apagar el cigarrillo antes de ponerse mala.

¿Sería su lado artístico lo que la atraía? ¿Se había vuelto una mujer tan fácil que un hombre que tenía un taller lleno de pájaros disecados era capaz de causarle una impresión tan honda? ¿Porque era «místico» y «profundo»?

Anette se levantó y se puso en marcha de nuevo con el carrito. Los primeros corredores de la mañana llenaban el barrio de licra de colores chillones y respiraciones jadeantes; su determinación contrastaba con la sensación de Anette de estar en caída libre.

El teléfono le vibró en el bolsillo. Se detuvo, inspiró profundamente y miró la pantalla.

«Te recojo en el muelle dentro de dos horas, ¿OK?»

Era una sola frase seguida de una pregunta de dos letras, pero para Anette las palabras escritas en la pantalla eran como olas radioactivas que salían despedidas de un reactor. Con dedos temblorosos, le escribió a Jeppe para decirle que llegaría tarde, pero que recuperaría el tiempo perdido.

Anette era consciente de que acababa de tomar un camino que solo conducía al abismo, pero a la vez sentía que, si no lo tomaba y no le daba una oportunidad a la pasión, nunca volvería a ser feliz y su vida permanecería pobre y vacía para siempre.

Y, antes de que pudiera arrepentirse, respondió a Mads: «OK.»


—¿Tenemos que entrar? —preguntó Larsen, tras lo cual lanzó un escupitajo desdeñoso al suelo de grava del aparcamiento.

—Tranquilo, para ser un vertedero es un sitio bastante decente —dijo Jeppe con la mirada puesta en la fachada lisa y metálica de la incineradora, cubierta por un lado de presas de escalada que parecían llevar al cielo. La verdad era que a él esa combinación de planta incineradora y espacio de ocio siempre le había parecido extraña—. Kasper no me coge el teléfono, vamos a ver si está aquí.

Se acercaron a la entrada y esperaron a que la gran puerta corredera de cristal les franqueara el paso. Un corpulento recepcionista se levantó al ver que se acercaban al mostrador y Jeppe le enseñó su identificación.

—Queremos hablar con Kasper Skytte, ¿ha llegado ya?

—Voy a mirar —dijo el recepcionista, y consultó una pantalla—. No, parece que no, ¿quieren que le deje un mensaje?

—¿Y Margit Smith? —preguntó Jeppe sin pensar.

—¿La directora? —preguntó el empleado con una sonrisa incrédula, como si aquello fuera un hotel de lujo y Jeppe exigiera hablar con Madonna—. Está en un congreso toda la semana. —Al mirar de nuevo la pantalla, añadió—: Los otros dos ingenieros de procesos ya están aquí, ¿les sirven?

—¿Son los que trabajan con Kasper Skytte?

—Jim Knudsen y Gitte Mejlhede, están en el quinto piso. ¿Quieren que los llame para ver si tienen tiempo para hablar con ustedes?

—Seguro que tienen tiempo —contestó Jeppe con una sonrisa. El recepcionista agarró el teléfono para hacer una llamada corta, y luego depositó dos identificaciones de visitante sobre el mostrador—. De acuerdo. Es ese ascensor de ahí, quinto piso.

—Gracias.

La oficina abierta del quinto piso estaba desierta, a excepción de una serie de mesas junto a la ventana donde dos personas inmóviles los esperaban sentadas: un hombre con la vista clavada en una mesa y una mujer que los miraba con la cabeza muy alta y las mejillas rojas, como si hubiera empezado el día con un paseo vigoroso o con una discusión.

—¿Es usted Gitte Mejlhede? Me llamo Jeppe Kørner, soy de la Policía de Copenhague. Gracias por recibirnos.

Ella se levantó y les estrechó la mano, mientras que su compañero los saludó con un gesto sin moverse de la silla.

—No estábamos aquí cuando encontraron el cadáver —aclaró la mujer—, y ya hemos hablado con la policía.

—De todos modos, nos gustaría hacerles algunas preguntas —dijo Jeppe, y señaló dos sillas vacías junto a las mesas—. ¿Podemos sentarnos? —Era evidente que Gitte no encontraba ningún motivo de peso para negarse, y su compañero no le fue de mucha ayuda, así que tomaron asiento y Jeppe siguió—: En realidad es con Kasper con quien queríamos hablar. ¿Aún no ha venido a trabajar? —Ella negó con la cabeza—. ¿Saben dónde está? No responde al teléfono.

Los dos compañeros cruzaron una mirada.

—No.

—Entonces, tal vez puedan ayudarnos ustedes —comentó el inspector con su sonrisa más encantadora—. No les robaremos mucho tiempo.

Larsen sacó la hoja de pedido de su bolsa y la puso sobre la mesa.

—¿Les suena este pedido?

Gitte leyó la hoja y los miró, perpleja.

—¿Tendrían la amabilidad de decirnos si lo hicieron ustedes?

—Qué va —respondió ella mientras negaba con la cabeza—. En esta planta ni siquiera usamos ese tipo de precipitadores.

Jim levantó al fin la cabeza para mirar a su compañera.

—Ya puestos, será mejor que lo contemos. —dijo, y Gitte no respondió—. Si pasa algo, saldrá a la luz hagamos lo que hagamos —insistió, y se acercó al teclado de su ordenador.

—¿De verdad crees que podemos permitirnos otro escándalo? —dijo ella con un suspiro—. ¿Es eso lo que quieres?

—No es culpa mía si los números no cuadran.

—¿Qué pasa? —preguntó Jeppe, mirando a uno y a otra.

Jim hizo caso omiso de la expresión suplicante de su compañera y empezó:

—Desde que el lunes apareció el cadáver, Kasper se comporta de una forma extraña, más de lo que cabría esperar dadas las circunstancias. Está muy raro, va y viene sin dar explicaciones, vació sus cajones y destruyó un montón de documentos y no nos contesta cuando le hablamos. Al principio pensé que estaba traumatizado… —Antes de seguir, miró a Jeppe como para cerciorarse de que le interesaba lo que iba a decir—, pero pasa algo raro. El sistema de control registró unos valores mucho más elevados de los que se presentaron a la Agencia Danesa de Energía, y Kasper es el único que pudo haberlos cambiado. Calcular el $CO_2$ es un proceso complejo con muchas fases. Se lleva un registro constante en el centro de control de la planta, y cada hora se hace un cálculo de los valores medios, que se almacena en la base de datos. Es bastante complicado si no se sabe cómo leer los números.

Gitte parecía dispuesta a protestar, pero finalmente se rindió con un suspiro.

—Nos dimos cuenta anoche y no sabemos qué hacer. Kasper no nos coge el teléfono, y nos parecía muy violento ir a hablar con dirección sin preguntarle.

Jeppe los miraba con escepticismo.

—¿Y qué ganaría él cambiando los registros?

Los ingenieros se miraron en un duelo mudo de miradas para determinar quién de los dos debía responder. Perdió Gitte.

—Unas cuentas de $CO_2$ maquilladas le ahorran dinero y mala reputación a la planta.

—¿Dinero? ¿Cómo? —intervino Larsen.

—Al incinerar residuos, hay que medir los niveles de $CO_2$, puesto que contribuyen al calentamiento global. Si se exceden más de lo esperado hay que comprar cuotas de $CO_2$, y sale carísimo. Un año de cuotas cuesta al menos veinte millones de coronas. ¿Me siguen?

—No soy idiota —replicó Larsen, ofendido. Gitte no pareció muy convencida.

—El área metropolitana de Copenhague se ha comprometido a ser neutral en carbono y nos exige mantenernos bajo los niveles establecidos. Al mismo tiempo, la planta importa residuos para incinerarlos y generar más energía, que es lo que da beneficios. Es decir, que hay intereses opuestos. En cualquier caso, si se registran unas cifras de emisiones más bajas, la planta se ahorra dinero en las cuotas de $CO_2$.

—¿Tan fácil es manipular los datos? —dijo Jeppe con un gesto de incredulidad—. Habrá algún control, ¿no?

—Por supuesto. Hay una empresa externa que recoge los datos y se encarga de verificarlos mediante un sistema de control de calidad llamado $QAL_2$ que detecta cualquier anomalía significativa, pero esa comprobación se hace solo una vez cada tres años —explicó Gitte con las mejillas encarnadas—. De hecho, el próximo $QAL_2$ va a hacerse la semana que viene, por eso nos pusimos a repasar los números.

Jeppe sintió un profundo hastío por toda aquella situación: el pedido falso, los cálculos de $CO_2$ y la imposibilidad de amar a una mujer inaccesible.

—¿Está aquí el ordenador de Kasper? —preguntó—. ¿Pueden encenderlo? —Los ingenieros no respondieron—. Les recuerdo que estamos aquí para investigar un asesinato y que la obstrucción de nuestra labor y la ocultación de información constituyen un delito —insistió mientras miraba a los dos ingenieros—. Tenemos que aclarar lo que ha pasado.

Jim se levantó para acercarse a un ordenador.

—Me gustaría dejar muy claro que, en circunstancias normales, jamás accedería al ordenador de un compañero sin permiso.

—Tiene permiso de la policía, no le hace falta nada más.

Jeppe acercó una silla para sentarse al lado de Jim y oyó que Larsen se ponía detrás.

—Abra su correo electrónico, por favor. Tal vez comprara un billete de avión. —Jim abrió el correo interno y Jeppe se acercó a la pantalla—. Baje despacio, gracias.

Jim empezó a descender lentamente por la bandeja de entrada, una lista insustancial de convocatorias a reuniones e informes.

—¿Creen que Kasper tiene algo que ver con el cadáver de la pinza? —preguntó Gitte atemorizada.

Jeppe, concentrado en la pantalla, no respondió. Habían llegado a los mensajes correspondientes al jueves por la tarde cuando se topó con un remitente conocido.

Henrik Dreyer-Hoff.

—¡Abra ese correo!

Nervioso, Jim lo abrió con un clic y el mensaje se desplegó en la pantalla. Henrik lo había enviado el jueves 11 de abril a las 16.32.

«Sabe lo del dinero y amenaza con hablar. ¡Lo arreglaré!»

Eso era todo.

Jeppe sacó el teléfono y llamó a Henrik. No respondió. Entonces llamó a Malin, que respondió con sequedad.

—Hola, Malin, estoy tratando de localizar a Henrik, ¿sabes dónde está?

—Yo tampoco lo encuentro —respondió ella con un suspiro de irritación—. Tenía que ir a la oficina, pero no me responde al teléfono. Quizá esté en una reunión.

—Cuando hables con él, ¿puedes decirle que me llame?

—Estoy en el hospital, será mejor que te encargues tú de buscarlo —espetó, y le colgó.

Jeppe se giró para mirar a Larsen.

A Kasper Skytte se lo había tragado la tierra y Henrik Dreyer-Hoff no respondía al teléfono. ¿Qué demonios pasaba?

# 30

El papel de seda crepitaba bajo los dedos de Jenny Kaliban. Se secó las manos sudorosas en los pantalones y siguió desenvolviendo. Dejó una a un lado y pasó a la siguiente, pero le temblaban tanto los dedos que tuvo que detenerse para encenderse un cigarrillo. Abrió las ventanas del taller que daban al patio trasero y fumó con la adrenalina latiéndole en la garganta como un segundo corazón. Era una locura hacer aquello sola, pero ¿qué remedio tenía? No conseguiría dinero de otra forma, a menos que le cayera del cielo.

El humo le llenaba los pulmones, le ardía en la garganta y le hacía llorar los ojos. Jenny dejó correr las lágrimas; el nudo que se le había instalado de forma permanente en el estómago era tanto por ella misma como por Malin, y porque no podían consolarse la una a la otra ni siquiera en aquella situación.

Henrik se había interpuesto entre las dos. La última vez que lo vio, dos años antes, él la llamó «sanguijuela» y la echó de su casa, y Malin no se opuso. Desde entonces solo había visto a su hermana y a sus sobrinos a escondidas. Exhaló el humo. Ella había estado al lado de Malin y Henrik a las duras y a las maduras, incluso cuando todo el mundo los apuntaba con el dedo por la estafa de las subastas, y a cambio ellos la habían apuñalado por la espalda.

«Es en la adversidad cuando uno conoce a sus amigos», pensó.

Jenny aún no había decidido si hacer uso de lo que tenía en su poder para perjudicar a Henrik, pero le había dejado muy claro a su cuñado que un error por su parte la beneficiaría a ella. No se trataba de una amenaza, sino de una advertencia.

Apagó el cigarrillo y renunció a fumarse otro. Mejor guardárselo para más tarde. Ya no quedaba mucha gente dispuesta a prestarle dinero. Incluso con otras fuentes de ingresos, apenas ganaba para vivir, y pronto tendría que elegir entre seguir fumando o dibujando. A menos que sus contactos encontraran a los compradores adecuados. En cualquier caso, mientras el material siguiera en su estudio a la espera de que lo vendieran, no podría respirar tranquila. «Pero —se recordó— si sale todo bien, saldré adelante de una vez por todas.»

El alquiler del taller era caro, y las herramientas también. Cada visita a la tienda de material artístico causaba estragos catastróficos en su ajustado presupuesto, puesto que era incapaz de contenerse cuando se hallaba delante de cartulinas, frascos de tinta y rotuladores. Además, al contrario de otros artistas de su entorno, nunca se había rebajado a convertirse en una lameculos del comité que gestionaba los fondos artísticos del Estado, así que nunca le habían concedido una de las becas que solicitaba cada enero.

Nunca ansió una vida cómoda, ¡no tenía ningún interés en la seguridad! ¿A qué vida se podía aspirar si uno no trataba de aproximarse a lo divino? A comer patatas fritas y ahorrar para la jubilación, nada más.

«Trato de encontrar a Dios antes de que Dios me encuentre a mí.»

Sonrió ante lo profundo de sus pensamientos y regresó junto a la caja de madera. Esa vez desenvolvió el papel de seda sin titubear y sostuvo la máscara con cuidado por los tacos de madera que tenía en la parte posterior para inspeccionarla. Había elegido una de las más desconocidas, segura de que tardarían en echarla en falta, un rostro joven y puro de género indeterminado, como una criatura dormida. Colocó con delicadeza la máscara funeraria sobre la mesa y sacó la vieja Olympus. Sin unas fotos decentes, era imposible venderla. Y también hacía falta un texto potente, evocador y minucioso.

Jenny enfocó los delicados rasgos de yeso de la máscara y empezó a disparar.

El seis de noviembre del año anterior había celebrado su quincuagésimo cumpleaños, y desde entonces le había costado mantener el optimismo. La fe en triunfar, ya no enseguida, pero al menos como posibilidad, era lo único que le quedaba. Si perdía incluso aquello, ya le daba lo mismo morir.


A VECES PERDEMOS de vista a la gente que tenemos más cerca y solo descubrimos cómo se encuentran al verlos en una situación inesperada. Junto a la mesa del desayuno del restaurante de la torre del Parlamento, entre aquellos muros de piedra y elegantes muebles de diseño, Gregers parecía, de golpe, muy enfermo, como un trapo viejo entre damasco almidonado, gastado y frágil.

Esther lo había invitado a almorzar para tratar de animarlo un poco, pero bastó el paseo por el jardín adoquinado y la escalera que había que subir al salir del ascensor para que entendiera que su amigo, que respiraba con dificultad y se quejaba de dolor en el pecho y en la cadera cada diez metros, no se encontraba bien.

¿Había pecado de optimista, de tan entusiasmada que estaba con su plan que no se había parado a pensar si a Gregers le haría bien? Bueno, ya no había vuelta atrás. Gregers se había pedido el sándwich de rodajas de patata y mayonesa. Ya le habían servido una cerveza y un poco de aguardiente y el color empezaba a volverle a las mejillas. Levantó el vaso y miró a Esther.

—Oye, ¿no brindamos?

Esther chocó su copita de aguardiente con la de él y dio un trago.

—¿Te encuentras mejor?

—¿Qué quieres decir? Me encuentro bien. Pero me tomaría otro aguardiente cuando traigan la comida.

—Te pediré otro —replicó Esther, y señaló las esculturas de leones, obra de Thorvaldsen, que rodeaban la estancia—. ¿Sabías que esto antes era un almacén repleto de esculturas muertas de risa? Lo descubrieron durante las obras de restauración de la torre y se les ocurrió convertirlo en un restaurante. ¿A que es buena idea? Así todo el mundo puede disfrutarlo.

—Todo el mundo que se lo pueda permitir.

—¿Has visto qué vistas? Desde aquí se ven los establos reales, el Tivoli, el Museo Nacional…

Gregers miró hacia el gran ventanal que daba a los jardines del palacio, pero perdió el interés cuando llegó el camarero a tomar nota del segundo aguardiente. Esther se dijo que, la próxima vez que quisiera invitar a su compañero de piso a comer, lo llevaría a la cafetería de la esquina. Contempló los leones y pensó en Thorvaldsen, cuyo museo se encontraba al lado del palacio.

Un timbrazo estridente interrumpió sus pensamientos. Miró a su alrededor, pero nadie parecía reaccionar al sonido.

—Oye, Gregers, ¿eso que suena es tu teléfono? Siempre lo llevas encima.

Confuso, el anciano se palpó los bolsillos hasta que encontró el móvil. Le costó encontrar el botón verde para responder.

—¡Sí! ¡¿Diga?! —gritó—. ¡Ah, sí, hola!

Se quedó en silencio, murmuró unas palabras y colgó. Guardó el teléfono y se quedó con las manos sobre la mesa.

—Gregers, ¿va todo bien?

La miró como si acabara de despertar, o como si se hubiera quedado dormido y no entendiera lo que ocurría en un sueño. El camarero le puso una copita de aguardiente delante que él vació de un trago.

—Sí, por supuesto —dijo, y dejó el vaso en la mesa con un gesto de irritación—. ¿Cuánto se tarda en preparar un sándwich?

—¿Quién era? —preguntó Esther con el corazón encogido.

—La médica. Dice que tengo una cosa llamada antígeno tumoral CA 72-4 tan alta que quieren hacerme las pruebas de inmediato.

—¿De inmediato? —respondió ella, que no sabía qué otra cosa decir.

—Sí, esta misma tarde. Voy a tener que hacer la maleta.

Esther estuvo a punto de preguntarle qué significaba aquello, pero se contuvo. Lo sabía perfectamente: cáncer. Con toda probabilidad, el primer paso de un viaje lleno de sufrimiento y angustia, un paso más hacia su propia vejez y hacia la soledad que la engulliría cuando todos sus seres queridos se hubieran marchado.

Miró a su amigo a los ojos, cuyas pupilas rodeadas de un gris plomizo contaban la historia de una vida plena, de un amor que floreció y se marchitó, amistades, trabajo, tres hijos y un divorcio, de rodillas infantiles cubiertas de tiritas, fiambreras con el almuerzo, vacaciones de verano, cervezas después del trabajo, viajes en barco, engaños y malentendidos, de guerras matrimoniales y corazones hechos trizas.

Gregers carraspeó con aire inseguro.

—Esther, si no te importa, quiero irme a casa.


UNA GAVIOTA PASÓ junto al faro del fuerte de Trekroner en dirección a la ciudad como un destello blanco recortado contra el sol. Anette miró hacia arriba para seguir su trayectoria.

—Por eso me gusta vivir aquí. Los pájaros, el mar… Vivir aquí te convierte en parte de la naturaleza.

Tenía a Mads Teigen detrás, tan cerca que notaba su aliento en la nuca. Tan cerca que era imposible que este no viera la piel de gallina en su cuello y sus brazos. Tan cerca que, aunque no lo veía, notaba los hombros anchos y las manos fuertes que la hacían sentirse femenina de una forma a la que no estaba acostumbrada.

¿Qué estaba haciendo allí?

¿De dónde venía esa necesidad de que la valoraran por su aspecto físico? Ella, que siempre había desdeñado los estereotipos de género y le gustaba destacar por su valentía, resistencia e inteligencia. ¿Iba a convertirse en una de esas que se ponían pestañas postizas, se sacaban selfis frente a puestas de sol y engañaban a sus maridos?

—¡Ven, quiero enseñarte una cosa!

Mads la tomó de la mano para conducirla al edificio de comandancia, y ella se lo permitió. Mientras recorrían el muelle, sintió que la palma de su mano ardía en contacto con la de él. Caminaban como si fueran una pareja. Él la miró y le sonrió y Anette apartó los ojos y volvió a olvidarse de respirar.

Mads abrió la puerta con una llave y a Anette le dio por pensar que era curioso que la cerrase por seguridad cuando vivía en una isla deshabitada. Aunque, claro, por allí pasaba gente a todas horas.

—Esto no lo ha visto nadie, pero me gustaría enseñártelo a ti porque creo que lo vas a entender —dijo y, con un suspiro, abrió la puerta de su taller y se hizo a un lado para dejarla pasar.

Anette franqueó el umbral y encontró un taller de paredes blancas cubiertas de estanterías con una mesa de trabajo en el centro. Él entró tras ella y cerró con llave mientras la miraba fijamente. Anette intuyó que él quería que contemplara el espacio y se acercó a una estantería para inspeccionar los pájaros, admirar las alas abiertas y los plumajes enhiestos. Para ella todo aquello no eran más que aves grandes y pequeñas, y no tenía muy claro cómo reaccionar, más allá de la incomodidad que le generaban aquellos ojos penetrantes y sin vida que parecían seguirla con la mirada.

—¡Caray! Todo esto… ¿lo has hecho tú?

—Todos y cada uno de ellos, a lo largo del último año.

Ella asintió con admiración.

—Menudo trabajazo. ¿Es muy difícil disecar?

Al ver la desilusión en sus ojos, comprendió que no había reaccionado como él esperaba. Se acercó con aire dubitativo a un pájaro negro de pecho blanco y larga cola, con plumas de un azul plateado en las alas y el pico negro y pequeño.

—De estos tenemos en el jardín, Svend siempre los ahuyenta.

Él se miró los pies como si Anette acabara de pegarle un tortazo, y ella se dio cuenta de que nunca había mencionado a Svend en su presencia y de que hacerlo en ese momento había sido un error. Al alargar la mano hacia el pájaro, lo derribó de la estantería.

—¡Perdón! Menos mal que no le ha pasado nada —se excusó mientras se apresuraba en recogerlo y devolverlo a su sitio. Al darse la vuelta, se encontró cara a cara con él—. ¡Joder! —rio con nerviosismo—. No te había visto.

Él le clavó la mirada. Un profundo surco entre las cejas daba fe de su determinación. Anette sintió que se le secaba la boca e intentó tragar saliva, pero fue incapaz.

Mads la agarró de la mano de nuevo, con tanta fuerza que no dejó lugar a dudas de su superioridad física.

# 31

Sara Saidani puso un cazo en el fuego, bajó la intensidad y encendió el temporizador para calcular el tiempo de cocción de los huevos. Dejó el pan de centeno sobre la mesa y sacó los platos del desayuno sin dejar de pensar en Jeppe, que no se había puesto en contacto con ella desde el martes por la noche. Mejor así. Necesitaba concentrarse en la recuperación de Amina y su regreso al colegio.

Abrió su portátil y entró en ninthcircle.com. En realidad, no tenía tiempo, pero le había prometido a Esther que lo intentaría. Apareció la página principal, llena de imágenes de tamaño reducido, y Sara acercó la cara para inspeccionarlas. Había una que parecía la fotografía de una niña, no era una muñeca, sino una niña desnuda. Siguió pasando las imágenes y vio otra fotografía de un cuerpo sin ropa en la que una silueta pequeña se agarraba de una mano adulta cuyo brazo tatuado quedaba recortado en la imagen. A Sara se le hizo un nudo en la garganta; aquello le daba muy mala espina.

La página no ofrecía ninguna posibilidad de contacto si no se disponía de las credenciales de acceso. Aquello ya de por sí era un poco extraño, por no decir sospechoso. ¿Podría acceder de forma ilícita? Los programas de Bulletproof Security eran famosos por ser muy difíciles de burlar, y lanzar un ataque de fuerza bruta a los códigos de acceso sería excesivo. Quizá tendría suerte y resultaría que la página estaba alojada en un servidor que hacía tiempo que no se actualizaba, gracias a lo cual podría acceder directamente a la base de datos de la página sin autorización.

Decidió probar con la ingeniería social: tecleó el nombre de la página en la web del servidor y abrió un chat con su servicio de atención al cliente haciéndose pasar por el propietario de la página con una de sus cuentas anónimas de Gmail. Explicó que tenía problemas con el código de respuesta «500 internal server error» del servidor y los archivos .htaccess. Una respuesta automática le anunció que le contestarían en un par de minutos.

Se reclinó en la incómoda silla de cocina y miró a su hija mayor, que estaba inmersa en la lectura del ejemplar de *Alicia a través del espejo* que la madre de Jeppe había insistido en prestarles. Al contemplar a Amina, sintió un doble aguijón en el corazón: uno por lo rápido que crecía y otro por el mal de amores.

Un sonido del ordenador hizo que devolviera la atención a la pantalla para leer la respuesta de un tal «Bill», que debía estar frente a un ordenador en un *call center* de Pakistán, y Sara descubrió enseguida que sabía mucho menos de lo que quería hacerle creer. Tras un rápido intercambio de mensajes, consiguió que anulara los códigos de acceso para que ella pudiera configurar unos nuevos.

Ya estaba dentro.

La página de bienvenida, con un fondo negro y decorada con la imagen de una máscara sonriente apoyada en un candelabro encendido, le permitió recabar algo más de información: la página contaba con unos diez mil usuarios, todos con seudónimos como *Piedpiper* o *Jupiterseagle* y nombres por el estilo, muy activos en colgar contenido y comentarlo. Todo parecía girar alrededor de la compraventa y la crítica de imágenes y artefactos curiosos, como máscaras y pájaros disecados, en una especie de foro artístico de tintes góticos y morbosos. Desde ahí sí podía ampliar las imágenes sin problemas. Tras un breve titubeo, abrió la primera, que mostraba una máscara blanca con las palabras «A LA VENTA» debajo, seguidas de un texto explicativo y un enlace, todo, al parecer, bastante inofensivo.

Pero la siguiente imagen no tenía nada de inofensivo. La silueta que Esther había tomado por la de una muñeca resultó ser una niña de siete u ocho años con maquillaje pálido y colorete en las mejillas que estaba tumbada sobre terciopelo rojo. Y desnuda. Le seguían varias fotografías más del mismo estilo.

Sin comerlo ni beberlo, Esther de Laurenti se había metido en una página de pedófilos.

Sara tomó aire. No era la primera vez que se topaba con algo así, pero aún no había conseguido ser inmune ante ese tipo de perversiones que, además, eran muy difíciles de investigar. Tenía que darse prisa y avisar a sus compañeros del Centro Nacional de Delitos Informáticos.

Siguió repasando las imágenes y encontró más de lo mismo: artefactos peculiares y niños desnudos. Hubo una imagen que la hizo detenerse para ampliarla, una cara muy joven, de ocho o nueve años, apoyada en una almohada blanca que destacaba los rizos morenos y recordaba a Blancanieves.

Amplió la imagen un poco más y sintió un escalofrío un momento antes de reconocer aquel rostro. De repente, deseó que Amina estuviera muy lejos de allí, lejos de la perversidad que había llegado a la cocina a través de la pantalla del ordenador. La fotografía debía de tener algunos años, pero no había duda de que ese niño era Oscar Dreyer-Hoff.


A LAS DOS y cuarto de la tarde, una chica se plantó en la recepción de la Comisaría Central y pidió hablar con Sara Saidani, del Departamento de Homicidios. Como Saidani estaba en casa porque su hija estaba enferma, aceptó hablar con Jeppe Kørner, que llegaría en media hora. Hicieron sentar a la joven en un sillón de la sala de espera y le dieron un refresco, que ella no tocó, y un bocadillo al que le quitó el jamón para comérselo a bocados pequeños. Parecía tranquila y de lo más normal, aunque no llevaba zapatos. Así la encontró Jeppe cuando entró veinte minutos después.

—¿Iben? —La muchacha asintió con aire distante—. Soy Jeppe Kørner, mi compañera y yo estuvimos en tu casa hace unos días, el sábado.

Iben Skytte dejó el bocadillo sobre la mesa.

—No estoy senil, me acuerdo de ti. Buscabais a Oscar.

Jeppe se sentó en la otra silla de la salita.

—Ahora buscamos a tu padre.

Ella se cruzó de brazos como si tratara de protegerse. Las mangas de la camiseta no ocultaban las marcas rojas y azules en sus bíceps.

—¿Cómo podemos ponernos en contacto con tu madre? Vive en España, ¿verdad? Le pediremos que venga para que no estés sola.

—¡Ni hablar! —dijo ella con ímpetu—. Mi madre tiene una nueva familia, no va a venir. Solo necesito que me llevéis a casa y me prestéis dinero para un cerrajero.

—Eso no será problema, pero como tienes quince años, no puedes quedarte sola. Cuando terminemos de hablar, le pediré a un agente que te acompañe. ¿Sabes dónde está tu padre?

Elevó las comisuras de la boca y esbozó una sonrisita inesperada que enseguida se convirtió en una mueca de asco.

—Cruzando Europa con una botella de alcohol en el asiento del copiloto.

—¿Sin ti?

—No quise ir —replicó mientras reunía las migas del bocadillo en un montoncito—. Me largué cuando paramos a repostar y él fue a mear, no me dio tiempo ni de ponerme los zapatos. Hice autostop, dormí en un baño de minusválidos de Vordingborg y conseguí que me llevaran hasta Høje Taastrup, y de allí en tren hasta Copenhague. —El inspector no vio ningún motivo para echarle la bronca sobre los peligros de hacer autostop, así que la riñó solo para sus adentros y ella siguió—: ¿No es irónico? Mi padre se va en coche hasta Suiza para conseguir dinero. A mí me obligaba a bajar la calefacción y me arrastraba a todas las manifestaciones por el clima, pero ahora él se va a Suiza a vaciar sus cuentas. —Meneó la cabeza—. Mi padre estafó a todo el mundo con las mediciones de $CO_2$.

Jeppe sacó el bloc de notas y escribió el nombre de Kasper en el margen superior de una página en blanco.

—¿Sabes si actuó solo?

—Lo hizo con Henrik y otra gente que quiere contaminar sin pagar. La directora, creo —dijo con un gesto elocuente—. Oscar los descubrió, encontró las notas de su padre, ató cabos y me lo contó. Parece que no se esforzaron mucho por ocultar lo que hacían.

—¿Y hablasteis con vuestros padres de lo que sabíais?

Iben alargó la mano hacia el refresco, pero debió de caer en que los refrescos edulcorados no eran la bebida más adecuada para una joven idealista, porque retiró la mano.

—Oscar sí. Le dijo a su padre que iríamos a la policía si no se entregaban.

—¿Por eso se escapó Oscar?

Iben miró a Jeppe como si la respuesta fuera evidente.

—Tiene miedo de su padre.

Jeppe notaba una palpitación rítmica en el cogote que amenazaba con convertirse en una banda sonora indeseada.

—Iben, ¿tu padre estaba en casa el viernes por la noche?

—Sí, estábamos los dos en casa, no podía arriesgarme a que nadie me viera, tenía que fingir que Oscar estaba conmigo.

Jeppe levantó la mirada.

—¿Estabas encubriendo a Oscar? ¿Qué iba a hacer?

—No me lo dijo y yo no se lo pregunté, Oscar y yo nos apoyamos pase lo que pase.

—¿Y estás segura de que tu padre no salió?

—¡Totalmente! Yo estaba en mi habitación y él se pasó la noche delante del ordenador, en el salón. A la una y media, cuando me acosté, aún estaba despierto.

Jeppe subrayó el nombre de Kasper en su cuaderno.

—¿Sabes si Oscar le había contado a Malthe lo de la estafa?

—¿Por qué iba a hacerlo? —respondió ella, perpleja—. Pensábamos ir a la policía, ¿por qué íbamos a meter a un profesor en todo esto?

Para eso Jeppe no tenía respuesta. Además, Iben no tenía pinta de ser el tipo de persona que necesita la ayuda de un adulto para llevar a cabo sus planes.

La muchacha frunció el ceño.

—¿Es verdad que a Lis la atropelló un tren? Dicen que se tiró a la vía.

—Nadie sabe exactamente lo que pasó, pero sí, el martes por la tarde la atropelló un tren.

—¡Joder! —exclamó Iben, y se cubrió los ojos. Cuando se los destapó, estaban rojos y vidriosos—. Lis es mi profesora preferida. Es muy dura, una feminista de la vieja escuela que nunca ha comprometido sus ideales, no como las que se ablandan con los años, ¿sabes? ¡Joder, joder!

—Lo siento mucho.

—¡Yo también, joder! —exclamó ella.

—Iben… —Jeppe titubeó un instante antes de lanzarse—. Tengo que preguntarte una cosa… desagradable. —Ella enarcó las cejas a modo de respuesta—. Cuando tenemos una pieza que no encaja en una investigación, es importante aclararla, pero si no tiene relevancia en el caso, te prometo que no volveremos a sacar el tema—. El inspector vio en sus ojos que sabía lo que venía a continuación—: ¿Qué pasó con Victor?

Inquieta, la chica parpadeó y se mordió el labio.

—Victor y yo nos enrollamos en la fiesta, en un baño. Alguien de mi curso nos grabó y amenazó con mandarlo a todo el colegio para que todos vieran lo bien que yo… —Pudoroso, Jeppe bajó la mirada—. Victor consiguió pararlo antes de que la cosa fuera a más —explicó Iben mientras se secaba las lágrimas al momento con el dedo índice—. Eso es todo. Pero la grabación sigue ahí, no va a desaparecer jamás.

Jeppe miró el nombre subrayado en la hoja en blanco de su cuaderno. La palpitación en su cabeza se volvió aún más fuerte mientras cerraba los ojos e intentaba pensar. Oyó que Iben le preguntaba algo, pero su voz quedó ahogada por aquel latido, y por las piezas que empezaban a formar una imagen nítida ante sus ojos.

LA CARRETERA COMARCAL se desenfocaba por momentos de forma amenazante, se curvaba sin avisar y resultaba, en el mejor de los casos, caprichosa e inestable. Kasper Skytte agarró fuerte el volante mientras se obligaba a mantener los ojos abiertos.

La noche anterior solo había conseguido llegar hasta Hannover, tan cansado estaba que tuvo que renunciar a su plan de conducir toda la noche. Durmió en un motel barato de carretera. La presión de sus emociones lo dejaba sin fuerzas. Iben, el miedo a ser descubierto, el terror a lo que Henrik podría hacerle… Todos aquellos pensamientos se arremolinaban en su cabeza y le robaban la autonomía más básica, de modo que hasta conducir se le hacía un obstáculo insuperable.

Se había obligado a permanecer tumbado en la cama del motel hasta las nueve, aunque apenas había pegado ojo. Estaba agotado, y ni una ducha helada ni el triste desayuno buffet del hotel iban a cambiar eso. El pánico había regresado y amenazaba con explotar sin piedad, de manera que le costaba toda su energía mantenerlo bajo control. Se le cerraban los ojos sin que pudiera hacer nada por evitarlo. Apenas había llegado a Heidelberg cuando tuvo que admitir que era irresponsable seguir a ciento sesenta por hora y salió de la autopista.

En una gasolinera compró una caja regalo polvorienta que contenía dos chocolatinas y una botella de ginebra Schinkenhäger, y algo ayudó, sobre todo la ginebra. Sentado al volante, bajó los bocados de chocolate y cacahuete con tragos de alcohol que le despejaron la garganta y despertaron un hormigueo detrás de la frente. Los coches entraban y salían del aparcamiento en una corriente armónica y regular, como una respiración de la que él ya no formaba parte. El llanto llegó de forma inesperada con un jadeo desde la boca del estómago que le sacudió los hombros.

Iben se había escapado, su propia hija tenía miedo de estar con él. Le resultaba insoportable pensarlo.

Kasper se limpió la nariz con la manga y dio otro trago. No le quedaba más remedio que seguir adelante, paso a paso, hacia un futuro incierto. En esos momentos, ni podía resolver sus problemas ni olvidarse de ellos. Sin embargo, le pareció que lo mejor sería seguir por carreteras secundarias.

Arrancó para seguir hacia el sur y pasó junto a las ciudades de Bruchsal, Bretten, Pforzheim y más allá por carreteras sinuosas que discurrían junto a campos verdes y fábricas de aspecto gris, a través de ríos y por delante de iglesias blancas con torres que apuntaban al cielo y bosquecillos de hayas. Daba un trago cada cinco kilómetros y llegó a la frontera suiza muy relajado. Encendió la radio y dejó que una música pop insustancial llenara el coche.

Recogería el dinero y se subiría a un avión con destino a Sudáfrica tal y como había planeado. Se buscaría un hotel muy lujoso en Ciudad del Cabo y haría venir a Iben. En cuanto llegara, se daría cuenta de que su padre tenía razón. Estaba seguro.

Cuando vio el pájaro, ya era demasiado tarde. Pisó el freno a fondo y derrapó hasta salirse de la carretera, sin ver nada y en *shock*. El coche dio una sacudida y, entre gritos, Kasper impactó contra el volante.

El parabrisas roto estaba salpicado de sangre. Respiraba con dificultad. La radio seguía escupiendo música, era un ruido insoportable.

Kasper se tocó la cara para comprobar si todo estaba en su sitio. Los dedos se le mancharon de sangre. Le temblaban las manos y tardó una eternidad en desabrocharse el cinturón para poder bajarse del coche.

La carretera estaba desierta. Sintió cómo la conmoción se adueñaba de su cuerpo mientras le flaqueaban las rodillas. Las marcas de neumáticos cruzaban la calzada hasta el árbol que había detenido el coche. Aparte del siseo humeante bajo el capó, reinaba el silencio entre los árboles.

El pájaro yacía en la carretera como una pequeña almohada informe de plumas y entrañas. Kasper se le acercó y se puso de rodillas. En el pico amarillo, un gusano se retorcía con la esperanza de liberarse. Era evidente que el pájaro ya no volvería a volar.

Mientras contemplaba la lucha del gusano por seguir con vida, un charquito de sangre y lágrimas se formó en el asfalto bajo el rostro de Kasper.

# 32

UNA MUJER MUY elegante, con grandes gafas y un traje de chaqueta de color claro, que estaba enfrascada en una reunión en uno de los conjuntos de sofás rosas de Nordhjem, levantó la mirada, sorprendida al ver aparecer a Jeppe.

—Perdona, ¿vienes a recoger los paquetes? Están abajo, en el patio —dijo con una mirada de disculpa dirigida a las personas que la acompañaban mientras se levantaba para acercársele.

Jeppe le mostró su identificación.

—Tengo que hablar con Henrik Dreyer-Hoff.

—No está, lo siento —replicó. Y, al ver que Jeppe no se movía—: ¿Tiene cita?

—No.

Parecía a punto de protestar, pero debió de ver algo en la mirada del inspector que la convenció.

—¡Espere un momento!

Mientras la mujer hablaba con su jefe, dejó a Jeppe plantado sobre el exquisito parqué en espiga mientras este admiraba la preciosa lámpara de araña e ignoraba las miradas curiosas procedentes de los sofás. Tras un minuto que pareció eterno, la empleada regresó y señaló en dirección al despacho de Henrik. No parecía muy contenta.

Y Henrik tampoco.

Cuando Jeppe entró en su despacho, estaba a punto de acceder a una salita contigua y fulminó a Jeppe con la mirada como si lo hubiera interrumpido mientras hacía algo muy importante. Cerró la puerta y se sentó tras un escritorio negro lacado con una expresión de reproche en los ojos.

—¿No hemos sufrido ya suficiente? Esta semana ha sido un infierno, nuestro hijo sigue en el hospital… ¿Cuándo nos dejaréis un poco en paz?

Jeppe acercó una silla tapizada en terciopelo y tomó asiento.

—Intentaré ir al grano.

La pantalla de un teléfono que había encima de la mesa se iluminó con el nombre de Malin, y Henrik respondió con una mirada fugaz a Jeppe.

—Hola, cariño… No, no sé nada de ella. —Dio media vuelta sobre la silla y bajó la voz—. A lo mejor se ha ido a dar una vuelta con la bici después del colegio, ya sabes cómo es. No te pongas paranoica, cariño. Estoy con la policía, tengo que colgar —dijo, y dejó de nuevo el teléfono sobre la mesa.

—¿Pasa algo?

—Essie llega tarde. Mi mujer debe de haber olvidado que había quedado o algo así, no pasa nada.

—¿Tiene móvil?

—No, creemos que aún es pequeña —dijo el hombre, tras lo cual agarró un bolígrafo de la mesa y lo introdujo por el contrafuerte de su botín para rascarse—. ¿Qué quería?

—¿Dónde estaba el viernes por la noche?

Henrik respondió con un resoplido antes de decir:

—En casa con mi familia, se lo hemos dicho mil veces. Me parece muy bien que haga su trabajo, entiendo que están investigando una muerte muy trágica, pero ahora mismo tengo otras cosas de las que preocuparme y la muerte de ese pobre profesor no tiene nada que ver con mi hijo ni con mi empresa.

—Verá, ahí no estamos de acuerdo. ¿Puedo contarle lo que creo yo? —Henrik le dio permiso con un ademán de impaciencia y Jeppe le sonrió antes de continuar—: Los compañeros de Kasper

Skytte están a punto de formalizar una denuncia. No creo que los de la unidad de Delitos Económicos tarden mucho en ponerse en contacto con usted.

El hombre lo miró a los ojos sin parpadear.

—El viernes a última hora de la tarde le envió usted a Kasper un correo electrónico para decirle que alguien iba a delatarlos a ambos, y le dijo que usted «se encargaría».

Mientras Jeppe hablaba, Henrik se levantó y se acercó a un frutero colocado en una mesita baja.

—¿Una manzana?

El inspector negó con la cabeza y el otro agarró una manzana roja y la frotó con la manga para limpiarla.

—La pregunta es: ¿quién iba a delatarlos? —continuó Jeppe. Henrik dio un mordisco y empezó a masticar haciendo ruido—. ¿Malthe Sæther? ¿Lo llamó para citarse con él el viernes por la noche?

El padre de Oscar tuvo un ataque de tos tan violento que la mesa quedó cubierta de trozos de manzana. Henrik se limpió la boca, siguió masticando y volvió a toser. La tos acabó en una carcajada.

—Ah, ¡se trata de eso! Yo no he matado a nadie. Además, ¿para qué puñetas iba a meterse un profesor de instituto con mi empresa? Esto es ridículo.

—Tal vez sentía el mismo resentimiento que su hijo por su desprecio por el medio ambiente. Puede que incluso le hiciera chantaje.

Henrik miró la media manzana reluciente que aún tenía en la mano y la arrojó a la papelera.

—No voy a entrar al trapo, me niego. Pero, ya que ha metido las narices en mi correo privado, me veo obligado a aclarar las cosas, por desagradable que me resulte —empezó mientras se masajeaba las sienes—. Kasper tiene un problemilla desde hace mucho tiempo: juega al póker online y ha perdido muchísimo, empezando por su matrimonio. Acumuló una deuda tremenda, de doscientas cincuenta mil coronas, para ser exactos. Hace un tiempo acudió a mí para pedirme ayuda.

—¿Y usted qué hizo?

—Le presté dinero —contestó con un encogimiento de hombros, como si fuera lo más natural del mundo—. Pero Oscar lo descubrió y le pareció indignante. Iba a contárselo a Iben, y yo le prometí a Kasper que hablaría con él. Pero mi hijo no estaba en casa el viernes por la noche y a la mañana siguiente había desaparecido, así que se me fue de la mente.

—¿Y Malthe Sæther?

Henrik lo miró a los ojos.

—No he hablado en mi vida con ese hombre fuera de las reuniones escolares. No tengo nada en su contra y lamento mucho su muerte, con la que le aseguro que ni yo ni mis hijos tenemos nada que ver.

Jeppe contempló a aquel hombre corpulento sentado detrás de su escritorio antiguo lacado, y supo que no conseguiría nada más sin pruebas concretas. Con lo que tenía no podía hacer nada, y la mirada de Henrik dejaba muy claro que él también lo sabía.

El inspector se levantó.

—¿Tiene cámaras de vigilancia en el despacho? Me gustaría ver la grabación del viernes por la noche, de todos modos.

—Hablaré con el guardia de seguridad —contestó Henrik con un suspiro de irritación—. ¿Algo más?

De pie, Jeppe se lo quedó mirando. Su estatura considerable, los hombros anchos, los ojos oscuros que lo miraban fijamente.

—Eso es todo, gracias.

Salió de la oficina y se despidió con un gesto de la mujer elegante, que se había quedado sola bajo la lámpara de araña. Al llegar a la puerta, un dibujo colgado sobre el mostrador de recepción llamó su atención: era un retrato de Oscar. La mujer advirtió el interés de Jeppe.

—Es una obra de arte preciosa, ¿verdad? Se nota que está hecha con amor.

Jeppe asintió. La mirada huidiza, el juego de luces y sombras... era un dibujo realmente precioso.

—Lo dibujó Jenny, la hermana de Malin. Son unas hermanas con mucho talento, la verdad.

Una idea creció en la mente de Jeppe como una pompa de jabón. Sin saber muy bien por qué, supo que no debía abandonar aquella oficina.

«Se nota que está hecha con amor.»


—HAY OTRA COSA que debes saber de mí —dijo Mads, que se sacó una fotografía del bolsillo trasero con una mano mientras mantenía a Anette bien agarrada con la otra. La fotografía era de una niña de mejillas sonrosadas y grandes ojos relucientes—. No es nada fácil para mí. Nunca le había hablado a nadie de ella... Tenía solo cinco años.

—¿Quién era? —preguntó Anette, mientras palpaba a ciegas a su espalda con la mano que le quedaba libre hasta que rozó un pesado cisne disecado.

—Olga. Se llamaba Olga.

Anette cerró los dedos alrededor del cuello del cisne. Con la izquierda no tenía tanta fuerza como con la derecha, pero esperaba que fuera suficiente.

—Hoy hace doscientos sesenta y ocho días que murió. Enterramos las cenizas bajo un manzano en el jardín de mis padres —explicó mientras aflojaba un poco la mano que sujetaba a Anette y se guardaba la fotografía—. Mi hija, Olga Marie Teigen. Pronto hará un año que no está con nosotros. A veces desearía haber muerto con ella.

—¿Qué pasó?

Él respondió sin dejar de mirar la fotografía.

—Leucemia, fue fulminante. En eso tuvimos suerte, dicen.

Anette soltó el cisne y se frotó la mano sudorosa en el pantalón. El corazón le iba a cien, sentía que se iba a marear.

—No la diagnosticaron a tiempo. Creíamos que sentía dolor porque estaba pegando un estirón y tardamos mucho en llevarla al médico. Para cuando llegó al hospital, ya estaba terminal. La ingresaron un par de días y enseguida empezaron a tratarla con dosis muy elevadas de quimioterapia, pero ya era tarde. Quizá si lo hubiéramos descubierto antes, si hubiéramos hecho algo enseguida…

Anette le puso una mano en el hombro.

—Lo siento muchísimo.

¿Qué otra cosa podía decir? El miedo de perder a un hijo no le era extraño, todos los padres y madres lo sentían, pero Mads lo había perdido de verdad.

—Te lo cuento porque… —empezó Mads, y entonces sí la miró—. Porque me gustas, Anette. Y tengo la sensación de que yo te gusto a ti. —Sonreía—. Pero si va a pasar algo entre nosotros, tienes que saber lo de Olga, aunque para mí es casi imposible hablar de ella.

Ella contempló al hombre que la última semana la había tenido montada en una montaña rusa emocional y la había hecho dudar de su matrimonio. Veía a un hombre estupendo, cálido y masculino, con los pies en la tierra y agradable. Un hombre atormentado.

Ya no quedaba ni un ápice de atracción. Lo que antes la había hecho fantasear en la ducha se había convertido en una profunda compasión, nada más.

—Mads, me gustaría consolarte y aliviar tu dolor, pero tengo la sensación de que ahora mismo nada ni nadie puede hacerlo.

Él asintió de nuevo. La agarró de la mano y se la estrechó.

—Te llevo de vuelta a tierra firme.

—Gracias, te lo agradezco. Tengo un caso que resolver.

LA NIÑA LEVANTA *las figuras de madera para inspeccionarlas. Gira las cabecitas sobre su eje como ha hecho tantas otras veces, las devuelve a su sitio en la estantería y se sienta en la butaca. Le dan un refresco que se bebe tan rápido que le da hipo. No ha comido nada desde la mañana y se siente mareada, y el refresco no ayuda.*

*La conversación no va como esperaba.*

*Empieza bien, aunque está nerviosa. Se relaja deprisa y dice lo que sabe, sin miedo. Al fin y al cabo, se quieren, y siempre ha sabido que el amor es lo más poderoso que hay. Pero el ambiente se ha enrarecido, ha hecho algo mal.*

*Se siente tonta, le cuesta recordar cómo esperaba que fuera todo. Tiene miedo, quiere levantarse y largarse, pero no se encuentra bien, como la vez que fueron en barco a la isla de Bornholm y el* ferry *se meneaba tanto que todo el mundo vomitó. Ni siquiera le sirve de ayuda apoyar la cabeza en las orejas del sillón, así que se deja caer y se tumba en el suelo.*

*La habitación le da vueltas.*

*Se le acerca una silueta recortada contra una luz potente. La niña parpadea y entonces cierra los ojos.*

# 33

Jeppe bajaba por la escalera de las oficinas de Nordhjem cuando Sara lo llamó. El sonido de su voz fue como un ariete en su alma y, por un momento, olvidó su nueva realidad. Fue la frialdad de su tono lo que le recordó que ya no eran más que compañeros.

—He encontrado una cosa: fotos de Oscar en una web que parece de pedofilia.

—¿Pedofilia? —Jeppe se quedó helado.

—Ya he avisado a la comisaria y estoy tratando de encontrar a los propietarios, pero, como sabes, es complicado. No van a tardar mucho en empezar a desmantelarla, así que tenemos que darnos prisa. Te mandaré capturas en cuanto cuelgue.

Jeppe tardó en reaccionar. La combinación entre la frialdad de Sara y la sorpresa por el tema de la pedofilia lo habían dejado sin palabras.

—¿Vale?

—Vale.

Ella inspiró, como si fuera a añadir algo más, pero no dijo nada.

—¿Sara?

—Las capturas están de camino. ¡Luego hablamos!

Colgó y Jeppe se quedó por un momento en el eco de la conversación. Sara se había mostrado cortés y sin segundas intenciones, como si hubiera pulsado el botón de pausa en su amor.

Cruzó la calle hacia el parque de Østre Anlæg. Caía la tarde y las sombras de los árboles se convertían en brazos monstruosos y pozos sin fondo. En el aire flotaba un aroma dulce y melancólico de flores vespertinas.

Cuando le vibró el teléfono, Jeppe abrió los mensajes de Sara: diez capturas de pantalla con el logo del noveno círculo en la esquina superior, el círculo de los traidores en *La divina comedia* de Dante.

Las imágenes eran difíciles de digerir. No eran estrictamente pornográficas, pero la puesta en escena deliberada de niños desnudos de mejillas sonrosadas y labios carmesí no dejaba lugar a dudas sobre el propósito. Eran sexuales a pesar de tener un estilo muy particular, sombrío, casi gótico, que las hacía aún más perversas. Las fotos de Oscar se habían sacado ante un fondo blanco y sobre una especie de alfombra negra, sin ninguna característica reconocible en el suelo. Sentado, de pie, tumbado, desnudo. Poses infantiles, como si alguien le hubiera dado instrucciones para que proyectase inocencia. El maquillaje destacaba sus rasgos infantiles, casi parecía una muñeca.

Oscar fotografiado desnudo, Malthe asesinado y Henrik implicado hasta las cejas en una estafa. Y Essie aún no había vuelto a casa de la escuela.

Jeppe llamó a Malin Dreyer-Hoff, pero el tono de llamada sonaba sin fin en su oído. Colgó e hizo otra llamada. En ese momento, había solo una persona en el mundo que pudiera serle de ayuda.

Respondió enseguida.

—¡Qué cojones, Kørner! ¿Aún estás en la Central? ¿No tienes que irte a casa a ver un concurso de repostería en la tele?

—Werner, ¿dónde estás?

Al oír el tono de su voz, se puso seria al instante.

—De camino a casa.

—¿Podemos encontrarnos delante de la embajada estadounidense? Tengo que hablar contigo de algo importante.

Ella no dudó ni un segundo, ni siquiera preguntó por qué.

—¡Llego en diez minutos!

Jeppe sacó un cigarrillo y lo encendió sin apartar los ojos del teléfono. «Cuando hablas con el diablo, más te vale tener fuego en la lengua», decía un viejo refrán. O tal vez fuera algo que se había inventado su padre para justificar su paquete diario de Lucky Strike.

Expulsó el humo hacia los troncos azulados de los árboles del parque y volvió a sacar el teléfono para inspeccionar una foto de Oscar en la que aparecía en un sillón de terciopelo rojo y miraba a cámara con una expresión difícil de interpretar. ¿Seguro de sí mismo? ¿Desafiante?

Jeppe reconoció el sillón. Él mismo se había sentado en él.


En noches como esa, el vino tinto era una necesidad. Cuando había pasado un día lleno de preocupaciones, necesitaba algo que le endulzara el final de la jornada, que le permitiera terminarla envuelta en un murmullo cálido y apacible. «No me apetece, pero me hace falta», se dijo Esther con irritación mientras volvía a llenarse la copa. A su edad, tal vez ya no fuera el momento de eliminar los malos hábitos. ¡Ah, qué delicia, el sabor a hierro y la acidez en la garganta!

«Si Dios no quisiera que bebiéramos, no debería haber hecho la vida tan dura», pensó Esther mientras se sentaba a su escritorio, en un capullo confortable de luz tenue, Chopin y embriaguez. Así podía imaginar que el mundo era un lugar bueno y agradable. Encendió el ordenador con cierta precaución, consciente de que la pantalla iba a recordarle las partes menos amables de la existencia.

El documento que pretendía convertir en un libro parpadeaba ante sus ojos, totalmente en blanco, y el optimismo de Esther palideció. El camino que tenía por delante se le hizo, de repente, infinito, y le pareció absurdo que alguien fuera a interesarse por lo que ella pudiera escribir. Sus dedos palparon las teclas a ciegas, pero no encontraron ningún motivo para pulsarlas; no se le ocurría nada. Un miedo repentino a ese espacio vacío empezó a reconcomerla, el miedo a no tener nada que decir.

Sara Saidani no le había dicho nada. Tal vez no había avanzado con la compra de la fotografía de la muñeca y Esther no se atrevía a volver a molestarla, consciente de que tendría cosas mejores que hacer que ayudar a una vieja con ínfulas de escritora. Abrió la página ninthcircle.com para volver a ver la foto de la muñeca. Tal vez ni siquiera fuera apropiada para una imagen de cubierta y todo aquello fuera en vano.

Para su sorpresa, la página se abrió sin solicitarle el código de acceso y pudo ver las imágenes a gran tamaño y con total nitidez. Alguien debía de haberlo quitado, tal vez Sara lo había conseguido.

Apareció una nueva imagen en la pantalla; las imágenes estaban configuradas como si se tratara de un pase de diapositivas automático. Una máscara blanca como las que había visto en el museo Thorvaldsen. «En venta», rezaba bajo la máscara. No, no podía ser un artefacto del museo, debía de estar equivocada. La imagen se disolvió y apareció una nueva: una talla de madera de una procesión funeraria con niños que lloraban y un esqueleto entre la multitud. También en venta. A continuación, apareció su muñeca.

Esther ahogó un grito y se levantó de golpe. ¿Qué era eso? ¿Había visto Sara los niños desnudos?

Confusa y asustada, se acercó a la ventana. Una idea empezó a tomar forma en su mente, en los márgenes de su conciencia. Ante su ventana, las farolas teñían el ambiente de un tono azulado, los patos se lanzaban al agua desde la orilla y un par de ciclistas pasaron de largo agarrados de la mano entre risas. En el Rigs-hospitalet, Gregers pasaba la noche en ayunas para el TAC que iban a hacerle por la mañana.

Belleza y dolor en la misma instantánea.

¿Dónde había visto aquella talla?

Trató de pensar de forma racional y se esforzó sin mucho convencimiento en hacer unos ejercicios de respiración. Visualizó el anuncio de la venta de la talla de madera.

Volvió a ponerse ante el ordenador y abrió la web de Nordhjem. La subasta había terminado, pero el anuncio seguía ahí, idéntico al de ninthcircle.com. El mismo objeto estaba en venta en una casa de subastas y en un foro de pervertidos.

No tenía forma de saberlo, pero estaba convencida de que había algo importante tras aquella coincidencia, algo malo. La fusión del arte y la perversión siempre encontraba víctimas.

Introdujo dos nombres en el campo de búsqueda. Apareció una imagen en lo alto de la página, la fotografía de una inauguración en la Galería Asbæk en 1990. Jenny, joven y bella, estaba al lado de Henrik e iba vestida con vaqueros informales y mostraba una gran sonrisa. En la fotografía ni siquiera se rozaban, pero se percibía la intimidad entre ellos. ¿Acaso el marido de Malin Dreyer-Hoff había estado interesado en su hermana?

A Esther le daba vueltas la cabeza, y no solo por el vino. ¿Por qué iba una casa de subastas legal apoyar la venta ilícita de objetos artísticos por internet? ¿Colaboraban Jenny y Henrik para vender objetos robados?

Cuando estudiaba Teoría de la Literatura, su profesor favorito siempre decía a sus alumnos que el arte no tenía límites y que nunca debía coartarse con consideraciones sentimentales. De no ser por los malvados y perversos Medici, la Capilla Sixtina jamás se hubiera pintado, ni se hubieran construido las pirámides de Giza sin el sufrimiento de cientos de miles de esclavos.

Se miró las manos, que nunca le habían hecho daño a nadie. Pero ¿acaso habían hecho algo que perdurara?

Esther echó la cabeza hacia atrás y vació la copa de un trago. Entonces abrió el correo y le escribió un mensaje a Jeppe Kørner.


ANETTE LLEGÓ SIN aliento al lugar que habían acordado, frente al horroroso edificio de la embajada. Tenía el pelo alborotado por el viento. Saludó a su compañero en un tono tan alto que hasta el guardia de la puerta se giró para ver qué pasaba.

—¿Qué hay?

—¡Me alegro de verte! —la saludó Jeppe, y le enseñó las fotografías de Oscar en su teléfono—. Saidani ha encontrado fotos de Oscar en una web de pedófilos. Y sé dónde se las hicieron.

El rostro de Anette adoptó una mueca de horror.

—¡Me cago en todo! ¿Crees que tiene algo que ver con la muerte de Malthe?

—Todo tiene que ver con la muerte de Malthe, y con la de Lis —repuso Jeppe mientras se guardaba el teléfono en el bolsillo. Al ver que su compañera se inclinaba hacia adelante y apoyaba las manos en las rodillas, le preguntó—: Oye, ¿te encuentras bien?

Anette se levantó con cara de estar debatiendo consigo misma cuánto estaba dispuesta a compartir con Jeppe. Por un momento, ella, tan curtida y dura, ofreció un aspecto delicado y vulnerable a la luz crepuscular. Pero justo cuando Jeppe creía que Anette iba a contarle sus pensamientos más íntimos, ella tensó la mano y le dio una palmada firme en el antebrazo.

Jeppe echó a andar.

—Essie no ha vuelto a casa del colegio, sus padres no saben dónde está. Estoy preocupado.

—¿Llevas el arma? —preguntó Anette con el ceño fruncido.

Él se abrió un poco la chaqueta para enseñarle la Heckler & Koch.

—¿Tú no?

Con un murmullo ininteligible, ella dio a entender que no. Jeppe meneó la cabeza. Anette aún no le había contado dónde había pasado el día, pero las explicaciones iban a tener que esperar. Señaló hacia delante.

—Ven, es por aquí.

Caminaron en silencio bajo el atardecer primaveral. A cada paso que daban, la tensión crecía como un arco preparado para lanzar una flecha, un arco que ni siquiera podía divisar la diana en la oscuridad. Llegaron a su destino unos minutos después.

—Llamaremos para pedir que nos dejen echar un vistazo, ¿vale?

Anette asintió y Jeppe pulsó el timbre. Como nadie respondía, golpeó la puerta con fuerza y oyó el eco en el recibidor. Tras unos instantes de espera, agarró el pomo y lo giró, pero la puerta no se abrió. Miró a Anette, que asintió con suavidad. Con dos pasos hacia atrás para tomar carrerilla y una patada bien orientada, la puerta se abrió y les franqueó el paso a la escalera oscura.

Entraron y pisaron con cautela el primer escalón. Una música apagada les salió al encuentro. Jeppe desenfundó la pistola y bajó con Anette pisándole los talones. Una luz intensa y los acordes apagados de un piano salían por la puerta entornada. Jeppe se puso a un lado y alargó el brazo para llamar.

Nadie respondió.

Llamó de nuevo y esperó. Finalmente empujó la puerta, que se abrió con un lánguido chirrido, y se inclinó para mirar.

—Aquí no hay nadie —susurró a su compañera, y entró a la vez que empuñaba la pistola.

Varios focos potentes iluminaban la estancia. La canción, que parecía de Tom Waits, salía de un radiocasete oscuro y viejo colocado en un rincón. De lo alto de una estantería colgaba una tela blanca iluminada con dos focos que la hacían refulgir. Al otro lado de la habitación estaba la butaca roja en la que habían inmortalizado a Oscar y, delante, una cámara.

—¿Qué es eso? —dijo Anette con un susurro estridente mientras se agachaba junto a la cámara—. ¡Joder, mira!

Jeppe se arrodilló a su lado y vio la mancha en el suelo, de unos diez centímetros de diámetro. Un círculo casi perfecto de sangre. Se cubrió un oído con la mano, pero no pudo evitar que el pitido de siempre le perforara hasta el cerebro.

Habían llegado tarde.

—¿Hay otra entrada? —dijo Anette mientras le agarraba el hombro.

—No lo sé.

Se pusieron en pie y recorrieron la habitación despacio. La luz potente de los focos no facilitaba que pudieran orientarse, hacía que sus cuerpos proyectaran largas sombras y que confundieran un colgador con una forma humana.

—¡Aquí, Kørner!

Anette inspeccionaba un cajón abierto y Jeppe se le acercó. Arriba del todo había una fotografía impresa en tamaño A4 que mostraba a un joven desnudo con la cabeza apoyada en un ángulo extraño en el respaldo del sillón. Tenía la cara pálida y el pelo peinado hacia atrás, como si estuviera mojado. Se diría que estaba muerto.

Jeppe percibió un leve quejido intercalado con la voz áspera de Tom Waits y miró hacia atrás.

Entonces vio unos pies enfundados en zapatillas deportivas que asomaban bajo la manta negra que cubría el suelo. Agarró a Anette del brazo para señalárselos.

Jeppe apartó la manta con cuidado. Tumbada en el suelo, Jenny gemía débilmente con el lado izquierdo de la cara cubierto de sangre.

# 34

Tumbado en la cama de hospital, Oscar Dreyer-Hoff miraba al techo. A lo largo del día, una procesión infinita de familiares, médicos y enfermeras desfilaba junto a su cama con tensiómetros y dedos fríos. Su cuerpo se recuperaba, pero no lo sentía como propio. En cambio, sí era dueño de sus pensamientos, pero solo de noche. Mientras estuviera rodeado de gente, tenía que procurar no parecer demasiado lúcido, no hablar de más. Si no, empezarían a hacerle preguntas y a exigir respuestas.

Hacía rato que su madre se había despedido con un beso de buenas noches. No la echaba de menos. No hacía falta ser muy listo para darse cuenta de que su atención solícita no era más que un intento de acallar su mala conciencia porque por fin había entendido que le había fallado. Pero ¿de qué le servía a él ese arrepentimiento de su madre? Ya tenía suficiente con el suyo propio.

A lo largo del último año, la vergüenza había llenado tantas partes de su vida que había pasado a formar parte de sí, como la sangre que le corría por las venas. Había estado a punto de contárselo a Iben en varias ocasiones, pero lo frenaba el miedo a cómo aquello podría cambiar la imagen que tenía de él.

Ya no recordaba cómo había empezado todo. Lo atrajo con dinero y atenciones, le decía que era guapo, único. Tenía apenas siete u ocho años y estaba cegado por la admiración y el respeto, quizá también por un ingenuo enamoramiento infantil. Cuando estaban solos, podían hablar de todo, ponían música de mayores y podía tomar tantos refrescos como quisiera. Lo colmaba de alabanzas y le daba dinero de vez en cuando, pero eso no era lo más importante. Lo mejor era lo que sentía cuando estaban juntos, la sensación de ser talentoso, de ser alguien, de significar algo.

Sentir que alguien lo veía.

Hasta que no se hizo algo más mayor no empezó a darse cuenta de que había algo malo en aquello. En realidad, siempre lo había sabido, pero hasta que no se enamoró de Iben no entendió que lo de las fotos no estaba bien. Le suplicó que las destruyera, pero las usó para amenazarlo, le dijo que las enseñaría por todo el instituto, a todo el mundo, para que vieran lo hipócrita que era. Le dijo que, si no guardaba el secreto, destruiría a su familia, y supo que iba en serio.

Con el tiempo empezó a odiarse.

Malthe se había dado cuenta de que algo iba mal. Fue el único adulto que lo entendió, que vio los dibujos de Oscar y le preguntó cómo iban las cosas en casa. Fue toda una sorpresa cuando su profesor lo citó en el edificio de actividades extraescolares de la escuela y le preguntó a bocajarro. Oscar se quedó paralizado de miedo, pero aquella atención inesperada fue la gota que colmó el vaso, y se lo contó sin pensárselo dos veces.

Malthe se quedó horrorizado.

«No puedo tolerar esto, Oscar, es repugnante. ¡Ni puedo ni quiero! Abusaron de ti y hay que ir a la policía.»

Al principio, Oscar se sintió aliviado, pero, a medida que pasaban los días, se arrepintió de su momento de debilidad y deseó poder retirar lo dicho. Como si no bastara con que su hermana pequeña hubiera oído una conversación entre ellos y adivinado su significado. Pero a Essie la tenía bajo control, a Malthe no, y había demasiado en juego. La familia se rompería si los demás se enteraban. El arrepentimiento se convirtió en desesperación, pero Malthe se mostró inflexible.

Llegó un momento en el que no pudo más.

—Tiene el pulso estable, y la herida ha dejado de sangrar. Creo que está bien —dijo Jeppe mientras palpaba el cuello de Jenny Kaliban—. ¿Llamas tú a la ambulancia? ¿Y a los refuerzos?

Anette sacó el teléfono y se acercó al radiocasete para apagar la música. Jeppe se levantó y dio una vuelta despacio para pasear la mirada por los lienzos y pinturas, los tarros llenos de pinceles y los montones de libros. La hermana de Malin Dreyer-Hoff había ocupado hasta la última superficie horizontal del taller. Oyó cómo Anette ladraba órdenes a la Central e intentó mantener su voz en un segundo plano.

—Essie, somos de la policía, Jeppe y Anette, ¿te acuerdas de nosotros? Ya puedes salir. —Entonces cerró los ojos. Sabía, intuía, que la hermana pequeña de Oscar estaba allí—. No has hecho nada malo, ¿me oyes? No te pasará nada —aseguró, y esperó.

Se quedó muy quieto.

Los sollozos, débiles como los de un pollito recién nacido, venían de la estantería que ocultaba la tela blanca. Jeppe la desató para retirarla. La hermana de Oscar estaba hecha un ovillo en el estante más bajo.

—¡Werner, trae algo para taparla!

Anette echó la manta negra sobre los hombros de la niña.

—Ya vienen a ayudarnos. Llamaremos también a tus padres. —Por su voz tensa, Jeppe supo que su compañera estaba tan furiosa como él.

—Essie, ¿estás bien?

La niña se secó las mejillas con la manta.

—Le dije a mi tía que tenía que contarle a la policía lo que había hecho. Por Oscar. Le dije que creéis que fue Oscar quien lo hizo y que iría a la cárcel —empezó mientras se arrebujaba en la manta como si quisiera protegerse—. Me dio la razón y me dijo que ya lo había pensado, que lo arreglaríamos juntas. Entonces me preguntó si quería un refresco.

La niña buscó con la mirada el cuerpo encogido junto a la pared.

—¿Y qué pasó, Essie? —preguntó Jeppe con delicadeza.

—Me entró mucho sueño de repente. Cuando desperté, tenía a mi tía encima con una cara muy rara. Y yo… le di con el foco. ¿Está muerta?

—No, solo tiene un chichón —dijo él con una sonrisa tranquilizadora—. No te preocupes. Quédate aquí sentada, tu madre vendrá enseguida.

Essie se echó a llorar.

—¡No le contéis lo de las fotos, Oscar se enfadará conmigo! —suplicó con desesperación infantil.

Jeppe miró hacia la silueta de Jenny Kaliban, que seguía tumbada en el suelo. «El noveno círculo del infierno no es para los traidores —pensó—, es para la gente que hace daño a los niños.»

# VIERNES, 19 DE ABRIL

# 35

—Gracias por dejarme venir, sé que es muy pronto —dijo Jeppe. Estaba plantado en la puerta del piso de Sara y no sabía si entrar o quedarse donde estaba—. No podía dormir.

—¿La niña está bien?

—Esta noche se queda en el hospital en observación —contestó Jeppe con un gesto de asentimiento—. La han sedado, pero se pondrá bien.

—¿Y tú estás bien?

Jeppe reflexionó un momento.

—No.

—Entra.

Obedeció y cerró la puerta tras de sí. Como no parecía que Sara fuera a dejarlo pasar más allá, se quedaron entre el amplio surtido de chaquetas y zapatos del recibidor.

—Las niñas aún duermen.

—Quería verte —confesó Jeppe, y se puso las manos en los bolsillos para resistir la tentación de tocarla—. Caso cerrado, el culpable, bueno la culpable en este caso, ha confesado. Jenny Kaliban será juzgada por el asesinato de Malthe Sæther, que la amenazó con ir a la policía para denunciar que vendía fotos de su sobrino desnudo.

Sara lo miró horrorizada.

—¿Fue ella quien le sacó las fotos a Oscar? ¿Su propia tía?

—Sí, no tengo ni idea de cómo llegó a ese punto.

Sara meneó la cabeza.

—Los foros de pedófilos suelen seguir de cerca las páginas de arte, cualquier cosa que pueda contener dibujos y fotografías de niños. Al principio ofrecen dinero por imágenes inocentes, y luego la cosa va a más.

—¿Los pedófilos camelan al cliente y el cliente camela al niño?

—Es un círculo vicioso. Estoy segura de que colmaba a Oscar de dinero y elogios por su colaboración, de modo que él se sentía implicado, cosa que utilizó para amenazarlo cuando él quiso parar.

—Teniendo familia, ¿quién quiere enemigos? —dijo Jeppe con un suspiro—. También encontramos una fotografía de Malthe Sæther en el taller de Jenny, desnudo y maquillado, como en las fotografías de Oscar, y en la misma butaca. Creemos que ya estaba muerto cuando se la hizo.

—Ese tipo de imágenes también se venden, en plan necrofilia y *snuff*, podría valer un dineral —dijo Sara con una mueca de asco.

—Un dineral para una artista pobre.

Ella asintió con amargura, y añadió:

—Ya han borrado la web de Ninth Circle y cualquier rastro de ella. No será fácil encontrar a los responsables…

Jeppe la interrumpió.

—No he venido a hablar de trabajo. Sara, lo siento. Tomé una decisión equivocada. Perdóname.

—No es eso, Jeppe. No es solo eso —dijo ella, y entornó un poco los ojos en un gesto que Jeppe conocía muy bien.

—¿Qué quieres decir? ¿Que se acabó?

Ella dejó caer la cabeza, pero volvió a levantarla enseguida con decisión.

—Me doy cuenta de que te esfuerzas, y lo aprecio. Pero ¿y si esto no es lo que quieres de verdad? Para las niñas también es difícil. Ahora mismo, esto no funciona.

El silencio resonó en el recibidor. Jeppe deseó poder alargar las manos hacia ella, y que ella también esperara que lo hiciera. Pero sabía que, más allá de lo que desearan, tuviera o no razón Sara, no serviría de nada discutir. Nunca hay que interponerse entre una leona y sus cachorros.

—Cuídate.

¿Qué más se podía decir?

Jeppe se dio la vuelta, abrió la puerta y bajó por la escalera, consciente de que la distancia entre los dos se hacía más grande a cada paso que daba, y de lo mucho que le dolería. Le dolería al pensar en ella y le dolería igual cuando no lo hiciera.

Abrió el portal y salió a la calle. Volvía a ser Saidani para él, una compañera y nada más. Ya no era su Sara.

HACÍA UNA MAÑANA primaveral, de las que daban ganas de quitarse la chaqueta y echársela al hombro. Anette bajó el ritmo y sonrió al sol. Soplaba una brisa agradable y los presagios del verano eran casi más mágicos que el verano en sí.

Gudrun estaba de un humor inmejorable y se despidió sonriente con un beso desde el arenero de la guardería, de modo que Anette pudo marcharse sin la culpabilidad materna capaz de estropearle todo el día. Volvió a casa dando un paseo por el barrio con un gran sentimiento de gratitud. Su barrio no era moderno ni bonito, pero ella y Svend tenían su preciosa casita en propiedad y podían ofrecer un hogar seguro a su hija.

La investigación sobre el asesinato de Malthe Sæther se había cerrado y habían detenido a su asesina. Seguía en el hospital en observación por si tenía conmoción cerebral, pero tan pronto como se recuperara, iban a interrogarla y ponerla a disposición judicial.

El veredicto de culpabilidad parecía inevitable. En el hospital, a última hora de la noche anterior, Jenny Kaliban declaró que

Malthe fue a buscarla al taller el viernes por la noche y la amenazó, la acusó de haber abusado sexualmente de Oscar. Forcejearon y ella se defendió, pero no recordaba los detalles de la muerte de Malthe ni se pronunciaba sobre lo que sucedió después; solo afirmaba que entró en pánico. Sería interesante escuchar cómo el pánico la condujo a maquillar el cadáver y sacarle fotos.

Anette cruzó la calzada y se encaminó hacia su calle. Se detuvo frente a una papelera, se sacó el paquete de tabaco arrugado del bolsillo de la chaqueta y lo tiró. Ya no le hacía falta.

Al llegar al caminito de entrada de su casa, vio a Svend en el jardín. Estaba desenterrando el tocón que hacía años que planeaban retirar. Tenía los brazos desnudos relucientes de sudor y canturreaba la canción que salía de la radio que había dejado en el alféizar de la ventana. Anette se quedó mirándolo hasta que él advirtió su presencia. Habría hombres más delgados, más misteriosos y con los ojos más melancólicos, pero a quien ella quería era a Svend, incondicionalmente.

Se le acercó y le dio un largo beso en la boca.

—Ojo, que estoy sudado.

—Y yo que me alegro —replicó Anette y volvió a besarlo mientras disfrutaba del sabor salado y del chispazo de esperanza—. ¿Te está costando mucho?

—Todo cuesta si te paras a pensarlo, así que no lo pienso mucho. Como en los dibujos animados, ¿sabes? La gravedad solo te afecta si miras hacia abajo.

—¿Así que el truco es no mirar hacia abajo?

Apoyado en la pala, él la contempló un largo rato.

—Bueno, uno siempre puede decidir si rendirse ante ella o plantarle cara.

Svend la conocía como la palma de su mano, veía todas sus debilidades y sus dudas, por más que Anette se esforzara en ocultarlas. Y, sin embargo, la quería.

—Anda, ¡ve a por una pala y ayúdame a cavar! —le dijo con una mirada cariñosa.

—Cariño, estabas soñando otra vez, es de día —dijo Sara mientras abrazaba a Amina para tranquilizarla. Su hija mayor llevaba tres noches durmiendo a su lado en la cama de matrimonio—. ¿Qué soñabas, vida mía?

Con la cara enterrada en el hombro de su madre, la niña farfulló:

—Que cruzaba el espejo. Pero era diferente, me volvía viejísima, mi cara era un pellejo.

—¿De qué hablas, tontita? ¿Qué espejo? —dijo mientras acariciaba el brazo de Amina y la niña se recostaba en ella.

—¡El del libro! *Alicia a través del espejo.* Alicia cruza el espejo y, al otro lado, está todo del revés y superraro, y no puede regresar. Soñé que me pasaba a mí.

El libro de Jeppe. Sara sintió una dolorosa punzada ante la confirmación de que su exnovio no traía más que problemas a su familia.

—Pero si ves cosas peores en Youtube, sobre monstruos y cosas terroríficas, ¿cómo va a darte miedo un libro tan viejo?

Amina sollozó. Era un saquito de huesos, solo una niña, por más que ella se esforzara en parecer mayor.

—Bueno, ¡ha sido solo un sueño! —concluyó Sara mientras besaba a su hija en la frente y saltaba de la cama—. Voy a preparar el desayuno. Hoy dejo que Meriem se quede en casa, así empezamos pronto el fin de semana. Pero el lunes se acabó el hacer novillos, tengo que volver al trabajo.

Sara fue a la pequeña cocina y sacó verduras y huevos de la nevera, encendió el horno y abrió un paquete del pan de pita bueno que compraba en la tienda eco del barrio. Pasaba de tostadas y cereales; iba a preparar una *shakshuka*. Huevos escalfados en una salsa de tomate especiada, el desayuno tradicional que su madre siempre hacía en días especiales.

Con la salsa burbujeando a fuego lento, abrió el ordenador para avisar a la comisaria de que iba a tomarse un día más de asuntos propios y volvería el lunes. Comprobó rápidamente la base de datos de la Policía y leyó que Kasper Skytte se había entregado en una comisaría de Stuttgart durante la pasada madrugada y había confesado haber falsificado documentos. La Fiscalía de Delitos Económicos se encargaría de tomarle declaración e investigar el caso.

Sara cerró el ordenador y puso el pan de pita en el horno. No tenía dudas de que Kasper Skytte delataría a sus cómplices y de que su confesión tendría consecuencias para otros, empezando por su hija, la pobre Iben. Con la vida que había tenido, el crimen de su padre no contribuiría mucho a reconciliarla con su existencia.

Regresó a su dormitorio y descubrió que Meriem se había metido en la cama con su hermana mayor y las dos susurraban con aire conspirador.

Al verlas, Sara pensó que no había otra cosa en el mundo que fuera más importante para ella.

—¡Anda, a desayunar, bribonas! —dijo, y les quitó el edredón de un tirón e hizo cosquillas en todos los pies que pudo agarrar antes de volver a la cocina y poner la mesa.

Recogió un libro del suelo y vio que era *Alicia a través del espejo*. Lo abrió y descubrió que Jeppe había escrito su nombre con letra infantil. Pasó los dedos sobre las letras, como si así lograra establecer una conexión con quien las había escrito y arreglarlo todo. Pero sentía que nunca encontraría una solución. Ella llevaba una mochila, y Jeppe no parecía querer equipaje en su vida.

Cerró el libro. Lo bueno y lo malo de tener hijos era que siempre iban primero. Llevó el libro a la cocina, abrió la tapa del cubo de la basura y lo tiró.

Los RAYOS DE sol brillaban en la superficie del agua y sus reflejos eran como motas doradas en las paredes de la vieja casita de Snekkersten. Jeppe cerró los ojos y las reconfortantes manchas de luz bailaron detrás de sus párpados. A su espalda, Johannes ponía orden en su armario; lo oía abrir y cerrar cajones con brío.

—Avísame si quieres que me marche, ¿eh?

—No, no, tranquilo. ¿Hoy no vas a trabajar?

—Solo si es estrictamente necesario, si hubiera que arrestar a alguien más, por ejemplo.

—¿Alguien más? ¿Qué significa eso? Creí que el caso estaba cerrado.

—No del todo. —Jeppe abrió los ojos y contempló el mar a través de la ventana—. Resulta que Henrik Dreyer-Hoff ayudó a Jenny Kaliban a vender objetos robados en internet.

Johannes cerró un cajón de golpe.

—¿A los pedófilos?

—Entre otros. —Jeppe se giró hacia su amigo—. Parece que, a lo largo de los años, Jenny robó obras de arte menores para venderlas a coleccionistas con ayuda de su cuñado, tanto en la propia web de la casa de subastas como a través de los contactos de Henrik, que hasta le escribía los textos para poner las obras a la venta.

—Como un perista de poca monta, ¿por qué haría algo así? —protestó Johannes—. ¿No es un riesgo enorme para alguien de su posición?

—Lo hizo para ayudar a la cuñada, como alternativa a prestarle dinero. Tal vez, con el tiempo, él también encontró cierto incentivo económico. Larsen está investigando hasta dónde llega su responsabilidad.

—Y, para agradecérselo, ¡ella sacó fotos guarras de su hijo para venderlas a sus espaldas!

Jeppe respiró en un intento de aflojar el nudo que sentía en el pecho.

—Es posible que Henrik lo supiera, me cuesta entender cómo pudo no haberse dado cuenta. Hemos descubierto transferencias de grandes sumas de dinero desde el extranjero a la cuenta de Jenny y, por otro lado, una serie de cantidades que ella transfirió a Henrik. Así de entrada parece que dejaron de trabajar juntos hará unos dos años. Mi teoría es que fue cuando él descubrió que vendía fotos de Oscar.

—¿Y no se lo contó a nadie? —exclamó Johannes boquiabierto y con un montón de ropa en las manos—. ¿Y no la denunció?

—No quería que Malin lo supiera. La familia no hubiera aguantado otro escándalo, viniera de fuera o de dentro; quería proteger a la empresa y a su mujer. El mal ya estaba hecho, mejor romper la relación y seguir adelante. A su manera, quería salvar a su familia.

—Pero… ¿y el chico?

Jeppe suspiró.

—Oscar intentó suicidarse. Escribió una carta de despedida a sus padres, pero no la entendieron.

—Es horrible. No sé ni qué decir —dijo Johannes, que dejó caer la ropa y se sentó en el reposabrazos del sofá.

—Sí, es increíble lo que la gente puede llegar a hacer por dinero —repuso Jeppe, que seguía mirando por la ventana. Sabía que quien saldría más perjudicado si salía todo a la luz sería Oscar—. He pedido una excedencia.

—¿Que has hecho qué?

—He escrito a la comisaria para pedirle una excedencia de duración indeterminada.

—Pero ¿por qué? —preguntó su amigo con incredulidad—. ¿Es por lo de Sara?

Jeppe se encogió de hombros.

—Puede. Ahora mismo no veo cómo vamos a poder trabajar juntos. Pero también es por la nueva Central y… no sé. Necesito descansar.

—¿Descansar? —Johannes se puso en pie—. Perdona, pero es que me dejas de piedra. ¿Qué piensas hacer?

—Aún no lo sé. Un viaje, tal vez. Aún me queda un poco de dinero de la venta de la casa, quizá es el momento de ver mundo, antes de que sea demasiado tarde.

—¿Demasiado tarde para qué? —inquirió Johannes mientras alzaba un montón de papeles de la mesita.

—Solo tenemos una vida, y es bien corta. Hay que exprimirla hasta la última gota. ¿No dices tú eso siempre?

—Pero ¿y Sara?

Jeppe esbozó una sonrisa triste.

—¡No puedes tirar la toalla!

—No puedo darle lo que necesita. Hay niños de por medio, no puedo pedirle que aguante mientras yo valoro si me convence la situación.

Johannes lo miró con resignación, como si le hubiera hablado en coreano.

—Si no te importa, voy a darme un chapuzón antes de irme.

—¡Tú mismo! —replicó Johannes antes de desaparecer en la cocina.

Jeppe se puso un bañador y encontró una toalla y las chanclas que le estaban pequeñas. Salió al muelle vacío, donde lo saludaron los mástiles que relumbraban al sol y se ofrecían a las gaviotas que pasaban para que se posaran a descansar. Se apoyó en una barandilla y respiró el aire frío proveniente del mar, que el sol permitía tolerar.

¿Le temblarían las manos a Jenny al sacar las fotos? ¿Y al estrangular a Malthe y arrojar a Lis a las vías del tren? ¿O era lo que ella creía que cualquiera hubiera hecho en aquellas circunstancias?

Se le encogió el corazón al pensar en Lis, que no quería más que ayudar a su compañero. A decir verdad, debía de haber sido la visita de Jeppe al taller de Jenny lo que le había dado a entender que era muy peligroso tener a Lis husmeando por allí, y que era solo cuestión de tiempo que la profesora comprendiera lo importante que era lo que sabía y se lo contara a la policía. Tal vez Jenny fue a esperarla a la puerta del instituto en cuanto Jeppe se marchó del taller. Y, con un empujoncito, problema resuelto.

Por dinero, para poder conservar el taller y aferrarse a su arte y su sueño. Una decisión equivocada tras otra en una resbaladiza pendiente de errores con consecuencias fatales.

«Una persona cegada por una pasión pierde los escrúpulos, del mismo modo que amar implica hacer daño. Incluso en las mejores familias hay avaricia y engaño, y hasta el amor más grande tiene espinas y sombras.»

Jeppe apretó los dientes y volvió en sí. Ya había pasado por aquello y sabía que saldría más fuerte. O más duro. Por más que en ese momento no estuviera del todo convencido, aquello no iba a acabar con él.

Dejó la toalla colgada en la barandilla y se quitó las chanclas. Se acercó al borde del muelle y saltó al agua.

# Agradecimientos

INGENUA DE MÍ, creí que, con el tiempo, escribir libros se volvería más fácil, que la presión iría desapareciendo con cada libro, y resulta que me equivocaba: ¡no ha hecho más que empeorar! Por eso valoro cada vez más el gran apoyo que recibo de mis lectores. ¡Gracias por vuestros mensajes, gracias por leerme, gracias por existir!

Gracias a Dorthe Vejsig, de la Fiscalía del Estado de Copenhague; a Klaus Bo de Dead and Alive Project; al Museo Thorvaldsen y a Ernst Jonas Bencard; al profesor de Medicina Forense Hans Petter Hougen, a Claus Vilsen y al guardián del fuerte de Trekroner Hans Poul Petersen; a Peter Cummings; a Jens Borregard, de la Administración de Tecnología y Medio Ambiente, y a Cathrine Raben Davidsen.

Muchísimas gracias al personal de la planta incineradora de Amager, que respondió a mis preguntas y me enseñó las instalaciones. Agradezco especialmente su ayuda al ingeniero de procesos Jørgen Bøgild Hohnsen. Espero que me perdonéis por mi fantasiosa descripción de lo que sucede en la planta, asumo toda la responsabilidad por la exageración y las maquinaciones letales que aparecen en esta historia.

Gracias a todos los que formáis parte de mi equipo: a mi agencia, Salomonsson Agency, y especialmente a mi maravilloso agente Federico Ambrosini, y a toda la gente estupenda de mi editorial danesa, People's Press.

Mi más profundo agradecimiento también a Sysse Engberg, Anne Mette Hancock y Sara Dybris McQuaid por sus indispensables lecturas, comentarios y apoyo.

Mi mayor agradecimiento va para mi editora y amiga Birgitte Franch. Sin ti, no hay libros. Así de fácil.

Y en último lugar, pero no por ello menos importante: Timm y Cassius; en lo que respecta a vosotros, no hay agradecimiento que valga. Lo sois todo para mí.

# DESCUBRE LA SERIE DE COPENHAGUE

Solo así sabrás por qué Katrine Engberg se ha convertido en una de las autoras más aclamadas de Dinamarca

Acompaña a los inspectores Jeppe Kørner y Anette Werner
y a la escritora Esther de Laurenti en su búsqueda de la verdad

## LA ESTRATEGIA DEL COCODRILO

### PUERTAS QUE ESCONDEN HISTORIAS MUY REALES

El debut de la autora que cambió los pasos de danza por giros literarios inesperados.

## EL JUEGO DE LA MARIPOSA

### ES PELIGROSO SUBESTIMAR EL PODER DE LA FRAGILIDAD

Una perfecta combinación de investigación criminal, historias personales y denuncia social.

## ERROR DE CÁLCULO

### UNA MISTERIOSA DESAPARICIÓN CON IMPLICACIONES INESPERADAS

La red de mentiras tejida alrededor de la vida de un adolescente puede impedir que lo encuentren.